LIVE.
ANOTHER.
DAY.

JAMES
SWALLOW

[美]詹姆斯·斯瓦罗 著
杨冰 译

反恐24小时

重庆出版集团 重庆出版社

版贸核渝字（2014）第237号
24: DEADLINE
Text Copyright©2014 by Twentieth Century Fox Film Corporation
Published by arrangement with Tom Doherty Associates, LLC. All rights reserved.

本书简体中文版权通过安德鲁·纳伯格联合国际有限公司引进，由重庆出版集团在中国大陆地区独家发行，未经出版者书面许可，本书任何部分不得以任何方式抄袭与翻印。

图书在版编目（CIP）数据

反恐24小时 /（美）斯瓦罗著；杨冰译. —重庆：
重庆出版社，2015.9
书名原文:24: DEADLINE
ISBN 978-7-229-10115-2

Ⅰ.①反… Ⅱ.①斯… ②杨… Ⅲ.①长篇小说—美国—现代
Ⅳ.① I712.45
中国版本图书馆CIP数据核字(2015)第136926号

反恐 24 小时
FANKONG 24 XIAOSHI

[美] 詹姆斯·斯瓦罗 著　杨冰　译

出 版 人：罗小卫
责任编辑：郭莹莹
责任校对：李小君
封面设计：艾瑞斯数字工作室 clark1943@qq.com
版式设计：谙恒记工作室

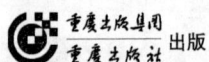 出版

重庆市南岸区南滨路 162 号 1 幢　邮政编码：400061　http://www.cqph.com

重庆市国丰印务有限公司印刷

重庆出版集团图书发行有限公司发行

E-MAIL:fxchu@cqph.com　邮购电话：023-61520646

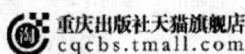

全国新华书店经销

开本：880 mm×1 230 mm　1/32　印张：8.875　字数：245 千
2015 年 9 月第 1 版　2015 年 9 月第 1 版第 1 次印刷
ISBN 978-7-229-10115-2
定价：35.00 元

如有印装质量问题，请向本集团图书发行有限公司调换：023-61520678

版权所有　侵权必究

目 录

【序幕】……………………………………………… 1

【第一章】…………………………………………… 4

【第二章】…………………………………………… 17

【第三章】…………………………………………… 26

【第四章】…………………………………………… 36

【第五章】…………………………………………… 46

【第六章】…………………………………………… 59

【第七章】…………………………………………… 70

【第八章】…………………………………………… 83

【第九章】…………………………………………… 94

【第十章】…………………………………………… 105

【第十一章】………………………………………… 115

【第十二章】………………………………………… 126

【第十三章】………………………………………… 141

【第十四章】………………………………………… 153

【第十五章】………………………………………… 166

【第十六章】………………………………………… 177

【第十七章】………………………………………… 188

【第十八章】………………………………………… 198

【第十九章】………………………………………… 210

【第二十章】………………………………………… 223

【第二十一章】……………………………………… 237

【第二十二章】……………………………………… 247

【第二十三章】……………………………………… 258

【第二十四章】……………………………………… 271

序幕

他刚进门，他们就扑了上来。

有两个人，一边一个。他们事先藏在货箱和货架后边，现在同时呼地冲了出来。地下室里十分昏暗，他无法分辨出太多细节。他刚感觉到某种肌肉的力量和速度，拳头便如雨点般落到他身上。

一根粗短结实的木棒猛地敲在他的前臂上，强大的打击力令他手中的枪随之掉落，嘴里发出痛苦的呻吟。尽管如此，他仍用另一只胳膊挡开了第二名袭击者来势汹汹的拳头。

他抢在那两人再次袭来前，奋力调整位置，上前一步，借助刚才躲闪的姿态，顺势用胳膊肘狠狠砸向左侧那个人。

房间里亮着一盏矿灯，突兀的白光从椭圆形的灯罩中流淌而出，投向四周浓密的暗影。但这已足够他用来应付眼前这场战斗。

他就着刚才那股劲，将那家伙推得向后直踉跄，自己则转而逼近那个拿棒子的人。此时对方正举起木棒，预备发起第二次攻击。他摊开手掌，半握呈爪状，一个箭步上前，掐住第一名袭击者的喉咙。他的出手力度极大，令对方根本无法呼吸。两个人纠缠在一起，摔倒在头顶灯泡泻下的光晕中。他持续施压，不断进攻。

他意识到身后有动静。刚才被撬开的家伙正重新投入打斗。他转身想防御——但他慢了点。太慢了。

过去几小时的种种疲惫和无休止的高度紧张，令他的反应一点点变得迟钝起来，夺走了他所需的宝贵瞬间。

太慢了。另一名袭击者狠狠踹中他的膝弯。伴随着钻心的剧痛，他的腿弯了下去，倒向满是灰尘的混凝土地板。他连忙用手掌撑向地面，以避免直接摔倒。

他听到有其他人在呼喊，可语句含糊，无法辨别。在他的头部遭受猛击后，那声音听起来好像经过某种迷雾的遮拦，变得格外混乱。只有语调是清晰的——是某种指令，尖锐而严厉。有人怒不可遏地想继续揍他，但被另一个人简短的命令止住了。

其中一个人的手中握着某种发射出蓝光的东西。不等他扭头躲避，泰瑟枪的金属枪管已经抵住他的胸膛，激发放电。电流让他倒在了地上。

他们架住他的胳膊，将他拖起来，扔在一张破旧不堪的塑料椅子上。他像个断了线的木偶，瘫软地坐在那里，喘着粗气，吃力地想重新打起精神来。

被他击打过的那个男人正揉着脖子，恶狠狠地瞪着他。另一名袭击者弯着腰，正在捡刚才掉落的手枪。由于身上的新伤，他的动作慢得离谱。

他开始注意到房间里的其他人。阴影边缘站着个皮肤黝黑的大块头，他长着一张拳击手般粗犷的脸，头顶白发稀疏，两手交叠于胸前，手中握一把长长的无声手枪。另一个身影——这家伙没那么显眼——离光亮处较远。借助手机屏幕的光，他看到一个轮廓，意识到那人是个女的。电话屏幕冷冷的蓝光投射在她面颊上，让她看上去宛如一座冰雕。

"把他绑起来。"大块头用枪比画着说。两名袭击者靠上前，用扎线带将他的手腕和塑料椅扶手拴在一起。

他在座位上微微挪动身子，考虑着发起攻击的角度。这是自然的、本能的反应。他开始盘算怎样才能拿到那个人的手枪，判断谁是这个房间里最具威胁的人，以决定首先杀死他们中的谁。

"真让我吃惊，你居然还活着。"这是大块头第一次直接对他说话。他带着很有特点的东欧口音，最有可能是格鲁吉亚口音，"你早该死上十几次了。"

他疲惫地点了点头:"都这样说。"暗地里,他小心地试了试扎线带的力度。还有一点点自由空间,但不多。

"以后就没人说啦。"格鲁吉亚人说,"今天,丧钟为你而鸣。"他昂着头,审视他的新囚徒,看上去有些费解。"我对你无所不知。你竟然树了那么多敌人,我的朋友。等到今晚这一切成为过去之后,不知道多少人可以睡得甜美而安稳。"

他没有说话,等待着适当的时机。

对方未能得到想要的回应,显得有些失望,于是接着说:"是呀。我想,这会是一种仁慈举动。瞧瞧你,就像条军犬,牙齿太长,皮带太松,不受控制。是你们自己的人想要你的命!我算是帮他们一个忙。"

"那就来呀。"他吼道,"放马过来。"

大块头向另一个人使了个眼色,那人便掏出自己的手机,举在手上,对准他们俩开始摄像。

枪已抬起,灰暗的光线在黑色的消音器管上闪烁。"杰克·鲍尔……"格鲁吉亚人诅咒般地念出这个名字,他的指头扣紧扳机,"你的死期到了。"

【第一章】

切特·里根从休息室走出来，拽了拽白大褂的领子，强忍着没打呵欠。当他经过前台时，他发现候诊室里空荡荡的，这在工作日十分少见。通常，晚班才是诊所开始变得忙碌起来的时候。完成一天的辛苦工作后，有的人会顺道造访医疗中心，或许想为第二天不必回到办公室寻找一个借口，他们白天没时间约医生看病。

可今晚却不同。他看到只有两个人在候诊，不像来自诊所周围的下东区，是东村那类打扮时髦的人士。他们看似有些不太自在。他自娱自乐地猜测他们会是哪里不舒服。也许跟性病有关？也许是某种他们不愿让自己的私人医生了解的情况？他差点咧嘴笑了出来。诊所里会有许多这类生意。

他向接待台走去，看到是林迪当班。她做了个鬼脸，用纤长的指头点了点手表。他不由眉头一皱，将目光扫向挂在候诊室墙上永远只播放CNB主档新闻的电视屏幕，看到了角落里的时间。五点整。他的值班时间就从这时候开始，现在他已经到了。当然，他很清楚他们的主管喜欢看到医疗人员提前十分钟，甚至二十分钟到岗。但切特可不愿在诊所里多花一分钟自己的时间。他们又没有付给他额外的薪水。

"怎么啦？"他问林迪，"我没有迟到。"

"但也没早到。"她反驳道，"没遇上堵车算你幸运。但这种事随时都可能发生。你收到短信了吗？"她眯缝着眼，黝黑的椭圆形脸庞绷得紧紧的，露出生气的表情。

"没有。"昨晚他的手机电池用尽，他又忘了充电，"瞧，我按时赶来了，不是吗？但不用感谢警察。今天四处都是警察……"

"你应该看看那条短信的。"林迪继续说着，"市政厅要求所有医院和诊所进入戒备状态……"她压低嗓门，"你昨天怎么好像躲在洞里呢？难道你没有看新闻吗？"

"没有。"他重复道，"怎么啦，哪个知名人物死了吗？"切特皱起眉头。

在曼哈顿，生活和工作中最不方便的事情之一，便是这里同样是外国显要、大使馆和联合国的家。无论何时，只要他们大量现身城里，每个普通的纽约人就要应对他们的出现所带来的混乱。切特想起从报纸上看到过一则消息，是个重大政治事件，与某个阿拉伯国家的人有关。但他对细枝末节毫无兴趣。"我从不看新闻。"他说，"那就是一部糟糕的动画片，仅此而已。"

林迪翻了个白眼。她曾不止一次与里根谈论过这个话题，早就厌烦了。因此，她拿起电视遥控器，对准屏幕，按下音量键："好吧，或许你会想看看这一部分。"

CNB新闻女主播的声音逐渐增大，切特重新将目光投向屏幕。金发主播身后是联合国大厦的几幅图片，接着是一段艾莉森·泰勒总统站在某个讲台前的画面。"我从来没有投过她的票。"切特哼了一声。

"……鉴于情况持续不稳，"女主播说道，"CNB当前能够确认的是，泰勒总统已经退出了美国、俄罗斯联邦和卡米斯坦伊斯兰共和国的和平条约对话。这消息令世界震惊。总统谈到了隐藏在该条约背后的一个阴谋，以及她自己在其中扮演了角色的犯罪行为。白宫承诺会很快公布一份完整的正式声明，但在当前各种关于纽约市可能发生恐怖袭击的流言满天飞，以及针对卡米斯坦伊斯兰共和国领袖奥马尔·哈山的暗杀行动仍历历在目的情形之下，我们只能去猜测，接下来的一段时间内，又会有什么出乎意料的事情发生。"

"哈，"切特接话道，"这么说来，某个政客撒了个谎。这可够让人吃惊的。"

林迪瞪了他一眼："你还不明白吗？这可是大事件！人们会愤怒……有人也许会受伤！"

但切特已迈步走开："每当我们跟别的国家瞎胡闹时，情况都差不多。要是那些来自卡米什么国家的人都老老实实待在家里，就不会有任何事情发生，不是吗？"他拿起一块笔记板，穿过走廊，朝位于建筑后部的检查

5

室走去。他当班要做的第一项工作，就是盘点10号和11号房间的设备物品。切特明白，如果他能有条不紊地完成这些事，至少可以脱离主管的监控两三个小时。

他刚走进检查室两步，便注意到电灯开关不起作用。他来回按压了两次，扮个鬼脸，但紧接着他踩到一块碎玻璃上，才意识到头顶上方的日光灯管已被故意打碎。冷空气从他脸上拂过。他看到夹丝玻璃窗打开着，风正肆无忌惮地吹进来。

房间内影影绰绰，仅有的光源是渐渐暗淡的日光。当后知后觉的切特终于察觉出房间里还有另一个人时，心一下子提到了嗓子眼。

一名男子从体检床旁的帘子后走了出来。他身着撕破的蓝灰色T恤衫，一只手中还握着某种金属物体，像是枪。

切特的心顿时一紧，脖子后冒出冷汗。"噢，该死。"他举起双手，"嘿，嘿，等等。别开枪，好吗？我……我有家人。请你……听我说，想要什么尽管拿走，好吗？我绝不阻拦你。"他当初接受诊所的这份工作时，曾被告诫可能遇到这类情况。瘾君子或街头罪犯为了捞一笔，会跑到便民诊所内抢劫止痛药或者任何能拿去卖钱的药品。

"把门关上。"持枪的男人说。

"什么？"

"关门。"他再次开口时，切特发觉自己毫不犹豫地照做了。他颤抖着双手拧上门闩，然后退入一个角落，眼睛朝屋内四处打量，想看看是否有脱身的可能。唯一的希望是那扇打开的窗户，可持枪男人拦在他和窗户之间。

那家伙像是刚被卡车撞了，情况很糟。他的额头和脸颊上炫耀般地挂着许多划痕，透过撕破的T恤，切特还能看到别的伤口和各种严重的瘀青。

"你得帮我。"持枪男人说。他看了看医生的名牌："切特。我得清理干净。我需要新衣服。还有药物。"

"你会杀我吗？"切特想也没想便提出了这个问题，"新闻上说的那件事，是你干的吗？你是……恐怖分子？"

"不。"持枪男子将枪管朝下压，直至它对准切特右膝附近的某处位置："但我倒是个很不错的枪手。如果你试图做蠢事，我会打断你的腿，明白了吗？"

"明白。"切特还从未对任何事情做出过如此郑重其事的回答。

"很好。"男子打开一盏床头灯，然后拿起一把手术刀，用它划开T恤，将它抖落下来，裸露出胸口。

看到遍布持枪男子身躯的疤痕时，切特不由倒吸一口凉气。只一眼，他便判断出既有愈合后缩拢的枪伤，又有一道道严重的扎伤和旧刀伤。但还有别的一些痕迹，其由来他根本无从猜起。这个男人的身体就是一幅暴力伤害与幸存的图卷。最新的创口是一大片子弹擦伤，切特小心翼翼地将绷带解开，着手换新的上去。

* * *

杰克·鲍尔注视着正按照自己的指令行事的医生。这个男人的手在发抖，但这是预料中的事情。

"你刚才说，你有家人。"杰克的话令对方一怔。

"是的。"他的声音充满恐惧。

"跟我聊聊他们。"

切特费力地咽了下口水："一个……一个儿子，皮蒂，六岁。还有妻子，简。"

"在这里，在纽约吗？"

"是的。在这里。"

杰克掂了掂手中偷来的西格绍尔手枪："你应该带他们去城外住几天。离开这里。"他恍惚起来，仿佛在脑海中看到他女儿金姆的脸，她正冲他微笑，向他保证他们的状况正变得更好。此时此刻，杰克只希望这是真的。

7

但命运却总是喜欢阻碍杰克·鲍尔实现他的愿望，总会将他拖入一个个血腥的困境。他打量着眼前的这个男人，一个有着平凡的工作和生活的平凡人。在那一瞬间，他甚至为此憎恨他。

切特一定是从他的眼中察觉出了那一丝愤怒，因为他朝后面缩去，面无血色："怎，怎么了？"

杰克从思绪中摆脱出来："继续干你的活吧。"刚才的冲动来得快，去得也快，但它带来的灼烧感却挥之不去。任何能让杰克重归正常生活的机会都早已荡然无存。从某种程度上说，他憎恶这一事实。他能感受到各种压力扑面而来，不仅仅是那些为了生存而激战、奔跑、斗争的时光，还有灵魂深处承受的痛楚，都是他做出的所有选择和做过的所有事情带来的后果。

曾几何时，他是这个国家的一名士兵，守卫着自认为公平正义的理想。可在某个时候，这种忠诚渐渐变得模糊，最终消失无踪。他自我审视，发现了需要回答的问题：你现在是为什么而战，杰克？

"我也有家人。"他低声嘟囔着，"她们是我的一切。"

"她们……在这里吗？"

杰克没有回答。他对这个人说的任何话，最终都会被那些正在搜捕他的人掌握。过了一阵，他说道："我就要离开了，远离此处。去香港。"这是他想到的第一个地方，是个不错的谎言。

切特停了下来，枪伤上的绷带已更换完毕，别的伤口也都尽量包扎好了。他转过身，指了指一处药柜："瞧，我可以……"

"没必要。"杰克从体检床上下来，没等医生反应过来，就被杰克击昏了。

杰克轻轻地将他放倒在地，从他的皮带上解下钥匙，在药柜中搜罗了不少抗生素和止痛药。医生的体格不如杰克的魁梧，但白大褂下边的那件衬衫勉强能穿。他又从切特身上拿了些现金，然后穿过先前进来的那扇窗户，溜走了。

屋外黄昏已至,太阳落到排列在大街那边的公寓后边,从视线中消失。

在下一个街区,他发现一辆门锁生锈的老丰田车,五分钟后,他已混迹于下班高峰的车流中,向西驶去。

杰克借助后视镜看了看自己,一双熟悉的绿眼睛正回望着他,眼里有潜藏的记忆。他回想起一个许下的承诺,他仍然必须坚守的承诺,也是他还未实现的唯一承诺。

"我很快就会见到你的,金。"他自言自语道。

* * *

电梯将特工托马斯·哈德利载到雅格·K.贾维茨大厦第21层。他走进一个还算没有失控的嘈杂环境中。联邦调查局纽约办事处气氛紧张。他下意识地舔了舔嘴唇,仿佛能品尝出空气中弥漫的紧迫分子似的。哈德利登记完毕,正要把通行证放进上衣口袋,却差点迎面撞上高级特工,也是他的直接上司迈克·德怀尔。

"汤姆,你来得正好。"德怀尔将他拉到一旁。德怀尔年近五十,身形矮胖,跟哈德利匀称的运动员体格形成鲜明对比。德怀尔肤色苍白,头发淡黄,哈德利肤色黄褐,头上光秃秃的。

哈德利点点头,看着十几名别的特工来回穿梭。他只能猜测人人都在忙于各种紧急任务:"是在紧急集合,对吗?"

德怀尔点点头:"不止于此。"

"那我能有时间喝杯咖啡吗?"

"不行。"对方用大拇指用力指了指屋子那边一处用玻璃隔出的办公室,"特工副主管下达了命令,让你一到这里就直接进去。要是让他发现我哪怕只是允许你抽空脱掉外套,而不是径直找他,我就麻烦啦。"

哈德利睁大双眼。从州北部驾车而来的漫长路途中,他已从新闻广播台对正在纽约发生的事情有了零星的了解,但不够详细:"情况糟糕吗?"

"无论你听到了些什么,"德怀尔边说边走,"事情都比你听到的更糟糕。"

哈德利咧咧嘴，迈步穿过办公室，顺道瞟了瞟那些正在进行视频监控或者对着电话咆哮的特工们。他原本希望关于恐怖袭击的传言只是某种臆想，是人们对一知半解的状况过度想象后的过激反应。可当他进入办事处后，他明白情况并非如此。

他来到特工副主管罗德·奥利里的办公室门口，发现那个大块头爱尔兰人正把听筒夹在耳朵下方打电话。奥利里透过玻璃隔墙看见哈德利，挥手示意他进去。

"你要是心不甘情不愿的，那对谁都没好处。"特工副主管说，"如果你想让FBI去做那种我们可以称之为'协助'的事情，我建议你还不如让国土安全局的人放聪明点。"电话线那端传来一阵表示肯定的微弱声音，奥利里随之点头："嗯，嗯。没错。就那样办。做好之后给我回电话。"他将听筒放回电话机上，长出了一口气。

"长官，"哈德利道，"你要见我？"

"把门关上，汤姆，然后坐下。"

哈德利在老板杂乱办公桌对面的椅子上坐下，注视着对方整理思绪。奥利里十分强硬，常会表现粗鲁，但他非常直接，这倒是托马斯·哈德利能应付得来的。不过，他被分派到纽约市办事处几个月来从未真正觉得这位特工副主管愿意搭理他。他很好奇什么地方发生了变化。

"长话短说……"奥利里不等哈德利提出任何问题，便开始解释起来，"在过去的二十四小时内，某个外国政府的首脑在我们的眼皮底下遭到他自己人的绑架和谋杀。"

"奥马尔·哈山。"哈德利点了点头说。

"不为公众了解的是，杀死哈山的凶手拥有一枚脏弹，而且打算就在纽约引爆它。显然，俄罗斯政府内部可能有人跟此事的发生有关。"

哈德利的嗓子干涩起来："这……这一点得到确认了吗？"

"没有，还他妈没有完全确认。"奥利里愤愤地说，他的火气直往上蹿，"一幕远胜于所有国际事件的混乱局面正在我们眼前展开，它能让九一一事件相形见绌。联邦调查局、国土安全局、特情局、纽约市警察局，人人都在为此忙碌，而我们居然尚未达成共识。反恐局的家伙忙于自顾，说会有针对他们系统的袭击，因此他们已经出局……"他叹了口气，"好像这还不够乱，貌似总统将在今天结束前迎来职业生涯的一次暴跌。"

"明白……"哈德利的脑子飞速转动，想把所有信息再捋一遍，"那么，就此事而言，我的任务是什么？"

"我们会聊到它的。"奥利里的态度一变，"先说一件别的事情。我有个坏消息。"他顿了顿，"我不得不告诉你，就在一个多小时前，杰森·皮勒遭枪击身亡。我很遗憾，我知道他是你的朋友。"

"什么？"哈德利不假思索地将手伸向锁骨上方。在那里，在他的衬衣之下，是一块哥特手写体的纹身：永远忠诚——这是美国海军的座右铭。

"我知道皮勒是你在海湾地区时的指挥官，你们俩关系很好。希望你是最先从我这里得知此事的。"

"谢谢，长官……"哈德利沉默了一会儿。事实上，他在海军陆战队度过的日子并不愉快，要不是皮勒，状况可能会更糟。当哈德利终于跟部队告别——而且条件并不友好——是那位过去的长官帮助汤姆在执法机关谋得差事，并最终进入目前所在的联邦调查局。那个人曾说他能从汤姆身上看到潜能。

皮勒自己的境遇更好，先是去了国防情报局，而后成为前总统查尔斯·洛根的行政助理。数年来，他们俩联系密切。哈德利明白，在纽约办事处里，有些人——包括奥利里在内——认为皮勒帮忙掩盖了一些可能会影响哈德利前途的往事。

当然，事实的确如此，但哈德利永远不会承认。而现在，他的朋友走了。

"详情还不清楚。"奥利里接着说，"枪击发生在联合国大厦内。查尔斯·洛根跟他在一起，他受了枪伤，情况危急。特情局相当保密，什么都不告诉我们。没有任何关于嫌犯的消失被透露出来。但据传，洛根也许挺不过今晚。"

"这跟哈山遇刺和炸弹阴谋有关联吗？"

"不能排除这种可能性。"奥利里朝前探了探身子，"但眼下，我需要你把集中精力在一项新任务上。我从各个方面调集人手，我们拥有高于一切的特权——这是由副局长直接下达的命令。"他抓起一沓纸递给哈德利："你要负责组建一支追捕队，找到并逮捕这个人。"

"杰克·鲍尔。"哈德利念出面前文件上的名字，"我听说过这家伙。要是他们说的关于他的话有一半可信的话，那他就是个威胁……"

奥利里皱起眉头："他到哪里，麻烦就跟到哪里。昨晚，我们也失去了个自己人，前特工蕾妮·沃克。一段时间前，她参与到喜达屋公司事件中，但后来她离开了联邦调查局……鲍尔与那件事有牵连。我敢打赌，他跟她的死有关。"

"就是为了这个吗？"哈德利举起文件，"我们抓他是因为他是杀害沃克的凶手？"

"我们抓他是因为有证据表明，他有很多针对美国的叛国和谋反行为。所有关于卡米斯坦伊斯兰共和国和平条约的破事……"奥利里凭空做了个手势，"他都牵扯其中。但在他被关进审讯室之前，我们都没法确切了解情况。你的朋友皮勒曾持续利用反恐局追踪他，都被他溜掉了。"

哈德利睁大眼睛："这么说，鲍尔跟联合国大厦的枪击有关？"

"有可能。我们还不能肯定。他不喜欢洛根，这是毫无疑问的。但眼下，我们都只是在做假设和分析。必须得改变。我们十分确信，鲍尔仍在这座城市，但目前我没有人手去追他。现在这是你的工作了。"

哈德利严肃地点了点头，目光坚毅："明白了。我会弄清楚皮勒……我会有始有终的。"

特工副主管仔细地打量着他："听着，汤姆……实话告诉你吧。我们俩，你和我，从未看法一致过。我觉得你的方式方法有问题。但目前，我有一项比威胁全市的恐怖警报还要紧迫的追捕任务需要完成，在错误的地点要依靠错误的人，你就是那个将替我完成此事的家伙。现在，你可以要求任何有助于帮助你完成这项工作的资源。在给鲍尔戴上手铐前，我不想再见到或听到你。清楚了吗？"

"非常清楚，长官。"

"德怀尔替你找了些人来帮忙。戴尔、马金森、克尔纳，以及其他几个你能当作后备的人。赶紧进入状态，向他们简要介绍一下情况吧。"电话铃响起，特工副主管抓起听筒，摆手示意哈德利离去。

哈德利走出房间，回到大办公室内，认真思考起来。他端详着文件上鲍尔的面孔，想从这个他从未遇到过的男人身上读出点什么来。

他握紧拳头，暗暗向自己过去的指挥官皮勒发誓，要是鲍尔跟皮勒的死有关，他一定会抓住鲍尔。忽然，他意识到这也是一个将自从他来到纽约便如影随形的质疑一举洗刷干净的机会。即使这意味着他将不得不使用一些奥利里不喜欢的"有问题"的方法……他也毫不在意。

* * *

在曼哈顿的另一边，北部几英里东九十一街外的一座石砌住宅里，另一名退役士兵也在端详着同一张面孔，打量着同一个目标。

阿尔卡迪·巴赞参加入侵阿富汗的战争时，还是个孩子。他很小，不到入伍年龄，于是偷走哥哥的出生证，假装已经够大，可以参战，并用它蒙混过关。尽管现在觉得奇怪，但那时的他的确被一种狂热的爱国情怀冲昏了头脑。即便在数十年后，巴赞对祖国俄罗斯的爱仍丝毫未减，而且已经转变为某种顽强而冷酷的习惯，仿佛他就是一件武器，被击发后不断奔腾前进，冲向敌人。

从来都不缺乏这样的情节。在巴赞作为年轻士兵最初那段血雨腥风的日子里，他懂得了一个基本真理：战争永无尽头，改变的只有战场和敌人的面孔。

他放下手中的文件，抿了抿嘴。透过身后拱形的窗户，一排排亮光晃动，在他所坐的会议室墙面和天花板上投射下苍白的光带。外边拥挤地停着一排电视转播车，卫星天线已经展开，前线记者们都在对着手持麦克风喋喋不休地唠叨。摄像机的照明灯光映射在俄罗斯联邦总领事馆入口处红白蓝相间的旗帜上。

美国警察包围在电视台人员的周围，面色铁青地一边抱怨，一边履行自己的职责。在环绕领事馆建筑而立的黑色铁栅栏内侧，还排列着另一批守卫者。他们配有蝎式冲锋枪和马卡洛夫手枪，但都小心地藏在笨重的夹克下边，以免被当地人看到。SBP（俄罗斯总统安全服务机构）大规模出现在此是为尤里·萨瓦洛夫总统的国际访问保驾护航，但过去几小时发生的事情促使保护的形式由谨慎变为一种军事力量的控制。

领事馆内，SBP在各个层面都设立了保卫人员。巴赞从战情室里看到过他们。当时他们正与停在约翰·F.肯尼迪国际机场跑道上萨瓦洛夫的喷气式飞机机组成员进行简短的联系。他皱起眉头。如果由巴赞来做决定，他早就让总统径直前往机场，此刻已经飞入高空，摆脱险境，离开外国领土。

说实话，如果真要由他决定，他一开始就不可能允许萨瓦洛夫到美国来和这个国家的统治者以及其他那些人对话，就好像他们是平等的似的。想到这里，他咧咧嘴，冷笑一声。

多年在美国境内及周边从事秘密行动的经历，已渐渐在他心中根植下对这个国家和它的人民的极度不信任感。作为俄罗斯联邦对外情报机构——海外情报局的一名官员，巴赞在美国现身，已在很大程度上说明这跟对付俄罗斯的叛变者和贪腐者有关。他的工作具有某种致命的腐蚀性，永远都在吞噬祖国的宿敌们幻想中的优越性。正是因为深知这一点，巴赞才始终专注于此。

有时候，他也对此感到倦怠，但他清楚，自己不能离职不干。绝不可以让西方国家获胜，一秒钟都不行。必须与它们对抗，如果真有必要，就送它们下地狱。

巴赞发现，他很难像对待俄罗斯同胞那样，将美国人民视作真正的人类。在巴赞眼中，他们是低下的种族，自我迷恋、非常肤浅、物质至上。最令他害怕的是，这种行为方式有可能正悄悄蔓延过海洋，传染给他的人民。

他想弄清楚最终结果会怎样，看上去尤里·萨瓦洛夫跟他的想法一样。巴赞甚至有点想和总统见个面。事实上，此时此刻，他俩的确同在一个屋檐下。那个人明白，伟大的苏维埃之熊并未死去，而只是在冬眠。只要给萨瓦洛夫一个机会，他就能重现俄罗斯各联邦昔日团结的辉煌，那是多么令人欢畅的一个时代呀。他倾向于认为萨瓦洛夫能看出他们两个志趣相投，因为他也时常怀念并崇敬那段他们的国家在全球政治领域举足轻重的日子。

哦，不。巴赞抛开这种不切实际也不专业的想法。毫无疑问，萨瓦洛夫总统永远不会认得他的样子，或是记住他的名字。巴赞自认是祖国母亲忠诚的儿子，只要萨瓦洛夫知道，他随时都拥有能向敌人们展示俄罗斯强大实力的武器，就足够了。

他再次低头看了看资料上的图片。这个人，这个叫杰克·鲍尔的人，恰恰就是这种敌人。他已通过渗透进美国中央情报局的间谍收集到这个人的资料。那些似是而非、亦真亦假的消息拼凑在一起，勾勒出了鲍尔的形象，展现出了他的能力。警察，军人，间谍，刺客……这些角色鲍尔全都充当过。但现在，他仅仅是一个目标而已。

巴赞的脸上再次露出冷笑。这位前中央情报局的杀手正是干这种事的人的完美范本。他们的年龄十分接近，生日相差不到半年。也许从表面上看，他俩本就像同一类人。但这样的比较一定会让巴赞怒不可遏。鲍尔的资料说明了他的一切。他是个地地道道的美国佬，执行过的每一项任务都源于某种狂妄自大的感觉，好像他的国家有权将其意志强加给全世界一样。

鲍尔就是个流氓，尽管在他充满血腥的职业生涯之外，包裹着来自于他的政府的所谓公平正义的薄纱伪装，但往坏了说，他的所作所为就像个精神病人仅仅凭着自己对是非的扭曲认识，便无法无天、随心所欲。他们从未见过面，但在某种程度上，巴赞已经痛斥过他。他鄙视能造就出杰克·鲍尔这种人的无药可救的资本主义制度。

忽然传来几下敲门声。巴赞抬头望去，一个女人走了进来。她颇具莫斯科女孩的高傲姿态。但巴赞凭经验判断，这种外在的表现仅仅是障眼法罢了。嘉琳娜·季敏诺娃的年龄比他小，有时她那种过于自由的行为方式不太对他的胃口。尽管如此，巴赞还是暗自高兴，因为眼前这位海外情报局特工是一个娴熟的杀手和一名真正的爱国者……尽管她所来自的"新"俄罗斯并非他心中曾经的母亲和庇护者。

"队伍集合好了，长官。"她说。

他点点头："带他们进来。"

季敏诺娃正要回应，眼睛瞟到鲍尔的照片。她停了下来："就是他？"

"就是这个可能在街上与你擦肩而过，你却会认为他毫不显眼的人。"巴赞回答，"但是，这个家伙仍被我们的最高层归到必须铲除那一类。"

【第二章】

"我们得到的授权清楚直接。"哈德利对其他人说,"杰克·鲍尔的联邦通缉令已经签发,我们要把他抓住。"

简报室里的其他特工交换着眼神。在哈德利左手边,依次坐着特工卡丽·戴尔和海伦·马金森。她俩简直如出一辙,表情都很冷峻,身着几乎相同的黑色套装,乍一看只有发型不同。戴尔是红褐色短发,马金森留着齐肩黑发。她们专心地注视着哈德利,精神高度集中地听他的作战指示。在办事处内,流传着关于她俩的谣言,说这两个女人在匡提科相遇,结成了一个非常强大的组合。就在一周以前,她们破了安塞尔莫的案子。哈德利愿意与这种有能力的组合共事。如果他想获得成功,队伍里就需要这种有进取心、积极主动的人。

"这种人不会悄然而至的。"马金森以她家乡波士顿那种习惯性的语速缓缓说道。

戴尔点点头:"到时候,他也许不会给我们留太多选择。"

"到时候,我们破釜沉舟。"哈德利回答。他听到右手边的人深吸了一口气。他望向另一名特工,等候他发表自己的看法。

豪尔赫·克尔纳拥有一张看似坦诚的脸孔,这张脸更应该出自一名高中橄榄球四分卫,而非一名联邦调查局特工。但此刻,他的表情充满关切。他的两手在身前交叉,他的身子在椅子上不安地扭了扭。"这个人……"他顿了顿,字斟句酌地说,"他并不是个罪犯。"

戴尔拍了拍会议桌上的通缉令:"恕我无法赞同。"

克尔纳摇了摇头,继续说道:"听着,你只需看看鲍尔的资料,你会知道,他是一名前反恐局特工。他受命为这个国家做了很多事情,那些事足以令我们其他人陷入梦魇。我们亏欠他,不应该仅仅将他当成某个不值一提的混蛋,抓住他,将他投入牢笼。"

"我们亏欠杰克·鲍尔的,只是没有依照法定程序,没有事先和他通电话。"哈德利厉声道,"除非他够聪明,能在我们打电话的时候,乖乖地举起手来。"

克尔纳抿了抿嘴唇:"哈德利特工,我知道鲍尔和蕾妮·沃克的事。我压根就不相信他跟她的死有丁点关系。"

"好吧……白宫遭到袭击时,你正坐在华盛顿的办公室里。"哈德利平视着克尔纳,"这很好。我们可以利用你对那个人的洞悉和了解。可那都是以后的事情。要是你认为自己还会向一个被通缉的逃犯滥用同情,我就请德怀尔特工替你重新找份活儿干。"

"不,长官。"克尔纳坚定地说,"如果有人要给鲍尔戴上手铐的话,我希望那个人是我。以确保采用正确的处理方式。"

"那我们从何入手?"马金森问,"东海岸到处都有鲍尔的通缉令,上面都有鲍尔的照片。纽约市警察局也已因为整个卡米斯坦事件,在曼哈顿布下天罗地网。我们还是要假定他仍在市区范围内吗?"

"就目前而言,是的。"哈德利走向会议室窗户,眺望联邦广场,"正如刚才克尔纳特工提醒的那样,我们的逃犯是前反恐局出身,在那之前曾在三角洲部队和中央情报局效力。他接受过城镇作战的训练,了解我们的办事方法和能力。他也很清楚,要是不能在接下来的几小时内离开纽约,就等于被抓住。伙计们,我们还有一线希望,但转瞬即逝。"他转过身,冲其他特工点点头:"我们已对这座城市里所有已知的鲍尔的联络对象进行了监控,机场、火车站、渡轮码头、桥梁、隧道都在我们的监控下。只要他现身,我们就会在第一时间赶到。你们每个人都要按照战术指令进行协调搜索,一旦发现任何有关他的线索,千万别犹豫,放手去干。"哈德利将手指指向门口,"干活去吧。"

戴尔、马金森和别的特工都站起来,鱼贯而出。但克尔纳出门前,哈德利伸手揽住他的肩膀。

"有什么事吗?"他问。

"请告诉我，"哈德利命令道，"当时机来临，你必须面对鲍尔时，你会坚持到底，完成最后一击吗？"

"如果我非得——"

"如果？"哈德利戳了戳他的胸膛，"醒醒吧，豪尔赫。你真的以为他那种人会给你选择的机会？马金森说得对。鲍尔是那种开枪第一的人。"

克尔纳望着他："我无意冒犯……或许，应该思考他的动机的人不是我。"

哈德利想要反驳，却犹豫了一下，最终忍住了："我很欣赏你的坦诚。但与此同时，我希望你到街上去。鲍尔正一无所有地逃窜，因此他必然需要钱和装备。他曾在曼哈顿西区的切尔西酒店逗留过。为了以防万一，你快点去查查那里。"

"以防什么万一？应急调查小组已经检查过那里了。"

"但还是得去。"哈德利边说边从他身旁大步走开，"去查查看。这是命令。"

* * *

车流顺着第二大道缓缓前行，经过史岱文森广场。杰克缩在他从偷来的丰田车后座上找到的一件破连帽衫里。拥挤的高峰期向来都让人如坐针毡，纽约城网格状的街道布局更令这里宛如某种特殊的地狱。排成线的轿车和货车一寸寸断断续续地向前挪移，只要有人稍稍耽误跟上车流，别的司机就会毫不犹豫地按响喇叭。他看到两辆出租车并驾齐驱地驶在路上，司机透过摇下的车窗，正粗声粗气你来我往地争论着什么。时不时会传来一声警笛的呼啸。杰克透过后视镜，看见蓝白相间的巡逻车正在拥塞的交通中左突右进，偶尔还会为了抄近路而驶上人行道。

一架直升机从上空飞过，发出金属感很强的咔嗒声。他克制住探头望一眼的冲动。只需一个画面，移动摄像机或静态监控系统便足以捕捉到他的影像，并将他标记出来。在钻进这辆轿车前，杰克特意停下来，在脸颊上抹了点黑灰,尽管这些不对称的线条看似无关紧要,但足以减缓任何捕捉到他的面部的识别软件的分辨效率。不过,这只是权宜之计,对人类观察者而言,这毫无效果。

他的指头在方向盘上轻轻敲着。被困在轿车这个钢铁盒子里,他觉得自己暴露无遗。即使是现在,追捕他的人可能都在确定他的位置。狙击手或许就在街对面的建筑中,枪手正藏在身后的车辆里。外界的每个人都是潜在的威胁,每一扇窗户都能为枪手射击提供场地。

杰克渐渐意识到,那两个出租车司机已闭上嘴巴,取而代之的是收音机里传出的声音。他周围的车也大都如此。人们调大音量,摇下车窗,以便能让所有人都听得见。他向前探探身,拧动仪表盘上的收音机,发觉所有电台传送出的都是同一个声音。

是美国首任女总统艾莉森·泰勒。她正通过现场直播向国民发表讲话。"亲爱的美国公民们,"她说道,"今晚,我怀着十分沉重的心情向你们发表讲话。目前出现了一种情况,凭着良心,我绝不能任由其进一步发展。现在,我正式辞去总统职务,离开最高指挥官的位置。我将这一庄重的职责移交给我的副总统,也是我值得信赖的朋友米切尔·海沃思。"

杰克聆听着泰勒的声音,想象她站在演讲台前,话语在满屋震惊失语的记者中间飘荡的景象。他很想弄清楚自己对这个女人的感觉。对于她的所作所为,他的愤怒依然原始而强烈,而且很难与蕾妮的死带来的情绪漩涡剥离开来。

杰克对总统这一职务的尊敬是毫无疑问的——这一观念对他根深蒂固,他向来都是一名好兵——但他同时也十分清楚,这个职务所要求在那个高位上的人必须承担的责任有多么重大。杰克想起大卫·帕尔默,那是个性格刚强、理想崇高的人,曾凭借荣耀和勇气在总统办公室内竭力履行自己的职责,他的弟弟韦恩也全力以赴追随大卫的脚步。还有别的人,例如诺亚·丹尼尔斯和詹姆斯·普莱斯考特就曾被迫做出过危险的抉择,并为之付出代价。今天，艾莉森·泰勒同样也将面对这样的结果。

"我离开这个房间后，会主动去司法部接受询问。"她说，"昨天，一个严重的阴谋已经上演，令我感到羞耻的是，我不得不承认，当机会摆在我面前时，我没能做出足够的努力，来将其揭露出来。此刻，我恳求得到你们的原谅与理解，我向你们保证，对这些困境，一定会有一个迅速、公正，更重要的是透明的解决方案。谢谢。"

房间里顿时成为问题的海洋，集结在那里的记者们都喧嚷着，想成为率先对泰勒的讲话发问的人。杰克眯起眼，将收音机音量调小，分析刚才听到的讲话。

她信守了对他的承诺。她曾保证会揭露意图破坏卡米斯坦伊斯兰共和国和平条约和隐身其后的权力游戏的阴谋。也许他误解了她。

接下来将在联合国、白宫、克里姆林宫和卡米斯坦伊斯兰共和国议会大厦走廊里发生的一切，将是政治家和决策者们的事情。这或许会意味着国家之间的相互对抗、高度紧张和剑拔弩张……眼下，这些事情看似十分遥远，对杰克的世界无关紧要。

泰勒总统的坦诚已为她的政治生涯画上句号，令她面临被捕和入狱的危险。不止于此，她的执政可能对杰克及其朋友们产生的保护效应亦已蒸发消散。他在反恐局的同事，例如克洛伊·奥布莱恩、阿尔洛·格拉斯、科尔·奥迪兹以及其他所有人，现在也都会发现自己身处险境。一想到他们或许会因为敢于在万般艰难的环境下去做正确的事情而锒铛入狱，他便怒不可遏。他无力帮助他们，正如蕾妮身中狙击弹时，他也无力挽救她的生命一样。

他被阴冷的情绪笼罩着，胸口仿佛敞开一个大大的黑洞。那么多人已被从他身边夺走，生活也被血雨腥风弄得满目疮痍。此刻，他再度来到地狱边缘。他是被抛弃的孤独者，他的自由寥寥无几。

一时间，杰克任由自己的想象力驰骋：要是他就这样拉开车门，双手抱头走上大街，将会怎样？他的命运将走向何方？

自己祖国的各方势力正在追捕他，敌人的特工们也趋之若鹜。他的名字被写在一份死亡名单上，美国政府和俄罗斯联邦政府秘密特工之间正展开一场寻找他的竞赛。双方都想让他为他践踏过的法律和结果了的生命付出代价。杰克明白，任何一方找到他，对他的处理方式都将是十分严厉的。他能想到的最好方式，就是在某个无从查找的无名监狱中度过余生；最糟糕的可能则是死亡。

他抛开这种想法。不，他对自己说，我向女儿保证过。我不会让她失望。我会再次见到她。哪怕最后一面。

在某种程度上，他清楚，更明智、更可行和更有利的选择是赶紧逃跑，消失无踪。杰克能用十几种方式将自己变成幽灵，在别的某个地方重塑新生。

但那像是一种背叛。金姆是他仅存的家人，是他暗淡的生命天空中唯一闪烁的星星。他想象过再也见不到她，那感觉就像一把冰刀在心里扎。

即便他对一切都不再清楚，他对金姆许下的诺言也必须实现。他的女儿、女儿的丈夫斯蒂芬，以及他漂亮的外孙女泰瑞……只要他不离开，他们就始终处于危险中。过去，他曾消失过，他会再次那样做，忽然人间蒸发。但首先，他要实践诺言，去说一声再见。没人可以阻止他。没有人。

"嘿，快走！"杰克吓了一跳，思绪被打断。汽车嘟嘟的喇叭声将他唤醒。他抬起头，看到一名出租车司机从车窗探出身来，正冲他大呼大叫。出租车司机伸出一根指头指了指前方道路上空出的间隙，原来车流终于开始移动了。"你要去哪里，伙计？"他问。

"回家。"杰克回答。

* * *

"这些命令是萨瓦洛夫总统直接下达的。"巴赞说。他顿了顿，让大家理解这句话。季敏诺娃没说什么，但他看出房间里的另外三个男人都憋不住想发问。他做出允许的手势："说吧。我无法忍受因为恐惧而不敢提出质疑的人。"

不难想象，尤尔金率先发声。"是萨瓦洛夫亲自授权的吗？"尤尔金瘦长结实，有一双幽蓝的眼睛，他平缓低沉的语调在房间里回荡，"今天授权的？"

"不到一小时前。没错，干掉一个美国公民。"巴赞点点头，"还有什么我没说明白的吗？"

"不仅仅是一个公民吧。"梅格接着开口说。他或许是巴赞认识的最最普通的人，完全没有特色，让你极可能在人群中找不到他，稍片刻之后便难以回想起他的面容，"还是一个经过高级训练的士兵，一个联邦探员。"

"是前联邦探员。"季敏诺娃纠正他，"他现在是个通缉犯。他们法律部门的特工也已出动，想逮捕他。"

"为何不就让他们去做？"慵懒地缩在皮椅上的埃克尔最终还是提出了自己的问题。他的一只手随时都在摆弄自己油亮的黑发。"让鲍尔落入监狱，然后雇某个杀人犯将他杀死在囚室里，不是更简单吗？"他举起双手，"我们就能跟这事毫无瓜葛了。"

尤尔金几乎笑出声来："这跟有无瓜葛没关系，帅哥。这是在传递信息。"

巴赞点点头："跟往常一样，还是尤尔金一语中的。是的。这条指令的动机就是为了惩罚，纯粹而简单。萨瓦洛夫总统对这个鲍尔感到愤怒。他似乎对破坏某些可行的计划负有直接责任。除此之外，这个家伙还狂妄地认为他能直接攻击俄罗斯政府成员。"

"那是他在报复。"梅格指出，"托卡列夫那个蠢货开枪击中了鲍尔的女人。"

"托卡列夫已经为此付出了代价。"季敏诺娃说，"他像一头猪那样被劈开了。"

"而且他不是唯一的一个。"巴赞补充道。想到别的那些凶杀案，他咬紧了牙。

季敏诺娃接过话来，顺着长官的意思讲："鲍尔还要为米哈伊尔·诺瓦科维奇部长及其保镖们的死负责。总共是八个人。"

巴赞认识其中的三人。那是海外情报局还被称作克格勃的时候。他曾对他们进行过反恐战术训练，那个美国人却将他们送进了坟墓。这也是他要领导这一行动的更重要的原因。他要报一箭之仇。他从椅子上朝前探了探身："别犯任何错误。这是一个关乎敬意的问题。更是一个关乎冒犯和补救的问题。要是情况失控，萨瓦洛夫总统本人都会落入鲍尔的视线。不能让这个干了这些事情的美国人活下去。"

"否则就是软弱的表现。"尤尔金点了点头，"要是萨瓦洛夫不采取行动，会显得很愚蠢。"

"大势已去呀。"埃克尔嘟囔着。

巴赞瞪了他一眼，"你这话是什么意思？"

埃克尔的脸色略微一变，但随即直起身。他似乎有些担心身处领事馆某处的萨瓦洛夫没准能听到他的声音，于是压低了嗓门。"只不过是……他们说这里和莫斯科之间的电话线都快打爆了。副总理和他的内阁已召集联邦议会召开紧急会议。有传言说，总统将被认为卷入了对哈山的暗杀……"埃尔克犹豫了一下，"等候萨瓦洛夫回家的，恐怕不会是热烈的欢迎。"

大家都听说过这个传闻，但令巴赞恼火的是，这些人竟然议论纷纷，俨然这已成为事实一般。他挺起胸，狠狠地盯着埃尔克："副总理和他在杜马的朋友们……那些人都是政客，我的朋友。但尤里·萨瓦洛夫是一位领袖。我们听令于后者，而不是前者。当他下次踏上俄罗斯领土时，将要发生或者不会发生什么，都与你无关。我们已经接到了来自我们最高长官的命令，我们必须执行。分配给我们的任务是找到并结果祖国的敌人。除非命令被取消，否则我们都必须听令行事。"他站了起来，小组其他成员也纷纷起立。

作为他的副手，季敏诺娃发布了接下来的指令："我们将前往一个集结区获取武器装备。在那里，我们分成小组，开始行动。你们将通过加密通讯，直接与领事馆内我们的话务员联络。"

三个人点点头，走了出去，留下巴赞站在又长又高的桌后。他从口袋里掏出一部智能手机，开始编辑短信。

季敏诺娃在门口看着他。"长官，"她说，"我明白这是不言而喻的，但我还是想说，从现在开始，我们的行动必须格外小心。在我们追踪鲍尔的过程中，只要稍有暴露，结果都可能非常严重。"

"你是害怕让这个世界有更多的理由憎恨我们吗？"巴赞不屑地哼了一声，"我们是俄罗斯人。我们从不在乎这些。但不用担心。我会给当地联络人打电话，要求予以协助。"

"这样做明智吗？"

他继续在触屏上敲击："他过去就曾替我们干过活。我非常有信心。"

女子犹豫了一阵："长官，尽管不太恰当，但埃尔克的确指出了重要的一点。萨瓦洛夫总统希望鲍尔去死，并非出于政治理由，而有他的私人目的。这是在复仇。他的动机跟美国人别无二致，因为鲍尔杀死了帕维尔·托卡列夫。"

巴赞看着她："你已经读过鲍尔的资料。"

"只看了些要点。"

"但要点也很多。即便根据我们掌握的有关这个人并不全面的信息，有一件事已非常清楚：杰克·鲍尔是个非常固执、一根筋的敌人。他不计成败、不管原因，并且已经表现出对那些他觉得不顺眼的人毫无怜悯之心。现在，那份名单上多了尤里·萨瓦洛夫的名字。其他发现自己名在其列的人都已经死了。"他摇了摇头，"让这个家伙来去自由，实在是太危险。就连他自己的长官都承认这一点。你是在集体农庄长大的，嘉琳娜。告诉我，要是一条狗变得太过野性，不服从主人管教，你会怎么办？"

她眯起双眼："我会杀掉它。"

"正是如此。"巴赞的手机嘟嘟响起，屏幕上闪现收到讯息的信号。他微微一笑："啊哈。那我们就开始吧。"

【第三章】

杰克在第八大道附近抛弃了那辆破旧的丰田车,拉起灰色外套的帽子罩在头上,故意耸着肩朝前走,以改变肢体语言。天很快就会黑,夜幕降临后,他也许更容易消失在这座城市的人群中。他绝不允许自己放松警惕,哪怕只有一秒钟。

但疲惫却使这一切变得很困难。沉重的乏力感已经根植于他的骨肉间,让他觉得自己的行动越来越迟缓。他是怎样让自己熬过过去的二十四小时的?尽管接受过训练,但他也不可能就这样持续下去而对疲惫毫无感觉。四天。在三角洲部队时他们告诉过他,在有食物和水源保障的情况下,一个身体健康的人可以坚持七十二小时不休息,仍然保持头脑清醒。但他不知道如果考虑到一些额外的变数,情况又会如何——例如需要从不到两小时前受的枪伤中恢复,或是被迫奔逃。

但对杰克而言,重要的并非保持清醒,不断前行。他需要的是集中注意力。疲劳能产生酸性,会吞噬判断和分析能力。要是杰克不加倍小心,就有可能在错误的时间作出错误的决定,害死自己。对杰克而言,仅仅对周围发生的事件做出反应远远不够。他需要变得主动。他需要制订计划。

他不能依靠克洛伊或反恐局;不能回过头去向吉姆·瑞克和他的前中央情报局联络人这些过去的资源求助。所有可能愿意帮助他的人,要么已经受到监视、调离、逮捕,要么已经死了。他孤身一人,没有后援,没有补给,无处可去。他抬头瞟了一眼,想象一个巨大的套索正在他周围收紧。他甩开这残酷的幻想,继续前行。

杰克深吸一口气,穿过大道,迈着稳重从容的步子,跟随其他行人,朝西二十三街的街角走去,看到了切尔西酒店那熟悉的临街门脸。这栋红砖墙面、黑铁护栏阳台的维多利亚哥特式老建筑高高耸立在越来越暗的天空下。他喜欢这个地方;是金姆的丈夫打电话安排这套公寓的,他说是有个亲戚要在城里逗留一段时间,需要地方住。十九世纪以来,作为纽约地标式的建筑物,切尔西酒店已成为一系列创作人的家园——包括演员和音乐家、作家和画家。与他同名的杰克·凯鲁亚克就是在此写下小说《在路上》的。他还记得自己第一次踏入这座建筑时,就感觉到历史已经浸润到墙壁之中。这座酒店距离杰克·鲍尔曾经居住过、曾被他称为家园的那些地方,仿佛相隔百万英里。

杰克从很远的地方就清楚地看见切尔西酒店正门前的街道对面停着一辆警车,两个警察正坐在前排热烈地谈论着什么,时不时地朝四周打探一番,搜寻他的踪迹。杰克改变线路,继续前进。走过酒店大堂门口时,他微微偏头,观察酒店里是否有第二哨点,但没有发现。没关系。他绝不会笨到冒险从前门进去。

几百码外有一扇玻璃门,能通往拥塞在两家餐馆间的一排办公室。杰克溜进去,淡出人们的视线。他匆匆回头看了一眼,开始在一段狭窄的走廊里加速小跑,直至来到一扇朝外敞开,通向街区中心庭院的窗前。他来到切尔西酒店的头一天,便在习惯的驱使下,绕到那栋建筑的背面,寻找其他进出的方法。这扇窗户便是杰克在心里构建好的线路中的一部分。凭着他的经验,宁可有逃脱方案却用不上,也不能在用得上时却没有。

作为一栋历史性建筑,切尔西酒店保留了许多二十世纪四十年代的窗户,这让杰克能很轻松地破解它的安防措施。很快,他便进入了二层的一间服务用房,并从那里登上后部楼梯。他每走一步都会略作停顿,以确保未被跟踪。

那套公寓的门前交叉拉扯着红白警示带,上面写着:"警戒线——不得跨越"。他弯下腰,避免触碰带子,尽量悄无声息地将门打开。

一进门廊,他便闻到了化学试剂的味道,是指纹气溶胶和检测血液的发光氨喷雾剂残留的气味。灯的开关周围和表面都有黑色印记,证据收集小组显然已从所有物品上提取了指纹。仿佛一场小心翼翼的龙卷风曾光临过房间，每扇柜门都半开着，每个抽屉都像微微开启的嘴巴。杰克看到自己的衣服松散地堆放在床上，原本已被收拾好准备飞回洛杉矶时使用的行李箱空荡荡地放置在地上。不出所料，他们拿走了他的笔记本电脑——那里头没有任何能让警方或联邦调查局用来对付他的东西。别的所有东西也都被细细筛查了一遍。

他走进卫生间后，立刻意识到调查员们发现了他藏在这里的冲锋包。吊顶上少了一块扣板，他抬头向黑暗中探望，可除了灰尘和蜘蛛网，他什么也没看见。就像预设逃跑路线一样，准备冲锋包是有助于杰克·鲍尔更好入睡的另一个职业习惯。所谓冲锋包，就是个防水的拉绳小包，里面装有急救包、小军刀、现金和一些伪造证件。当情况变得极度紧迫时，他可以抓起冲锋包就跑。杰克冲着卫生间镜子里的自己点了点头。不出所料。联邦调查局的探员们了解他是怎样的人，知道要寻找那个包。

因此，当他们找到它后，或许就不会再去寻找杰克藏匿在厨房防烟面罩内的另一个应急装备了。东西还在，是一小捆大面额的美元和欧元，还有一本名为约翰·巴雷特的加拿大护照。在秘密行动圈内，这种紧急身份证明被称作"应急面罩"。

他返回卧室，脱下身上的衣服，找到几件新的。杰克对颜色的品位倾向于暗色调，刻意不引起别人的注目，他的大多数行头都是暗色调。他迅速收拾起来，找到一个黑色的运动包，塞进另一套装备。

他拿起一件外套，下面露出一件女士羊毛衫。不用细看，他也知道那是蕾妮的。

种种回忆顿时涌上心头。他努力克制，却无法阻止。多年替祖国卖命，尽职尽责，杰克·鲍尔已经学会割裂自己。即便是在走进这栋建筑时，杰克仍将对蕾妮·沃克的记忆封藏在高墙之后。

或者说他以为自己做到了。可转眼之间，控制土崩瓦解，记忆滚滚而来。他颓然倒在杂乱的床上，昂起头，目光刚好落到窗户上的弹孔上，那里贴了张证据标签。那是帕维尔·托卡列夫从街对面射击后留下的一个圆孔，子弹击中了公寓里的目标。

忽然间，杰克仿佛重新回到当时。玻璃碎裂、蕾妮倒地；他抱起她沉甸甸的身躯，奔向酒店走廊；她面孔苍白，生命之光从她眼中渐渐消退；那一刻，他意识到即将失去她却又无能为力时，心中充满恐惧。

愤怒与哀伤在他心里翻腾，如同利爪扼住他的喉咙。他真想放声尖叫，宣泄熊熊燃烧的怒火。但凭着钢铁般的自制力，杰克终于没有任由自己那样做。相反，他细细体味着狂暴的情绪，用它来驱散身体的疲惫，将它转化为动力，使自己重新站起来。

他来到门口，闭上眼，让自己最后一次怀念蕾妮·沃克，然后转身离开。

* * *

克尔纳将福特福星停在路边，朝警车走去，亮出证件。"发现什么了吗？"他问车内穿警服的警察。

两名警官都摇了摇头，其中一人说："这边没什么动静。"他俩面前的仪表台上贴着杰克·鲍尔的协查通知。克尔纳看了看，抿抿嘴唇。

"嘿，说真的，"另一名警察说，"这家伙真会笨到回这里来吗？我的意思是说，现在大街上这么多警察，城里所有的罪犯都暂时消停下来了。"

"他可不笨。"克尔纳皱起眉头回答道。

不过或许我才是笨蛋，这位特工这样想着走回自己的车，坐到座位上。行动指示会上，我要是闭紧嘴巴就好了。他很清楚哈德利特工想干掉鲍尔，而他居然胆敢对鲍尔的罪过提出质疑，因此追捕行动还未开始，他已经让自己跟别的特工格格不入。不然，哈德利怎么会命令他开车跑到这家酒店来？不就是为了摆脱掉他吗？

他用指头敲击仪表盘，琢磨着去街对面，到楼上那套公寓里去看看。哈德利为此刁难他吗？他对这件该死的事情变得烦躁起来。

于是，他没有下车，而是在车里的置物箱内翻找，发现了一副双筒望远镜。他在座位上调整好姿势,举起望远镜,观察切尔西酒店的窗户,通过数楼层确定鲍尔的公寓位置。过了一会儿,他便找到了,因为视线里出现了被击碎的窗户。他很好奇那上面发生过什么。案发现场的初步勘验报告说,从墙壁里挖出了一枚步枪子弹,极有可能就是击穿蕾妮·沃克身体,致其死亡的那一枚。

克尔纳摇摇头。再怎么也不需要死亡,尽管他知道杰克·鲍尔在为沃克遇害复仇的过程中已经触犯法律,但他还是不禁怀疑,如果自己落入同样的处境,所作所为是否会有所不同。

他仍在思索时,仿佛看见一道黑影在封锁的房间内一闪而过。

* * *

杰克查看着现金和那本名为巴雷特的护照。这还不够。要想从这座城市逃之夭夭,他需要更多的资源。他没有枪,没有通讯工具,没有汽车。

仔细考虑过后,杰克觉得呈现在他面前的只有两种选择。第一个选择所面临的直接风险最低,但很花时间,而他又必须争分夺秒。他可以偷偷从后边溜出酒店,选择步行,找条离开曼哈顿的路,运气好的话,明天晚些时候,他就能在某个偏僻的乡村销声匿迹。但如果那样做,他在每个环节都有被认出的风险。纽约市警察局有他的头像,过不了多久,联邦调查局便会向世界宣布他是个通缉犯。到那时,敌对的俄罗斯人会利用各种资源来对付他。

第二个选择风险极大,需要他抢在追捕他的人能牢牢控制住这座城市前快速行动。

其实,他心想,这根本就算不上一个选择。

他来到公寓客厅的窗边,弯下腰,小心地透过窗台俯瞰街道。一辆黑色的车停在切尔西酒店入口对面的纽约市警察局警车旁,无需细看,杰克便知道这辆车拥有联邦车牌。

他站起来。房间另一边是一个摆满烹调和旅游指南类书籍的书柜,里面的书属于公寓的主人，每一本都已被挪动并仔细检查过，然后才堆回书架上，其中有一本彩色的蒙特利尔城市指南。杰克缓缓穿过房间，伸手去拿那本书。在他这样做之前，他故意让自己从两扇窗户前经过，然后才抓起书，将书脊向后弯折。

联邦调查局的证据小组已经搜查过一切，包括这些书，但迫于时间压力，他们的搜索较为粗略，并不彻底。想想过去几小时中，这座城市经历的嘈杂与混乱，这也没什么可吃惊的。大约到了第二天，会有另一个小组再来进行更深入的勘察，可那将为时已晚。

杰克将一处松动的卡纸封面剥开，用指甲捏住藏在其中的一枚小小的微型SIM卡端部。这枚卡跟数以百万计的商用移动电话中使用的存储卡属同一种类。黑色塑料卡片比他的大拇指指尖还要小，但其中却存储了大量信息。如果要比较的话，它们比被他藏在别处的那一捆钞票更加值钱。卡片已经过四重加密，只有他自己能用，这要感谢克洛伊·奥布莱恩的前夫迈尔斯。这张数据卡等同于杰克的"黑名册"。现在，他所需要的就是能够读取数据的设备。

他回头望向窗外，然后看看手腕上的MTM黑鹰手表。他估计，在访客到来前，他大概还有十分钟时间。他扯动窗绳，放下百叶窗，朝前门走去。

* * *

克尔纳眨巴着眼睛，那个穿深色外套的男人在公寓的窗前出现又消失。他感到喉咙发涩。

"他在那里。他真的在那里。"克尔纳不由得大声喊了出来，以确认自己大脑的判断。不知怎么回事，鲍尔竟然躲过警察，溜回公寓里了。特工的大脑飞速旋转着。这样的举动要么是最愚蠢，要么最精明的人才会有。难道他认为没人会到这里来找他吗？或者说鲍尔回来是为了取走被证据小组忽略了的东西？

但究竟为何无关紧要。克尔纳按下手机上的快速拨号键，哈德利在第二声铃响时接起了电话。"怎么了?"他问。

"我发现鲍尔了。"克尔纳脱口而出,"他在切尔西酒店,现在就在!"

"你确信不是我们的人吗?"

"我刚才亲眼看到他了。"他舔了舔嘴唇,"长官,我们现在有机会在事情进一步发展前了结这一切……如果我现在上去,我可以——"

他的话被哈德利的吼声打断:"见鬼,不行。你要听从命令,克尔纳特工。守在你的位置上,看好出口。要是鲍尔离开酒店,跟着他,但不要和他接触,听明白了吗?"

他点点头,有些泄气地说:"明白,长官。"

克尔纳听到哈德利在召唤别的什么人,忙着准备行动:"我现在就往你那里去。一个战术小组已经出发。听我说,你留在你的位置上,让战术小组做他们该做的事情。别碍事。"

"他们……"克尔纳犹豫了一下,"他们的交战准则是什么?"

"鲍尔是个致命威胁。"哈德利斩钉截铁地回答,"战术小组已经接到命令,不要去冒任何与他正面交锋的危险。"

克尔纳意识到自己刚刚签下了杰克·鲍尔的死刑执行令,心里发凉。

* * *

刚刚十二分钟后,联邦调查局的战术小组就赶到了。杰克心想:我大意了,我本可在 6 分钟内就离开这里的。

他把耳朵贴在门上,听到了靴子踩在地板上的声音,还有全副武装的人员的低语声,他们正在进行布置,准备摆出战术队形侵入公寓。杰克缓缓退向厨房,拧动微波炉的旋钮,使其开始工作,然后朝卧室区域移动。

他在心里想象那个六人小组正在做些什么。他们已准备好武器,打开保险开关,在公寓外的墙边一字排开。一名主力队员拿着联邦调查局喜欢用的雷明顿 870 散弹枪对准门锁装置,数了三下之后,在厚厚的木门上轰出一个小孩脑袋大小的洞。

他计算着,一声振聋发聩的巨响伴随散弹枪的击发传来。一枚由合金钢粉和蜡制成的十二毫米口径破门弹正中前门的锁闭机构,顿时将它破坏。第二名特工踹开门,朝公寓里扔进一枚 M84 震撼弹;强烈的闪光和声响在封闭的空间内震得窗户颤抖。

* * *

进攻正式开始。联邦调查局的特工们两两一组,武器紧贴着防弹背心,从门口鱼贯而入。除了持散弹枪的那个,其余五人都使用黑科勒科赫 MP5/10 冲锋枪,他们都已经得到授权,只要他们认为合适,就可以开枪。哈德利的作战命令已经得到地区的批准。鲍尔被视作携带武器且极端危险的人物。

公寓内的左侧很开阔,起居空间一直延伸到远端的墙边,只摆放着一些矮桌子、书架和别的家具。六名特工中的三个呈扇形朝那个方向散开,持雷明顿散弹枪的特工最后进来,他边朝前走,边拉动枪栓重新将子弹上膛。公寓右侧是厨房区,还有一道通向狭窄阳台的门,在那之后,经过一段不长的过道,就是卧室和卫生间。一个人进入厨房,另两个继续向前,进入过道。

卧室门已经打开。"杰克·鲍尔!"率先进入的特工大声喊道,"快出来,快!"他朝旁边一闪身,好让队友跟上,然后朝卫生间靠拢。第二个人转向另一个方向,发现房间角落是一个大型嵌入式衣帽间。

第二名特工将 MP5/10 端在胸前,伸手想拉开衣帽间的百叶门。他戴手套的指头刚触碰到黄铜把手,门便裂成碎片。杰克从薄薄的木板间飞扑出来袭击他。

特工倒在地上,挣扎着想保持清醒。

杰克一鼓作气,迅速让第一个人失去战斗力。如果他不快一点,一切都将功亏一篑。他放下锅子,冲过房间,迎战另一位特工。那个人正从卫生间返回,嘴里喊着:"安全!"

"未必吧。"杰克说着一掌砍向特工的喉咙。对方想呼喊增援，声音却被噎了回去。杰克用一只手挡开 MP5/10，一掌将他推回卫生间，并借助前冲的力量将特工撞倒在地。由于全副武装，戴着头盔穿着防弹背心，这位联邦调查局特工的动作比杰克的迟缓。在公寓卫生间局促的空间内，鲍尔需要的正是这点。

他一脚绊倒对方，特工的头撞到洗面盆边沿上，身子软软地瘫倒下去，不再动弹。

与此同时，先前被杰克放在厨房微波炉内的那一小听除臭剂也到了燃烧临界点。伴随着一阵震荡声，微波炉的门崩脱铰链，飞了出去。一团橙色火球喷薄而出，立刻触发烟雾报警器。

厨房里的那名特工一阵眩晕，被突如其来的爆炸掀起的热浪炙烤着后背。他倒向阳台门，嘴里一边咒骂，一边挣扎着端起冲锋枪环顾四周，想要应对突发的状况。

这时，五六个小小的黑色圆柱状物体接连从卧室里飞了出来，撞击墙面和地板，发出咔嗒咔嗒的声响。杰克先将从那两位特工腰带上取下的闪光弹和烟雾弹全部抛出，然后躲到一旁，任由它们在轰响中爆炸。

公寓内顿时充满浓密的白烟，能见度几乎为零。

杰克用一件破 T 恤遮住脸，当作临时面罩，向前冲去。厨房里的那个人正摸索着想重回房间，恰巧和杰克撞了个满怀。除了手榴弹，杰克还从被他搞定的特工身上拿到了手枪式 X2 型泰瑟枪。他用那枪悄无声息地便将特工放倒在地。

浓烟中，另外三名特工正互相喊话。"真该死，怎么回事？"一个尖锐而紧张的声音说道，"你们看到什么了吗？"

"我们得撤退。"另一个声音说。

两束绿色的目标定位激光穿透烟霾闪烁着："集中精神。找到这个家伙！"

杰克压低身子，在烟雾中分辨出一个身着蓝黑相间服装的身影。那人正端着武器，来回摆动枪管。杰克夺到的X2泰瑟枪里还有一个电荷可用。于是，他原地旋转一周，用枪管抵在那名特工的肋部，将他放倒后朝另一个声音靠近。

他听到哗啦一声。是拿散弹枪的特工撞翻了一盏落地灯，碎玻璃在他脚下咔嗒作响。杰克决定如法炮制对付卫生间里那个人的手段。他猫腰上前，朝他估计是对方膝盖的位置致命一踢。

他的判断很准，对方没了声响。他缴过雷明顿枪，开始应对最后一个人。

战术小组中的最后一员正凭着模糊的轮廓，朝先前被破坏的大门方向撤退。忽然，散弹枪的枪管抵在他喉咙上。他怔住了。

"放下武器。"杰克说，"子弹带也扔了。快！"

特工乖乖照办。"放松点，鲍尔……"他说，"你觉得你在做什么，伙计？你打算杀了我吗？这只会把一切变得更糟糕。"

"这里没有人会死。"杰克回敬道。接着，他用雷明顿散弹枪的枪托将他击倒在地。

然后，他调转枪口，朝公寓的窗户开火，每一发子弹都将百叶和玻璃击碎。房间内的浓烟立刻涌入傍晚的空气中。他蹲伏下来，极其专业地查看不省人事的联邦调查局特工身上的装备。

特工肩上别着的对讲机里传出含糊的声音："我是克尔纳，战术小组请报告！请报告！有人收到消息吗，回答？"

杰克抓过手持对讲机，塞进外套口袋，然后动作迅速地从被他制服的特工们身上卸下他将用得到的所有装备，统统塞进自己的运动包里。

【第四章】

克尔纳特工盯着手持对讲机，嗓子阵阵发痒："重复一遍，有人收到我的消息吗？"

回应他的唯有静噪声。纽约市警察局的那两名警官听到手榴弹的爆炸声后，已经从他们的车子里钻出来，正拿着枪站在那里，抬头仰望从那间公寓粉碎的窗口滚滚而出的白烟。克尔纳听到其中一人在呼叫增援。另一人看了他一眼："我们得去入口处查看，你留在这里！"

两人一起全速穿过第二十三街，避开渐渐减速围观眼前混乱场面的出租车和其他车辆。克尔纳扔下对讲机，抓起自己的手机，按下重播键："哈德利特工，你在哪里？"

哈德利的声音像通过扩音喇叭传来似的，有回音："我离你还有三个街区，这座城市的堵车真是该死。出什么事了？"

"我跟战术小组失去了联系！小组组长坚持立刻展开行动，他不想等你到场。"

透过电话，克尔纳能听到警笛声。几秒后，同样的声音再度响起。哈德利压低嗓门咒骂着："我警告过他们，不要低估鲍尔。"

福特车毫无征兆地摇晃了一下，有人拉开一边的后门，在后排坐了下来。

"这建议不错。"一个沙哑的声音说道。联邦调查局惯用的春田M1911A1半自动手枪抵住克尔纳的后颈，一只手绕到前边，抓走他的手机，掐断电话。

特工试图转身，却感到手枪朝皮肤里戳得更深："等等，别……"

"克尔纳，对吧？来自华盛顿？"杰克说。"我记得你。"他又用枪捅了捅他，"开车。"

"你把上面那些人都杀了吗？"

杰克轻轻哼了一声："他们不会死。现在赶紧让车子动起来。我可不想再多说一遍。"

"好的……"克尔纳发动福特,驶入车流。

"一直开。"杰克告诉他,"发生任何情况都不要停。"

克尔纳将车开进中间车道,向西朝哈德逊河驶去:"我们要去哪里?"

"只管开。"

克尔纳用眼角的余光看到杰克撬开他刚才使用的手机,卸下 SIM 卡和电池,使内嵌的追踪装置暂时失效。

"鲍尔……杰克。"克尔纳咽了咽口水,尽可能使自己语气平缓,"现在结束这一切还来得及。把武器交给我,让我逮捕你吧。一切都能解决的。"

"你真这样认为?"杰克把一个包放在后座,朝前探探身子,"我要是照做,我就会人间蒸发。我知道这是怎么回事。要么被自己这边的人投入无底深渊,要么海外情报局先找到我。"

"海外情报局?"克尔纳重复道。"俄罗斯人不能动你……"他接着又纠正自己的话,"至少,那是不合法的。"

"这下你开始明白了吧……"这时,克尔纳的脚松开了油门,因为他们正要通过第八大道的十字路口,而信号灯已经变红。杰克的语气顿时变了:"我说过,不要停!"

克尔纳正要回答,却被外后视镜中闪过的一道头灯光束吸引了目光。一辆光亮的福特远征 SUV 轿车正从后方高速逼近。他瞥见了方向盘后那张熟悉的脸——马金森。副驾驶座位上的是哈德利,他一手持枪,一手拿着电话贴在耳边。

忽然间,福特远征的隐藏式频闪灯闪起红蓝相间的光,这辆 SUV 朝它前方这辆更小些的轿车奔驰而来。

杰克扑上前,用空出的那只手抓住克尔纳的膝盖,像老虎钳一样死死扣住,迫使克尔纳的腿压下油门。福星的发动机一声咆哮,轿车朝前窜去。

特工紧握方向盘,驾驶着车子绕过车流,通过路口,呼啸而过,飞奔入下个街区,身后传来一片喇叭声和诅咒声。杰克继续迫使克尔纳加速,

37

速度表的指针不断上扬。

哈德利的 SUV 仍跟在后边，但这辆大些的车子由于减速避让一辆公共汽车，浪费了宝贵的时间。

杰克将春田手枪指向福星车的后风挡，开了两枪。第一枪将透明的玻璃震裂变模糊；第二枪就把窗户击碎散落，为他观察追上来的福特远征提供了清晰的视线。他仔细瞄准，又开了一枪。这发子弹打爆了 SUV 一盏耀眼的头灯。

哈德利特工已经坐不住了。他拿着武器，从副驾驶窗户探出身子进行还击。子弹击中轿车的车身。接着，SUV 猛地加大油门，在靠近街区末端第九大道十字路口的位置缩短了与前车的距离。

前方，两辆大卡车占满了向西的车道。克尔纳准备踩刹车，但杰克的想法却不同。最后关头，他挤上前，将方向盘猛地朝左一拉，车子一晃，驶入对向车道。

"该死！"克尔纳赶紧控制好方向，避免跟一辆三排座迎面相撞，并通过了十字路口。不过，马金森还是没被甩掉。那名女特工以同样的方式敏捷地驾驶着宽大的 SUV，更高的车身悬挂系统令她的车子看上去摇晃得更为剧烈。追逐与被追的两辆车就这样在第二十三大街上穿梭。"你想害死我们吗？"

"转向第十大道。"杰克命令道。他略微停顿了一下："你说过，你有个孩子，对吗？"

"什么？"杰克的这个问题显得非常唐突，但克尔纳很快便想起来了。数年前，他们头一次在华盛顿相遇时，他曾跟被联邦调查局抓住的鲍尔交谈过。当时只有他俩在车里，聊了些各自的信仰、家庭和工作。"是的。一个女儿。叫菲奥娜。"现在，一切仿佛重新上演，只不过情况已大相径庭。

"你只需要按照我说的去做，就能再见到她。"很快，又一个十字路口出现在前方。"转弯。"

克尔纳喉咙发干。他恐怕别无选择。他们冲到路口，绕过前方的一辆车。

当福星车猛地转向时，车尾漂移，左侧车胎尖叫着在柏油路面留下黑色的印记。

他们冲上第十大道，朝北疾驰，身后响起更多枪声。杰克进行还击。克尔纳猜测，他是想击中 SUV 的车轮或发动机。

然而，哈德利似乎就没那么友善了。一颗子弹差点击中鲍尔，在风挡上留下拳头大小的孔洞。紧接着，克尔纳听到放在副驾驶座位上的对讲机发出含糊的咔嗒声。

"停车！"是哈德利在开放频道中怒骂，"克尔纳，你听到我说话了吗？把车开到路边，小子！"

"这家伙就是头儿吗？"杰克问。他们经过了第二十六街，继续在拥挤的车流中穿行。

克尔纳点点头："哈德利特工。是的。他的确非常憎恨你。"

"他可以取个号，然后排队等候。我甚至连他是谁都不知道。"

"他是皮勒的伙计……"

"杰森·皮勒？"杰克沉下脸来，"他遭遇的不幸与我无关。"他朝前探身，抓过对讲机，按下对讲按钮："哈德利。趁着还没人受伤，赶快放弃吧。"

* * *

"没门，鲍尔。"哈德利看了马金森一眼，同时松开对讲按钮，以免接下来的话被对方听到："他觉得自己能去哪里？"

"应该会直奔林肯隧道。"她告诉他，"他要做的就是半道上扔下车子，钻进检修通道。那下边简直就是老鼠洞，我们永远也找不到他。"

哈德利看了正在后排操作笔记本的戴尔一眼："召集我们在三十大街上的所有单位。要是他真去隧道，那他肯定会大吃一惊。"

"无法获得空中支援。"她告诉他，"我们还有两部车和另一个战术小组。"

"应该够了。"他再次冲着对讲机喊话："最后一次机会，鲍尔。因为如果非要我把那辆车从街上炸飞来抓住你，我会那样做的。"

"我手上有人质。要是你不撤退,我就杀了他。"

"不,你不会的。"哈德利放下对讲机,把手伸向戴尔:"给我M4。"

* * *

克尔纳听到了刚才的对话,他眨了眨眼。

"他说得对。"杰克说,"我不会杀你。"他用M1911的枪口抵住克尔纳的膝盖,"但我会在你腿上留一个洞,这意味着你将再也无法陪你的孩子一起散步。"

"明白……"克尔纳两手出汗,不停揉捏着方向盘。经过二十八街时,克尔纳隐约看见白蓝光闪烁,一辆纽约警察局的巡逻车一个急转弯,向他们开来。

两辆车互相撞击,然后并驾齐驱,一路上火花四溅。

杰克毫不犹豫地开枪击碎福星车的侧窗和警车后排的钢化玻璃窗。克尔纳听到保险销被拔出的熟悉叮当声,还有硫黄缓缓喷出的气流声。杰克将一枚烟雾弹抛入巡逻车后座,然后俯身躲避。

一声巨响过后,巡逻车内白烟缭绕。警车开始左右摇晃,然后急停下来,车里的警官爬到车外。但联邦调查局的SUV依然紧追不舍。克尔纳看到马金森驾着那辆更重的车将挡在前边的巡逻车顶到一旁。然后,福特远征的天窗开启,哈德利的头和肩膀露出来。

这位特工已决定换别的装备来解决问题。此刻他手中握着的是柯尔特M4卡宾枪。这种武器拥有精度更高、射速更快的特点。哈德利扣动扳机,将七点六二毫米口径的子弹送进福星车的车体内。克尔纳感到一边后轮爆胎了,汽车的动力随之下降。他努力控制着汽车。

"看来他要说到做到。"杰克嘴里嘟囔着,给春田手枪重装子弹,"那就来吧。"说着,他在后排猛地直起身,极速射出一串子弹。一些子弹击中SUV的引擎盖,呼啸着弹起,另一些击裂了装甲风挡,但没有穿透。不过,这已足够迫使哈德利躲回车里一阵子。

"杰克，我们迟早会无路可逃的！"克尔纳尖叫道。巨大的压力和恐惧压得他喘不过气来。让车子不飘移到迎面而来的车流中已经十分困难。"你说怎么办？"

"离开这座城市。"他喝道。在他们前方，第三十大街的十字路口正疾速而来。两人都能看见，路口上方笼罩着一个石油钻井平台似的钢铁结构；那是旧时高架列车系统的残余部分，现被用作一个城市公园里的一条色带。

"在那里转弯。"

克尔纳眨着眼道："他们一定不会让你进入隧道的，杰克。那将是死路一条！"

"我知道。"他又一次探过身来，在汽车抵达十字路口时，指向错误的方向，"朝那边走。"

"那是单行道！"

"我们就走单行道。"

杰克耍起了过去耍过的同样把戏。他抓住方向盘，用力一转，福星车驶入逆向车流中。当他们径直冲上其他轿车和货车行驶的道路上时，为了保命，克尔纳不得不牢牢控制住方向盘，宁可让车子滑向人行道，也不能发生碰撞。与此同时，特工猛按方向盘中部的喇叭，大叫着让其他司机避让。现在，他们离曼哈顿边缘只差两三个街区了。河就在前方。真的快无路可走了。

突然，司机侧的外后视镜被一颗子弹击中爆裂。克尔纳浑身一颤。庞大的SUV挤进狭窄的街道，仍旧跟在他们身后。但经过刚才的一番折腾后，两车之间的距离拉得更大了。他们飞驰过右侧的哈德逊园区时，克尔纳瞥见体型硕大的垃圾车正在纽约市环卫局的停车场里来回移动。他猛踩油门，让福星车抢在其中一辆白色大卡车的车头驶入街道前冲了过去，身后某处传来SUV为避免撞上垃圾车而紧急刹车的声音，轮胎与地面摩擦发出尖锐的啸声。

这时，他们已几乎来到林肯高速公路的交叉口。克尔纳的心在胸腔内狂跳。哈德利已经向他证明,为了抓到猎物,他宁可搭上特工的性命。而鲍尔,一个令克尔纳尊敬的人,似乎决心不让这种事情发生。

滚热的枪管戳在克尔纳的大腿上。"下车。"杰克厉声道,"快下车!"

"可我们——"

"快!"

克尔纳想到了菲奥娜,以及可能令他残疾的枪击,于是尽管车子仍在以较快的速度行驶,他依然松开安全带,打开车门,用力一推车身,跃入空中。

特工重重地落在柏油路面上,向路边滚去。粗糙的路面撕扯着他的手掌和衣服。当他头晕目眩地靠在一根路灯的灯杆下时,恰巧看到杰克坐上驾驶位,狠踩油门,车子再次闪电般冲了出去。福星车歪歪斜斜地驶上繁忙的主干道,导致其他车辆纷纷避让。由于有些车无法及时躲开,现场碰撞连连。

克尔纳挣扎着站起来,身体的每个关节都疼得要命。他看着福特车一个急刹,在哈德逊河边一个混凝土码头上的小型停车场停下。

直到这时,他才意识到杰克·鲍尔逃离这座城市的真正办法是什么。

* * *

"哈德利。"杰克从停稳的车里钻出来,拿着手持对讲机说,"别针对个人。"

他得到的回答跟他预料的完全一致:"太晚了,鲍尔。你完蛋了。"

他叹了口气。"听我说。别碍我的事,我二十四小时内就离开。我会从这个世界消失,你再也不会听到我的消息。"杰克顿了顿,回头扫视大路,看SUV停在哪里,"可如果你紧追不放的话……你会后悔的。"

哈德利的回答声音低沉,充满恐吓:"今天之内,我就会亲自抓住你,你听清楚我的话了吗?你唯一的选择是要手铐,还是裹尸袋。"

没什么别的可说了。杰克扔下对讲机,将沉重的运动包背到肩上,带上手枪,全速奔向一间小型活动办公房。他径直闯进去,扯大嗓门叫嚷着:

"举起手来！"

办公房内部被分成两部分，一边是一片开放式接待区和一间等候室，另一边则是一组办公隔间。地图、航空路线图和从空中拍摄的城市风光照片被粘贴在墙上。在接待处，两个身着深色西装的男人正兴致勃勃地谈论着大都会棒球队的表现，疯狂武装闯入者的出现吓得他俩都闭上了嘴巴。

当杰克的目光落到一个女人身上时，对方尖叫起来，害怕地扔掉手中的一摞纸张。在她旁边，一个年长些，看上去像退役摔跤手的男人开始缓缓后撤，想拿藏在一张桌子下的什么东西。

杰克由这个老家伙的目光断定他是个老兵，他的反应是受过训练的士兵才具备的，他非但不恐慌，反而有些不屑。他是想找武器，或者是报警，或者兼而有之。

杰克毫不迟疑地用点四五口径的柯尔特自动手枪开了一枪，击中老者身后墙上挂着的一面时钟。钟稀里哗啦地四分五裂，充分展现出杰克武器的威力。"别逞英雄。"他说。

"去你的！"老兵骂道，但他还是犹豫了。

杰克逼上前去，穿过通往办公区的一道齐腰栅栏。他能听到螺旋桨片低沉的嗡嗡声，还能看到窗外码头那边两架直升飞机鲨鱼形的流线机身。

西十三街的直升机机场的优点不仅是离切尔西酒店近，而且是一个完全符合杰克期望的飞行基地。纽约拥有许多直升机机场，但都离得太远，不值得他去冒险。哈德利的联邦调查局同事们中了杰克设下的圈套，误以为他想前往林肯隧道。现在，他必须利用自己创造出的这个机会。

"走开！"他一甩春田的枪口，指向门边，"你们全都给我出去。"

"为什么？"老者质问，"让你在我们逃跑时，从背后朝我们开枪吗？"他用一根指头指向杰克："你是杀害那个可怜的阿拉伯家伙的混蛋中的一个吗？你把他们的战争引到这里来了，对吗？"

我曾试图挽救奥马尔·哈山的命。杰克真想说出来，但话到嘴边又咽了下去。相反，他又一次冲天花板开枪："我说了，快走！"

对那些商人来说，这种威吓已经足够。他们全速冲向门口，女人紧跟在他们身后。老兵厌恶地瞪了他一眼，才迈步离开。"孩子，你的余生没救了。"他对他说。

"这毫无疑问。"杰克回答。他钻过屋子远端的另一扇门，来到房间外的直升机停机坪。

第一架直升机被固定住了，旋翼被束缚住，还用绑带缠绕着，以免被风吹进河里。但第二架——一架棕绿相间的贝尔206独行侠——已处于怠速状态。飞行员将引擎置于低功率状态，螺旋桨在头顶发出懒懒的嗡鸣声。杰克猜测，他或许正在进行某类起飞前的测试，也可能是对直升机系统做保养后的检查。这恰好说明了飞行员在发动机工作的鸣响下没听见刚才枪声的原因。

被他赶到街上去的旅客和工作人员足以让追逐他的哈德利及联邦调查局人员忙乱一阵子。但杰克知道，在全副武装的联邦特工冲上直升机起落场，朝他扑来之前，时间已非常有限。

他奔向那架独行侠，动作犀利地拉开驾驶舱门。

"嘿，怎么——？"没等飞行员说完，杰克一把抓住他的外套，将他从座位上拉了下来。由于只是在做简单的引擎检测，对方没有系安全带。他跌落在混凝土地面上，耳机绕线挂在门框上，耳机被扯掉。

飞行员挣扎着想站起来，可一抬头却发现M1911手枪黑洞洞的枪口正指向他的眉心。杰克没必要再高声叫嚷着发出命令，压过螺旋桨的嗡鸣。情况已经显而易见。飞行员摊开双手朝后退去，压低身子抵抗螺旋桨掀起的风浪。

杰克钻进直升机驾驶舱，关上舱门。飞行员发足狂奔起来。杰克用眼角的余光一瞥，看到临时办公屋那边人头攒动。他不能浪费时间了。

他把枪别进腰带，双手本能地以正确的姿势摆放在面前的周期变距杆和身旁的总距操纵杆上。他的脚触到了踏板，手腕一扭，开始加油，让引擎产生更多动力。螺旋桨低沉的轰鸣开始变成颤动的咆哮。杰克能感觉到桨片在空气中搅动。直升机变得越来越轻，渐渐提升，离开地面。

有什么东西击中了独行侠的后部，发出低沉空洞的响声。杰克望向右边，发现联邦调查局的人已经瞄准目标开火。他用力踩住踏板，直升机尾翼快速旋转着。他不断提升动力，故意使主旋翼产生大量下沉气流，干扰他的追逐者，降低他们的命中率。

当他让直升机打转时，瞥见哈德利正将他的卡宾枪对准自己。杰克调转独行侠的机头，朝向哈德逊远端的新泽西海岸线。飞机如离弦之箭飞去。更多的子弹射向机身，但没有造成任何破坏。

杰克控制着直升机，又低又快地掠过河面，以尽可能最短的路线飞过一处处海滩，直到终于看到了联合城偏僻的街道。

杰克注意到油量表的指针显示还有百分之七十五的燃油剩余。这足以确保他飞到缅因州，或许能穿越加拿大边界，要么转向南边，飞往费城和巴尔的摩——只要他能避免与任何警方或空军国民警卫队遭遇就行。

天色渐黑。他关闭机上的异频雷达收发机，切断当地空管控制者发现他的位置坐标，并指引其他人找到他的可能途径。接着，杰克熄灭独行侠的航行灯和驾驶舱照明，只剩下仪表台散发出的柔和微光。太阳已经落山，碧空渐呈暗色。只要他能将飞行高度保持在雷达侦测的门槛范围以下，并且远离城市中心，就有可能脱身。

至少在这东西的燃料耗尽之前是这样的，他心想。到那时，我到底又该怎么办呢？

他低头看了看被他扔在旁边空座椅上的黑色背包，想起重新从公寓里得到的那张微型 SIM 卡。联邦调查局应该已经掌握了他在反恐局的个人档案，那上面有他的"黑名册"上绝大部分人的姓名和号码。要是哈德利明智，他或许已经盯上那些最有可能的对象和联系人，并通过流量分析监控其他所有人。然后是俄罗斯人，他们财力雄厚，拥有极其深入且完全不同的一整套情报资源。

他不能给金姆打电话，把自己目前的处境告诉她，也没法向平时的联络人寻求帮助。要想走出自己目前陷入的困境，必须不走寻常路，想出一个长远之计。他操纵着直升机转了个大弯，朝消失的太阳那边飞去。

渐渐地，杰克意识到，唯一可以帮得上他的人，是一个死人。

【第五章】

　　位于匹兹堡市郊的这个仓库曾被用来储存巨大的纸卷，准备转运到遍布全国的印刷公司和工厂，但现在仓库已废弃，空空如也。经济衰退席卷了这座城市的基础设施，这就是一个例证，这儿已经成为顽强的老鼠和其他小东西们的殖民地。

　　不过，无家可归和遭遇不幸的人们可不会试图在这里寻求庇护。尽管仓库处于闲置和空荡的状态，仍从事着某种生意。它属于德萨佛犯罪家族，被他们列为可以进行聚会，而且不怕遭到联邦政府窃听的场所。由于这里几乎与外界隔绝，便也意味着零星的枪声不会引人注意，这对他们而言是额外的好处。

　　查理·威廉姆斯驾驶着银色的克莱斯勒300钻进半开的卷帘门，停了下来。不远处，两辆黑色的皇冠维多利亚静立于硕大的天窗下方。他从后视镜中看到坐在后排的洛克不安地换了个姿势，尽管夜色清冷，但他显然在冒汗。这家伙用力拽着衬衣领，不断调整外套，好像他的衣服太紧了。

　　放松点，他很想说。他们把你弄到这里来，不会只是为了揍你一顿。但他没有开口。他费了一番苦工才了解到，"大迈克"洛克不喜欢他的雇员没大没小地发言——而查理·威廉姆斯完全是洛克家族的一名仆人，大迈克和他的妻子喜欢利用一切机会提醒他这一点。

　　他将车熄火，感到右手一阵痉挛。想到外套口袋里的塑料瓶里的扑热息痛药片，他下意识地舔了舔嘴唇。对那处老伤而言，今天是个坏天气。他觉得指头麻木得像腐烂掉了一样。神经损伤一直未能痊愈，他也尝试过接受现状，可有的时候，哪怕是握紧方向盘这样简单的动作都变得十分困难。他努力抛开用止痛药暂时缓解症状的想法，将注意力集中到身处的环境中。

　　欧内斯特·德萨佛带着四个家伙站在那里。查理环顾仓库，看到建筑后部的一台龙门起重机支柱下还有个身影。这是个多出来的人，也许是观察哨吧。他强忍着才没讥笑出来。欧内斯特总把自己当作某种小将军,把他的组织夸张成类似具有"侦察兵"、"战术守卫"和符合所有术语描述特征的军事单位。但事实上,这家伙对战争和军事的所有知识全都源自他在历史频道看到的那些可怕战争纪录片。

洛克踢了椅背一脚:"你还在等什么?快下去!"

"好的。"查理说着撇了撇嘴。他钻出汽车,拉开后门,好让洛克以某种镇定的姿态下了车。

欧内斯特冲他的人点点头。保镖走上前来,先搜了查理的身,又胡乱地在大迈克身上拍了拍。

"嘿。"洛克抱怨道,"不先来顿晚餐和一场电影吗?"

这令德萨佛冷笑一声:"这家伙总爱开玩笑。"

查理跟在洛克身后几步的位置朝人群走去。他本能地将目光投向阴影中的那个人。大迈克还没有发现第六个家伙的存在。

"怎么,我们吸引不了你孩子的注意力吗,洛克?"欧内斯特指着查理说。

洛克看了他一眼。"怎么了?"他问道。

查理叹了口气,直直指向藏着的那个人:"他在找老鼠吗?"

"谁?"欧内斯特装傻。

"是你的孩子,德萨佛先生。就是在那边自以为是在扮演幽灵的那个人。"

德萨佛脸上腻人的笑容一瞬间僵住了。他不喜欢被揭穿。但接着,他又笑了起来,说道:"鲍比!别到处乱晃了!"

第六个人尴尬地从阴影中走出来,点燃一根烟,死死瞪着查理。

"他有鹰一样的眼睛。"洛克评价道,"所以我才付给他那么多钱!"

"也没那么多。"查理小声嘟囔着。

"没错。"欧内斯特瞪了他一眼。"你的手怎么样啦,硬汉?"他冷笑道,

47

"还是得靠吃药吗？"

"时好时坏。"查理回答的时候，洛克怒视着他。查理用一只手抚过自己刚剃过的光头，将目光转开。

不过德萨佛已经不再理会他。话题转向这位司机预料的方向。欧内斯特对洛克的表现感到不满，特意来这里提醒他，他源源不断的成功、舒适的房子和作为汽车经销商的不错职业，都仰仗德萨佛组织的包容。

欧内斯特很聪明，他不会将这些挑明，但话里话外却又能听出来。洛克用经销商的身份替德萨佛家族洗钱，不过查理·威廉姆斯对他究竟如何操作并不感兴趣。事实上，他向来都尽可能不让自己牵涉到洛克的生意往来中。我只是个司机，只是他的保镖。仅此而已，他会这样对自己说。

有时候，他几乎相信这一点。而别的时候——当查理想起在匹兹堡身无分文洗手不干之前的自己时——他往往会恨自己。但药物在缓解他的痛楚的同时，也可以帮他变得麻木。至少，能管那么一小会儿。

会面结束了。欧内斯特·德萨佛讲了个下流的笑话，所有人都配合地笑了起来。洛克迫不及待想要离开，几乎是奔向他的克莱斯勒，不等查理替他开门便钻了进去。回到公路上后，他从后排探过身子，气呼呼地捅了捅他的司机。

"刚才都他妈是怎么回事？我早就猜到鲍比在附近。你根本没必要去说！"

他在撒谎，两人都心知肚明。"我只是在做我的工作。"查理回答。又一阵疼痛从手掌传至胳膊，他不由得一缩。"欧尼喜欢占上风，这是肯定的，但你不能让他觉得你是个大笨蛋。"疼痛已经让他思维混乱，这话刚出口，他就意识到不该说。

"那我现在又是什么呢？"洛克的怒火被点燃了。这并不稀奇，被迫与德萨佛会面的懊恼和恐惧本就无处发泄，这下正好可以连带愤怒一股脑儿冲查理倾倒出来。他大声咒骂着，指头都要戳到司机的脸上去了："我付你薪水，混蛋！我付钱是让你开车的。给我闭上你该死的嘴，明白吗？"

"明白，洛克先生。"他面无表情地回答。他们之间的这种对话已经重复过十几次。

"这就对了！"洛克说。随后的路上，大迈克开始分析与德萨佛会面的每一个细节。他不断地复述，就像在自言自语。

查理没有再说什么，任由洛克唠叨。等他们驶离高速，开向经销商铺时，洛克已经重新调整了对会面的叙述，听起来仿佛一切都是由大迈克安排的。他说服自己相信，他才是主角。

展厅街面是一堵大玻璃墙，像个飞机库，里面停满诸如300一样的新款克莱斯勒车和一些经典大功率车。在查理看来，这里像个庞大的鱼缸，内部冷色调的淡蓝灯光映射着抛光的镀铬车身。入口上方大大的横幅上写着"大迈克的大生意！"几个字。查理觉得，这既是洛克的经销商铺广告语，又是他本人的生活宗旨。迈克·洛克非常渴望成为大人物，对这个令他无法达成目标的世界，他永远都愤愤不平。

他们在商铺后部停下车。维修车间的门敞开着，查理皱起眉头。

洛克的妻子芭芭拉从两名加班的机修工身旁挤过，朝他们迎来。她看上去似乎也渴望投入一场战斗。他记起父亲曾对他讲过的一段话：这就是那种即便面对一束玫瑰花也能挑起争端的人。

过了一会儿，当他下车时，芭芭拉·洛克的苦瓜脸已经发生了改变。看到司机后，她露出一种充满野性的坏笑。"嘿，查理。"她泛着喉音说。

"洛克太太。"他回答。这个女人早已表明，对于进一步深化他们之间雇主与雇员的关系，她有很浓的兴趣，但她的方式让查理不舒服。到目前为止，他一直成功地保持着与这个女人的距离。

但紧接着，当芭芭拉的丈夫踏出300轿车时，她立刻换回生气的表情。"你跑到哪里去啦？"她质问道。

"啊，该死。"大迈克泄气地用一只手抚过自己的脸，"芭芭。对不起。"

"对不起？"她提高嗓门复述道，"你本来应该接我的，你这个混蛋！害得我不得不打车！"

"临时有事。"洛克装出一副笑脸，解释道，"最后关头，欧尼·德萨佛给我来电话，需要我去帮帮他。"

他说得好像是对方亲自找他，屈膝求助似的。可芭芭拉一眼就看穿自己的丈夫，对他怒目而视。"哦，真的吗？他完全不把你当回事，而你却在说'很高兴'，对吗？"她摇了摇头，"迈克，你什么时候才能勇敢面对那只蟑螂呀？你令我感到恶心。"

洛克的假面具土崩瓦解。查理发现他脸颊在变色。"我能做什么呢？要是我跟他回嘴，十秒钟后，我的脑袋就要挨子弹！到那时候，你从哪里去弄钱买你那些该死的鞋子，哈？"

"你什么都不懂。"她反驳道。"那样的男人？他们尊重实力。"芭芭拉望向查理，"你明白我的意思，对吗？"

"别问他！"洛克大声吼道，"该死的，他能知道什么？"

查理张嘴想说点什么，好让自己从这场即将展开的争吵中脱身，但没必要了。吵架已经开始，丈夫和妻子都已顾不上他。他朝经销商铺的两名机修工所在的工作台走去。

弗兰克和乔希都二十多岁。他们似乎认为替洛克工作是一份入门工作，能帮助他们进入匹兹堡黑帮构建的来钱容易的世界。查理可没心情告诉他们这种想法有多不靠谱。

"出什么事了？"弗兰克问。他在两名机修工中年龄较大，五短身材，常在当地健身房里花费数小时进行力量训练。

查理摇了摇头："老一套，老一套。"

"哼！"乔希自顾自地点了点头，仿佛认为查理的回答很神秘。这名机修工个子不高，但精力充沛。"嘿，伙计，看过今晚的新闻了吗？"他指了指放在工作台上的那台小型便携式电视机。

邋遢的屏幕上，一名 CNB 记者正在评论来自纽约的消息。那里发生了一起绑架和针对某著名外国领导的谋杀，现在总统也出事了。"这都是怎么回事？"他问。

"总统辞职了，伙计。"弗兰克认真地说，"知道吗，要是总统认输，情况就会变糟。"

"该死的俄国人。"乔希评论道，"不用说，肯定是他们干的。他们好像很想回到八十年代。邪恶的君权统治，满嘴胡说八道。"

弗兰克瞪着另一名机修工："你对八十年代了解些什么，笨蛋？那时候你妈妈都还是个婴儿。"

"我看过一部电影。"乔希反驳他。

"你怎么看，查理？"弗兰克问。不过司机的注意力没有真的在这上面。电视上的新闻节目在播放当天早些时候的事情，身着蓝色荧光夹克的人在联合国大厦前的一条街上蜂拥而行。硕大的黄色字母表明这些人所属的机构——联邦调查局、纽约市监察局、反恐局。

手部的疼痛又一次袭来。查理迈步走开，没有回答弗兰克。他将好的那只手伸向外套内袋里放着的那瓶扑热息痛。正在这时，手机响了起来。

手机屏幕上的呼入方显示"未知"。在某种连他自己都无法解释的冲动作用下，他按下了接听键："你好？"

"你好，蔡斯。"一个粗哑低沉的声音从电话另一端传来，"说话方便吗？"

那一瞬间，脚下的地面仿佛裂开，他仿佛落入冰冷的无底深渊。他脚下一软，赶紧扶住一辆停着的汽车。忽然间，他想起自己曾受过的每一寸伤和身上留下的每一道疤痕。不知怎的，他付出长久的努力才抛在身后的过去，依然追了上来。

他费力地咽了口唾沫："谁……你是谁？"其实他已经清楚答案。

"我是杰克。我需要你的帮助。"

他扭头看了一眼电视屏幕上正在播放的新闻，脑子飞速地转动："你是怎么找到……"

"这个我们稍后再谈。"几秒钟短暂的停顿中，查理几乎能听见自己所处的世界正在分崩离析，"你欠我的，蔡斯。现在你该还我了。"

"蔡斯·埃德蒙斯已经死了。"他小声地说，并从汽车的烟色玻璃中看到了自己的脸。这是一张逃离自己的男人的脸，是一张完全摆脱了所有过往的脸。或者我是这样认为的。

"我也一样。"电话里的声音说，"但我们的命都不该绝。"

他很想知道，如果就这样逃离，再次把一切都抛下，会不会很难。过去，每当他想这样做时，这似乎都是个不可能的选择。但此刻它看起来却很简单。他已经做出决定，而且这个决定深藏于心，或许几个月前，甚至几年前就已成形。"你想要怎样，杰克？"

"看短信。"电话断了，很快，一条短信传了进来，显示出门罗维尔那边州际公路旁的一个地址；他知道那是哪里。

"嘿！嘿，听我说！"他忽然意识到洛克正面色铁青地大步穿过车库，朝他走来，"上班时间不准闲聊，白痴！"

他望向对方，仿佛头一次见到他似的。大迈克·洛克的每一处缺点此刻都显露出来，让这个又矮又可怜的家伙实在令他厌恶："你的下场会很惨，这点你知道吗？"

"你说什么？"洛克吼道，"你是在威胁我吗？是不是德萨佛说了些什么？"

"迈克……"他边说边钻进300，"我决定了。把你这份糟糕的工作拿走吧，我要走了。我不干了。"

"嘿，那是我的车！"洛克冲过来。但查理一脚踩下油门，一溜烟地驶入黑暗中，"你他妈以为自己是谁呀，查理？"

"我不是那个人了。"蔡斯·埃德蒙斯回答道。

* * *

杰克低头盯着从克尔纳特工那里偷来的手机，用一把餐刀打开后盖，暴露出机器内部，切断追踪芯片。他坐在路旁餐馆角落的位置，没人来打搅他。二十四小时休息站里零星的客人们都专注于各自的餐食和谈话。门口上方有一个看上去像是廉价塑料监控摄像机的东西，但它指向另一边，抓拍不到他的脸。

这家餐馆是那种仿五十年代特色的建筑，屋顶两边翘起，中间下沉，停车场内的杆子上有一个霓虹招牌，整个一座喷气机时代建筑，随处可见锡制品。但餐馆实在太破旧，不能称之为故意仿古，仿木胶合板已经脱落开来，软塌塌的座椅上粘着胶带。一排半挂车将杰克跟高速路上过往的车辆阻隔开。他望向窗外，一辆警察巡逻车飞驰而过，瞬间消失在夜色中，一如出现的那样突然。

餐馆投射出来的光晕之外漆黑一片。方圆数英里之内，除了旷野、林地和小规模的郊区居住区外，别无他物。女招待替杰克倒上一大杯清咖啡，没有问他为何没开车，而是从路上走过来的。他不知道是否有人注意到他在几里之外的高速公路收费路口附近将独行侠降落在一片空地中。如果他运气够好，明天天亮之前，不会有人发现这架直升机。

咖啡很浓，味道很好，有助于他集中精神。他再次拿起手机，小心翼翼地不碰到存储卡槽内的 SIM 卡。他删除了刚才的那条通话记录。忽然，杰克感到一丝愧疚。他从蔡斯的语气中听得出，这个电话令对方如遭晴天霹雳，已在匹兹堡为自己建立起某种新生活的这位前搭档显然已被这突如其来的打扰弄得心神不安。

他可能已经闯入并将摧毁一个人寻找新起点的尝试。这感觉令他备受折磨——但此刻他似乎别无选择。他的同事、他的朋友和他的家人肯定全都受到了监视。为了得到需要的东西，杰克唯一的希望便是求助于这位被世上其他人认为已经死亡或消失的人。

杰克·鲍尔和蔡斯·埃德蒙斯的第一次交集发生在几年前。那是一个将反恐局的华盛顿特区和洛杉矶分部集合起来的事件。一个图谋在加利福尼亚州杀害数以千计无辜民众的复杂阴谋被挫败，在很大程度上归功于这两位特工的努力。事后不久，埃德蒙斯被调往反恐局洛杉矶分部，他们俩强强联手，组成一个实力小组。几个月后，当柯迪拉病毒爆发时，杰克正秘密渗入萨拉萨的组织，蔡斯负责掩护他。但在那致命的数小时中，两人的处境都不顺利。当一切结束时，两名特工之间的关系发生了永远的改变。杰克做出了至今令他难以释怀的选择，付出代价的却是蔡斯。

他不知道再见到旧时搭档时能说些什么。他们分道扬镳后，发生了很多事情。杰克只是由于某种强烈的责任感，才持续不断地关注着对方。

接下来几小时事态的发展将决定杰克的逃生计划能否成功，或者他是否将在联邦监狱中腐度余生。或是送命，他回忆起在直升机场那名老兵的话，心里想。

杰克·鲍尔很有可能在今天结束前走到生命终点。他必须想出办法来控制那些可能性。他一定要十分专注，掌控局势。

他翻阅数据卡上的联络名单，目光缓缓移过朋友们和敌人们的姓名和电话号码。当一条特别的记录出现时，他眯起眼，犹豫起来。

这条信息很老，代表某个绝对算不上盟友，而且是一个——要是换在过去的某个时候——会被杰克毫不迟疑地杀死的人。但眼下，他可不能那样做。

他按下"呼叫"键，等待连线。紧接下来他要做的事情，又将是一次冒险，或许是从他决定逃离纽约开始，最为危险的一个决定。可万一奏效的话……

伴随着金属质感的滴答声，电话通了，是自动语音留言系统。他没有浪费时间听机主留言或解释。"我是杰克·鲍尔。"他说，"我想谈谈。"他留下经过重新设定，未被记录在册的号码，掐断了电话。

"要替你加满吗，亲爱的？"女招待手中端着一壶新鲜咖啡过来了。

杰克看着她添满杯子，表示谢意。他点了一份汉堡包配薯条。实物刺激了他的食欲，他的肚子咕咕叫起来。杰克猛然间意识到，他已经很久没有吃东西了。

电话颤动起来时，他刚要吃完。

"你还真回电了。"他说，"我估计只有一半的可能。"

"有阵子没联系了。"对方回答道，"我一直关注着你，杰克。"

* * *

供海外情报局人员使用的集结待命区位于"盗匪出没地[1]"，一家倒闭的理发店背后。这地方总是有一种头发烧焦和清洁液混杂的味道。

理发店前面，两名安全许可级别过低，无权了解整个任务详情的男子正盯着大街，负责放哨。而在里屋，季敏诺娃正在一张摇摇晃晃的桌子上打开一台经过强化处理的手提电脑，旁边的充电器插头上连着一台卫星电话。她一只手敲击着电脑，另一只手无聊地翻阅着一份几个月前的《国家地理》杂志。

巴赞和埃克尔尚未驱车回来。指挥官已经说了，要在哈莱姆区[2]，一处安全的房子里，挑选一些特别的装备，这件事花费的时间比他们预期的要长。她皱眉看了看表。

尽管她竭力掩饰，但这位海外情报局特工的内心极其兴奋。嘉琳娜·季敏诺娃憎恶死气沉沉，事实上，她与选中自己的这份职业之间一直矛盾不断。从事间谍活动非常重要的一部分内容就是什么也别做，经常要等待目标采取下一步行动后，才能进行暗杀或抓捕。可她却无法安于沉寂，不停地看表。执行这种任务，紧张陡增十倍。她坐在房间里的每一秒，都可能被杰克·鲍尔用来溜得更远。

季敏诺娃的行动记录非常出色——这正是她被部署到美国，进入巴赞

---

[1] Hell's Kitchen，指美国纽约市曼哈顿区西部——译者注

[2] Harlem，纽约黑人区——译者注

小组工作的原因之一——她可不愿因为一次抓捕反恐局变节特工失利而让自己的名声毁于一旦。但她仍然摆脱不了一种持续不断的想法，觉得正在执行的这项任务与其说是为了保护她的祖国，还不如说是为了满足一名政客想要报仇的小气需求。

想到这里，她又皱了皱眉头，再次看看手表。她在这里等待的那个线人迟到了。在领事馆时，她的长官已向她提醒过对方这一习惯性特征。那个人属于格外谨慎的类型，处事多疑多虑。季敏诺娃想象得出，在像今天这样的日子，为了避免被人跟踪到集结地，他一定正在四处绕圈子。她抿抿嘴。谍报技巧用得太过就会是浪费时间。

她翻过杂志的一页，看到一幅民航飞机的图片，思绪转移到不同的事情上。萨瓦洛夫总统的喷气式飞机现在应该已经升空，沿着一条航道高速穿过北大西洋，尽快将他送回家。如果联合国曾想就今天的事件向萨瓦洛夫发问，他们已经丧失机会——至少现在如此。

在巴赞下达给小组的命令中，包括直接向总统办公室主任定期汇报搜捕情况，但眼下没什么可报告的，只能确认联邦调查局还没能拘捕杰克·鲍尔。用当地话来说，他仍然"飘于风中"。

忽然，卫星电话蜂鸣起来。季敏诺娃从充电托架上拽过电话："请讲。"

"我有新情况汇报。"尤尔金说。这名特工显然是在户外，也许在某个屋顶上。季敏诺娃听得到背景音中的风声和消防车远远的呼啸声。"梅格已从他在纽约市警察局的消息源那里确认，在切尔西酒店区域发生了武装追逐。有报告称，一架商用直升机遭到劫持，最后消失在新泽西。"

"是鲍尔吗？"

尤尔金顿了顿："还不清楚。"

"哪种直升机？"

尤尔金又停顿了一阵，是在查看细节："一架贝尔206独行侠。但不管劫匪是谁，法律部门的人都正想先发制人。就当前情况而言，我们恐怕只能以此为目标。"

门口传来轻轻的敲门声。季敏诺娃抬头望去，看到一名守卫正透过半开的房门向里看。他用拇指朝另一个房间指了指。

她点点头，示意他退去，然后才继续接电话。"别做什么假设。"她接着说，"巴赞想要的是铁的事实。我得走了，线人到了。"

季敏诺娃挂断电话，迟疑了一会儿，思索着刚才与尤尔金的通话。他提到的飞机在加满油的情况下，能飞大约三百五十至四百英里。她很想知道在这样一个半径范围内，鲍尔希望去哪里。但把时间花在追逐模糊的可能性上，是徒劳的。他们要靠可靠的证据而不是猜测来寻找目标。她站起身，大步走进理发店。

* * *

一名中等个头、肤色黝黑的黑发男子正在房间中央等候季敏诺娃。两个海外情报局的安保人员——都默不作声，一脸凶相——站在他和通往街道的门之间。季敏诺娃进来后，他们带上房门，把他俩留在室内。

这名男子——线人——捏着外套的领子，将目光投向季敏诺娃，然后又转到门边。"我尽可能快地赶来。"他告诉她，"我好不容易才出来。我不能在这里久留，我不在会引起注意的。"

她已大致看过这个线人的资料。他的故事在间谍领域司空见惯。他并不是因意识形态或受到敲诈被收买，而仅仅是源于贪婪。他是东海岸最大的移动网络系统供应商的一名技术主管，俄罗斯付给他丰厚的报酬让他充当工业间谍。他泄露出来的商业情报，使那些与克里姆林宫携手共事的公司财团能与外国公司抗衡，甚至能在某些领域比对手抢先一步。

但那些情报仅仅是交易的一部分。培养这个线人还有另一个原因，现在他就会明白了。

季敏诺娃用审视的目光打量着对方，开始动员他。"你要向我们提供对你们网络的完全访问权限。"她告诉他。男子面色煞白。"尤其是以纽约市为中心的一片区域，半径是……"她停下来想了想，"四百五十英里。"

"我……我不能。"

"你可以。"她说。在她看来，对方的拒绝似乎显得很愚蠢："我们清楚你能行。而且这一切得赶紧完成。我们在寻找一个人，你明白吗？"

她从口袋里掏出一张已经由技术人员在领事馆准备好的闪存盘。上面记录了杰克·鲍尔的声音样本和一套专用图像识别软件。

线人两手颤抖着接过闪存卡。"你可能不明白，"他说，"我可没同意过做这种事。工业秘密是一回事，可这是另一回事！"

"你会得到补偿的。"她告诉他。"你真的想知道拒绝将会发生什么吗？"季敏诺娃没有等他给出回答，"我们没时间寻找另一种选择。因此，我为之工作的那个人会把你的妻子和孩子一个个杀死，直至你按照刚才的要求去做。"她语气温和，几乎娓娓动听。

"别……"线人眨着眼，双目微微泛光，"好吧……但求你了，不要伤害她们……"

"照我们说的做，她们就会没事。"她伸出胳膊，把一只手搭在他的肩上，"我们会一直等着。"

门口的特工开门让线人离开。季敏诺娃看着那名男子神情恍惚地走远，消失在视线之外。她又一次看了看表。她就这样用不到一分钟的交谈毁了一个人的生活。

季敏诺娃不确定是否有必要实践刚才那可怕的威胁。她很想从某种飘忽而超然的角度找到对这名线人的些许同情，但她没有找到。相反，她怀疑线人可能会有足够的勇气去发出警报。要是他那样做，整个行动就砸锅了。

但紧接着，她便想起巴赞曾告诉过她的关于那些被选中收买的人的特质。我们从不选择那些足够强硬，能抗拒我们的人。

【第六章】

蔡斯将克莱斯勒停在餐馆的停车场内,车头指向高速公路,以应对万一需要快速驶离的情形。这是一种本能的做法,无需思考,自然而然。他接受过的训练的残余影响已迅速恢复,各就各位。在过去几年中,他任由一些技能渐渐荒废,但毕竟没有完全忘却。这种感觉真不错。

钻出汽车前,他检查了外套下枪套里那把鲁格手枪的保险栓,然后才走进休息站。他将目光从餐馆内的一张张面孔上扫过,最后落在一个孤零零地坐在位于后方阴暗隔间里的身影上。

蔡斯赶来见的这个人背靠墙壁坐着。他选择的座位既不挡道,又离安全出口仅有几步之遥。没有别的人会这么做。

蔡斯冲女招待微微一笑,溜进隔间。"嘿。"他想先说点别的什么打开话题,但此刻,当他站在这里,面对鲍尔那绿色眼睛沉稳的目光时,他不再确信该说什么。

"谢谢你能来。"杰克对他说,态度显得颇为诚恳。这个年龄比他更大的家伙看上去虚弱疲惫,但眼神中仍流露出某种野性的东西,令他想到被逼至角落的狼。"见到你真高兴,蔡斯。"

"我已经不是蔡斯·埃德蒙斯很久了。"他回答。

"我知道。"杰克轻轻点了点头说。"我看到了死亡证明。"他顿了顿,"很抱歉。但你是我现在唯一的希望。"

蔡斯面无表情地轻声一笑:"纽约的那些事,对吗?你跟那件事牵扯得很深?我早该猜到的。"

"事情很复杂。"

"事情向来复杂。"蔡斯望向窗外,又收回目光,"我有许多疑问。"

"当然。听我说,我们应该先上路——"

蔡斯扬起一只手:"不,杰克。在你向我做出一些解答之前,我不会离开这里。如果你想得到我的帮助,就得跟我谈谈。"

鲍尔靠向椅背:"好吧。"

第一个问题——也是蔡斯最想问的问题——卡在他的喉咙里了。他绕过去,换了个问题:"我付出巨大的努力,才让蔡斯·埃德蒙斯成为一个幽灵,变成现实中的查理·威廉姆斯。可你却冒了出来,就好像什么事都没发生过一样。你是怎么找到我的,杰克?"

鲍尔认真打量着他,先回答了对方没有说出口的那个问题:"金姆没事。她现在回到了洛杉矶,已经结婚。我有一个外孙女了。"

蔡斯尽管很努力,仍然未能掩饰鲍尔在他心中激起的波澜。强烈的遗憾与发自肺腑的慰藉感混杂在一起,汹涌而来。他很难解释自己的这种反应。"这……这很好。我真为她高兴。"其实两个男人都很清楚,这并不完全是实话。

数年前,金姆曾在一次反恐局的行动中被劫持,是蔡斯将她救出的。随后,他俩渐渐走得很近。有一段时间,他们彼此都很认真。但在柯迪拉病毒事件发生后,在蔡斯奋力解决那致命威胁的过程中,情况变了。他条件反射地捏了捏受过伤的胳膊。

杰克冲他的伤点了点头:"感觉怎么样?"

蔡斯瞟了他一眼:"是你砍断了我的手,杰克。你把它砍断后,他们又不得不把这该死的东西重新缝回去。你觉得它的感觉会怎样?"他一脸愠怒。鲍尔没再说什么。事实上,杰克当时也是不得已而为之。在萨拉萨阴谋实施的过程中,为了大局,杰克不得不牺牲了蔡斯的手。

但这一举动对两个男人间的关系造成了永久性的伤害。要是蔡斯能对自己更坦诚,他应该承认,这件事在他和金姆之间种下了分手的种子。手术后,尽管蔡斯接受了各种各样的康复治疗,手腕的神经损伤仍然意味着他无法再胜任反恐局的工作。曾被他奉为最爱的职业已不再属于他。回望过去,他只觉得那是一段陡坡的高峰。他从那里不断下滑,不断下滑,以至落到现在的境遇。数月后，金姆获悉自己的父亲似乎已经遇害，两个人的关系开始走向终点。蔡斯从未真的相信鲍尔死了，他所坚持的这种信念令金姆愤恨，因为她想从悲伤中走出来，继续生活。此刻，蔡斯就坐在金姆父亲的对面。他的判断一直就是对的，这真是残酷的讽刺。

"克洛伊，"杰克跳转回第一个问题，"是克洛伊·奥布莱找到了你，不是我。瓦伦西亚的爆炸发生后，我请她找你。"

"原来这样……"蔡斯默默点了点头。

"安吉拉……"杰克温和地说出蔡斯女儿的名字，感觉心里有些紧张，"她……？"

"没有。"蔡斯把两手平放在桌上，"感谢上帝，没有。事情发生时，她跟我妹妹在圣地亚哥。我……我把她送走的。"他回想那一幕，仿佛就在昨天。当时他已经因伤残退出反恐局好几年，生活过得并非一帆风顺。他身背债务，四处漂泊。虽然他也曾尝试过寻找人生新的挑战，在某家私人安全顾问公司供职，但他做的那些事情都没有他在反恐局做的事情那么有意义。没有金姆的生活变得毫无目标。随着安吉拉渐渐长大，他跟这个小女孩的交流变得越来越困难。

后来，一群恐怖分子在圣塔克拉利塔的一座仓库引爆一枚低当量手提箱核弹，距离他居住的地方仅数英里之遥。爆炸摧毁了整个瓦伦西亚，在一瞬间杀害一万二千多人。那一暴行产生的影响至今仍能感受到，洛杉矶市包含爆炸区域的那部分被隔绝开来，成为人类悲剧的遗迹，为了净化该区域而进行的努力将持续数十年。

事发当天，蔡斯正在洛杉矶的另一端，手里拿着一瓶杰克·丹尼威士忌借酒浇愁。突然，他心里一怔，顿时完全清醒过来，看到了面前的道路，知道那将通往何方。他决定让这个世界认为蔡斯·埃德蒙斯已死于瓦伦西亚的爆炸中，然后重新开始。安吉拉会得到他的保险赔偿，有了这笔钱，她就可能过上好得多的生活，比他能给她的任何生活都更好。

"你伪造了自己的死亡。"杰克揣摩着他的思绪,"你利用爆炸,逃之夭夭,然后改头换面,重新开始。你做得很好,糊弄了绝大部分人。"

"但没能骗过克洛伊,不是吗?"蔡斯低头盯着自己的两只手。"我不应感到惊讶。"他重新望向过去的搭档,"这并不容易,对吗,杰克?让每个在乎你的人都相信你死了,这并不容易。"

"是的。"杰克轻声回答。蔡斯忽然为他感到一阵悲伤,"现在我俩都明白了做出那样的决定会付出怎样的代价。"

"我想是的。不过,事情并未完全按我计划的发展。四年隐姓埋名后,我现在的状况还不如以前。"他无奈地笑了笑,"接着,你从天而降,我屁颠屁颠地跑过来。该死的,这到底跟我有什么关系?"

"这说明你的变化并没有那么大。这说明你仍对朋友保持着忠诚。"杰克迎上他的目光,"而现在,我非常缺乏这种忠诚。"

"在纽约到底发生了些什么事?"蔡斯问。杰克将经过告诉了他。

他讲述了暗杀卡米斯坦伊斯兰共和国领导人的阴谋,针对曼哈顿的炸弹威胁,以及最后阴谋是如何被他曝光的。但蔡斯能察觉,其中隐藏着更多的东西。当他向杰克追问,要他进一步解释时,他看到对方的目光变得寒冷、疏远起来。

"他们杀死了某个我在乎的人。现在还有家伙盯上了我。联邦调查局、俄罗斯情报机关……两边甚至比拼谁能先抓到我。"他叹了口气,"我只想再做一件事,然后就离开。我想跟我的家人见最后一面。"

蔡斯没说什么,但心里却浮现出安吉拉的模样。这段时间以来,他尽可能不过多地想她,可当他这样做时,懊恼如剃刀般刮擦着他的肌肤。他非常理解他的前搭档的动机背后隐藏着的原始的人性冲动。他点点头:"因此,你需要我帮你完好无损地去到洛杉矶。"

"我可以付钱给你。我有一个秘密账户,谁都不知道,包括反恐局在内。"

"天降横财,是吗?"蔡斯摇着头,"没必要。当你说我欠你时,你是对的。

你好几次救过我的命。我欠你的。"

"谢谢。"

他站起身,杰克随着站起。"我认识一个家伙。"蔡斯接着说,"或许你可以称他专家吧,差不多。他替我的前雇主处理合同上的事。"

"前雇主?"

蔡斯耸了耸肩:"路上再向你解释。"

* * *

但事实证明,离开这里绝不会一帆风顺。当他们俩从半挂车旁绕过时,蔡斯看到一辆蓝色的庞迪克歪歪斜斜地停在他偷来的克莱斯勒 300 后边,有两个人正坐在轿车的引擎盖上休息。

乔希和弗兰克的深色外套下仍穿着先前的机修工工作服。他们走近时,乔希从邋遢的棒球帽帽檐下凝视着他们。"终于出现了。"他嘟囔着从车上滑下来。

弗兰克迎上来,将指关节掰得咔咔作响。"查理,"他摇着头开口道,"你不应该那样跑掉。洛克先生对此真的很生气。"

乔希指着杰克:"这是谁?"他嗅着空气,仿佛闻到了什么怪味似的,"他看上去像个警察。"

蔡斯叹了口气:"你们跟踪我。"

"是的。在高速公路上看到了这辆车。"弗兰克摇了摇头,"洛克先生希望它回去的时候完好无损。"

杰克一动不动地站在那里。蔡斯看了他一眼,两人都没说话,但对对方的意图都了然于心。杰克的表情传递的是这个问题:你打算处理掉这件事吗?蔡斯不易察觉地点了点头:我已经做好准备。

"钥匙!把钥匙交出来!"乔希伸手喊道。为了表示强调,他故意让藏在袖子里的短撬棍滑落下来,将它抓在手中。

蔡斯打量着两名机修工。"让我猜猜看。"他说,"洛克告诉过你们,无论你们中的谁将我打倒,都会得到我的工作,对吗?"弗兰克和乔希没有立刻回答。这让他确信自己说得没错。他摇摇头:"听我说,伙计们,你们得去别的地方找份工作。大迈克总有一天会害死你们的。他对德萨佛的利用价值迟早一天会耗尽,他们会干掉他。你们会卷入双方的斗争。你们真的以为他会照顾你们吗?"

弗兰克犹豫了一下,换了个姿势:"你不该这样说洛克先生。这太无礼了。"

蔡斯再也无法忍受:"他是个白痴。去告诉他这是我说的,这辆车我要了,就当我的离职金。"

"回答错误!"乔希跺着脚吼道。他举起撬棍,朝蔡斯逼来。与此同时,弗兰克笨拙地挥出一拳,击向杰克,却没打着。

蔡斯躲过袭击,一记短拳落在乔希脸上。

乔希再次扑向蔡斯。这一回,他将撬棍挥舞得像在耍剑,试图用末端的铁钩击中蔡斯的脑袋和肩膀。"你还真他妈是条硬汉!"机修工骂道,"朝我来呀,小子!来呀!"

蔡斯本能地想抓住撬棍,将它挡开,但却未加思索地用了伤过的那只手,没能及时抓牢。对方趁势步步紧逼,蔡斯受伤了。

旁边的杰克和弗兰克也在交锋。大块头想给鲍尔一记锁喉,却没能抓住对方,却被杰克踢倒在地。

得尽快结束这一切,以免被餐馆里的人看见并报警。乔希在做出一个伸展幅度过大的突刺动作时犯了个错误,让蔡斯抓住了撬棍,而且用的是健康的那只手。蔡斯将棍子拽向自己,乔希顿时失去平衡,踉跄着扑向前。蔡斯用头狠狠撞向他,机修工颓然倒地。

蔡斯用撬棍头指着挣扎着想爬起来的乔希,"别动。"他说,"你这辈子至少也该放聪明一回。"他用棍尖扎破庞迪克的轮胎,然后把撬棍扔进深草丛中。

他俩钻进克莱斯勒。杰克看了他一眼:"那个叫洛克的家伙还会找麻烦吗?"

"也许不会了吧。"蔡斯摇摇头,发动汽车,"你已经为咱俩惹了够多的麻烦了,对吗?"

* * *

豪尔赫·克尔纳皱着眉头穿过外勤办公室。他每走一步,缠绕在右小腿上的绷带都会紧紧拉扯。此外,他的一只手掌也被包裹起来,脸上一些小伤口上贴着胶布——所有这些印记都是在他被迫担任杰克·鲍尔司机的短暂危险之旅中留下的。他被从行驶中的汽车抛下,外套也被弄坏了,此刻穿着一件胸口带有联邦调查局标志的突击制服,背部也绣有调查局的缩写字母FBI。他从房间里经过时,其他身着相似服装的特工们纷纷抬起头,但没人想与他进行目光交流。尽管消息曾试图被封锁,但大家仍然听说了切尔西的汽车追逐和直升机被盗的事。到现在为止,克尔纳在这件麻烦事情中充当的角色,恐怕从这里到迈阿密都已成为公开的秘密。

他一脸愠怒地走向会议室。一些之前在直升机场的市民正在靠近咖啡机的那片等候区焦急地打着转。当克尔纳从旁经过时,一名身着西服的男子拦住了他。

"你是特工吗?"他问。

克尔纳抿着嘴,指了指身上的衣服,但没有开口。

那名商人立刻开始慷慨激昂地抱怨起来,说他是某个大公司的重要行政人员,要去巴尔的摩的另一家大公司参加非常重要的会议,由于联邦调查局的"干扰",他被滞留在这里,即将迟到,很不公平。

正在这时,戴尔从旁边的走廊里出现了,正要送走一名年长的男子。"谢谢你的配合。"她对他说,"如果你愿意在这里等一会儿,我们会安排车送你回家……"

商人立刻将注意力从克尔纳身上转向特工戴尔:"终于来了。听我说,我得离开这个地方。你就不能假定我看到的跟这些人看到的都一样,让事情到此为止吗?"

戴尔眨了眨眼。"请坐下再等等。"她回绝道,口吻像在训诫一条不守规矩的宠物狗:"会轮到你的。"她看了克尔纳一眼:"你还在小组里吗?"

"差不多吧。"他们丢下愤怒的商人,走开了,"得到什么有用的信息了吗?"

戴尔伸出拇指朝身后指了指:"那个老人曾在韩国服过兵役,他提出跟我们一起去找鲍尔。他说他有这个能力。"

"他可以取代我的位置。我想,哈德利会因为我的行为解雇我。"

他们来到简报室打开的房门前时,马金森大声说:"没准真有这可能。"

"为什么?"

"从事发现场赶回来后不久,哈德利就被拉去跟德怀尔特工和特工副主管开会。要是你认真听的话,即便有隔音墙,也能听到奥利里把他训得狗血淋头。"她端起塑料杯,抿了一口水,"可你真的没想过停车吗,克尔纳特工?"

"没有。"他激昂地回答,"从未想过。"他看看马金森,又看看戴尔:"我尝试过把他带回来。可你们也看过鲍尔的资料。他不是那种肯妥协的人。他不会听的。"

马金森一扬眉毛:"所以,你就改变了主意,准备一枪击毙他,对吗?"

"我可没有这样说过。"

"好吧……"戴尔坐到桌子的一角上,"事已至此,我们需要一个新方案,而且两小时前就该开始行动了。"

"他的联系人方面有什么消息吗?"克尔纳问。

"没有,鲍尔非常聪明,不会去接触东海岸任何已为我们所知的关系。"戴尔摇了摇头,"可在这之外呢?也许吧。"

"那个跟他在反恐局共过事的女人,奥布莱恩?"马金森提出,"我们应该把她找来，看看她是否了解些什么。"

戴尔再次摇头："弗兰克斯特工和他的小组正去找她。很快她就会被控制住，但我们不会插手。"

"哈。"马金森上下打量着克尔纳，"医生说你没事吗？没有永久性的创伤吗？"

"只会永远有损我的名声。"

"不只是你的。"一个声音从门边飘进来。三人同时扭头，看到哈德利正站在那里，脸上一副严肃冷漠的表情，"这件事是我们大家的耻辱。"没人听到他进来的动静。

这个特工头儿怒视着马金森和戴尔，命令道："出去。"两名女特工一声不吭地离开了。哈德利说着走进房间。克尔纳甚至觉得这家伙已准备给他一拳。哈德利关上门，质问克尔纳："你究竟以为自己是谁呀？"

基于对哈德利脾气的了解，克尔纳已做好迎接他怒气爆发的准备，但对方的语气却平静冷淡。

"医护人员替我检查时，我已经做了说明。"他告诉哈德利，"我无意冒犯，但请读一下吧。你能看得出，我别无选择。鲍尔一直拿枪指着我。"

"并不是一直那样。"哈德利纠正道，"他在大街上开火，朝联邦特工射击的时候就没有。"

克尔纳的脾气也上来了："你是想再次提醒我，在高速追逐的过程中，你都做了些什么吗，长官？"

哈德利没有理会他的讽刺："他跟你说了些什么，豪尔赫？你们聊了些什么？"

"他告诉我，要是我不按照他说的做，他就在我腿上开个洞。"克尔纳并不示弱，"除此之外，鲍尔没怎么说话。然后，他强迫我离开行驶中的汽车。"

"你本有机会阻止他，可你却没有把握住。向我解释一下。"

67

年轻些的特工摇了摇头:"你错了。我的确把握了机会。我试过说服他。希望在不演变成流血事件的前提下,把他带回来。但他不听。"

"鲍尔先开的枪。"哈德利说。

"那是在你派出一支全副武装的战术小组抓他之后。"

哈德利对他怒目而视。"不需要你告诉我如何指挥行动。"他指了指克尔纳脸上的伤口和瘀青,"瞧瞧这些……克尔纳特工,短时间内,你就受了这么多伤,我在想你是否应该就此收工,回去休息。"

"不,长官。"克尔纳针锋相对地说,"我要参加整个行动。"

哈德利的态度缓和下来。"你觉得他有点像个英雄,对吗?杰克·鲍尔,大人物,传奇人物?我的意思是,我们都听说过他的传闻,不是吗?帕尔默的暗杀、核恐慌、喜达屋事件……关于鲍尔的那些秘密行动的情报足以塞满一座该死的图书馆。"哈德利继续着,"可你知道我是怎么想的吗?我认为杰克·鲍尔是一个属于黑暗时代的遗物。他就是个内心阴暗、手段卑鄙的杀手。他是我们中最坏的一个,克尔纳。他不懂愧疚,没有良知,无权享有自由。"

"你错了。"克尔纳说,"你不知道他曾被迫付出过什么。你不了解他。"

"这么说你了解他?"哈德利紧盯着他的眼睛,"杰森·皮勒,一个在海湾战争中和回国之后都曾救过我的命的人,因为鲍尔的所作所为,今天死了!皮勒去追鲍尔,结果被杀害!他就是那样的人。他去过哪里,哪里就是有人死亡!"

克尔纳连连摇头:"鲍尔跟皮勒的死无关。我在收集情报时,听到了从特情局走漏出来的一条消息。据传,射杀皮勒的或许是查尔斯·洛根,他的雇主!"

可哈德利根本不听他的。"你还是想拘泥于这些细节,那好吧。但从现在起,你只能照我的要求去做,也只能在我让你去做的时候才做,明白了吗?"他没等克尔纳回答,"特工副主管同意给予我所需的资源,以将搜索扩展至纽约州之外。我会战胜杰克·鲍尔的。建议你别再像先前那样妨碍这一进程。大家明白了吗？"

克尔纳张嘴想说什么，可没等他开口，戴尔特工便手拿一张打印纸，快步跑进房间。

"重大发现。"她气喘吁吁地说，"鲍尔劫持的那架直升机。"

"在哪里？"哈德利急切地问。

"有人在宾夕法尼亚州高速收费站旁的一块空地中发现了被遗弃的直升机，就在格林斯堡附近。他向当地警察局报了案。"

哈德利从她手中抓过那张纸："我们能确认那是同一架直升机吗？"

"贝尔独行侠。"戴尔说着点了点头，"一定就是那架。"

"宾夕法尼亚州收费高速公路通往匹兹堡。"克尔纳若有所思地说，"可鲍尔在那座城市没有任何可用的联络人。"

"这我们都知道。"哈德利说。他忽然兴奋起来，将目光转向戴尔："给我一幅那一区域的地图，我要跟当地法律部门通话。让马金森联系战术飞行小组。要去那里，需要一架飞机。"

戴尔愣在那里："他将它留在显眼的地方，就一定知道我们会找到它。"

哈德利表示赞同："但天亮前不会。也许我们运气不错。别把机会给浪费了。"

戴尔匆匆离去。克尔纳发现房间里又只剩下他和哈德利了。"他早就跑远了。"年轻人再次大胆提出，"这甚至可能是为了误导我们，故意留下的线索。"

哈德利看都没看他："克尔纳特工，你完全可以留在这里，继续告诉每一个愿意听的人我们为什么永远抓不到我们的目标。但我已决意快马加鞭，马上赶往离格林斯堡最近的任一小型机场。"

【第七章】

蔡斯驾车行驶在夜幕中，带他们离开州际公路，朝希达克里克方向驶去。路旁的树木逐渐茂密，其他车辆越来越少。过了一阵子，他开始倒数里程标记，直至他们开上一条偏离主道、未曾完工的小道。

当克莱斯勒从柏油碎石路面跳到泥路上时，杰克扭头看了一眼，确认没人跟踪他们。小道已被生长旺盛的灌木遮掩大半，难以辨认。银色的车身擦着灌木咔嗒作响，朝愈发黑暗的地方驶去。"这地方可真不好找。"杰克说。

蔡斯点点头："是不好找，除非你知道该往哪里看。"他关上克莱斯勒的车灯，缓缓松开油门。"这是故意的。我们要见的那个家伙……他不愿意引起注意。他不喜欢……"蔡斯顿了顿，考虑如何措辞，"嗯，不喜欢人，真的。他不是那么喜欢人。"

"麻烦再告诉我一遍，我们为什么要到这前不着村后不着店的地方来？"

蔡斯仍盯着前方的路："我要带你去见的人叫赫克托·马特罗。他称自己为'赫克斯'。他性格孤僻，但对自己的领域十分在行。德萨佛家族利用他构建起他们全部的犯罪网络、非法在线赌博网站和色情影视中心，应有尽有。"

"你过去曾提到过这个名字。"杰克说，"当地黑帮？"

蔡斯点点头："都是些人渣。没什么可细说的。"

"那个洛克呢？他跟他们有关系吗？"杰克若有所思地看着他问。他很好奇蔡斯·埃德蒙斯的人生轨迹怎会驱使他进入一个有组织的犯罪家族的势力范围。

"他倒是希望这样。迈克·洛克是个不值一提却总想飞黄腾达的家伙。赫克斯也替他干了些活，主要是清除机动车辆管理局的记录，以使被盗车辆看上去来路合法。"

"好吧。那这个叫赫克斯的家伙能怎样帮助我呢?"

蔡斯一转方向盘,泥路前方出现一片空地。"你不是想悄悄进入洛杉矶吗?他会有办法的。"他把车停下来,"到了。"

杰克从他的包里抽出一只镁光手电筒,钻出汽车。他将一只手放在别于腰带上的手枪旁,将电筒光扫向四方,以确认方位。

他们正站在一个荒废的拖车公园旧址前。五六间移动房屋坐落在已经腐朽的木制基座上,经过雨水和灰尘的长久侵袭,这些屋子显得黯淡无光。四周没有一点痕迹表明这里有人居住,也没有任何迹象表明这地方还有其他人存在。而且看上去这种景况已经持续数年,甚至可能已持续数十年。

他将电筒照向离得最近的拖车顶。移动房屋之间看不到任何电话线或电线。它们仿佛是被排成两列被抛弃于此,任其缓缓腐败的。拖车的底部聚集着厚厚一层被风吹来的树叶。

"你的人就住在这里?"杰克皱着眉头问。

"对于赫克斯,有件事你必须了解。"蔡斯也拿着一只手电筒,"你或许会把他称作'怪人'。"

"你是怎么认识他的?"

"他欠我一个人情。"蔡斯回答的语气让杰克明白,他只愿意透露这么多,因此他没有再就此进一步追问。

蔡斯带头行走在两排荒废的拖车之间,边走边数,直至来到第五辆车前。他拉动门闩,车门伴随着金属的嘎吱声打开了。他招呼杰克,二人一同走了进去。

来到车内,杰克发现里面空空如也,既无装饰,也无家具,电筒光中只有一台齐胸高的卧式冰柜。蔡斯在墙面摸索,碰到了电灯开关。头顶一盏荧光灯忽闪着亮起来,在车内的空间里洒下泛绿的光。

杰克四处打量。拖车内部经过了改装,有许多深灰色的面板,第二道内墙上的唯一特点是这些面板彼此相连的缝隙。他曾见过类似的东西；那是采用同类同位光谱材料进行屏蔽处理的拖车，被美国军队用于战区前沿基地，使它们可以躲过无人机和卫星的侦查。

他借着头顶的灯光，眯眼望向远端角落里一个看似监控摄像头的装置。"他在看着我们。"

"也在听。"一个尖锐的声音从某个隐藏的扬声器里传出来，"查理，是你吗？我告诉过你，事先未联系我，绝不要到这里来。还有，我肯定跟你说过，别带陌生人来。"

蔡斯冲摄像头挥挥手。"嘿，赫克斯，是我，很抱歉。不过你知道的，我真的很急，没时间给你电话。"他向杰克点点头，"这是我的一个老朋友。我可以替他担保。他现在遇到些麻烦，需要借助你那独一无二的技术。"

"具体是什么？"

杰克走近摄像头："我需要运输工具。"

"好吧。那么你呢，查理？"

"我只是在帮朋友的忙。"

"是吗？那个白痴大迈克已经给我打过电话，想让我追踪到你。我告诉他我帮不了他。他骂了我好一阵子。"

蔡斯淡淡一笑："谢谢。"

"我不喜欢他。我也不喜欢你，但洛克更讨厌。"

"那么我们现在能达成一致了吗？"杰克问。

接着是一段长时间的沉默。杰克甚至觉得赫克斯已决定拒绝他们。但这时，那个声音重新响起："好吧。把你们所有的武器——枪支、刀具、利棍，任何武器——都放到冰柜里。手机也一样。"

蔡斯掀开冰柜盖板。冰柜并未通电，但四壁却厚得足以屏蔽任何输出信号。"赫克斯有点多疑。"蔡斯点点头，照刚才的指示做。

"我可听到了。"赫克斯骂道，"别耍小聪明。我在这辆拖车的墙壁里埋了两枚克莱莫杀伤地雷。只要我按下按钮，它们就会将你们俩变成碎块沙拉酱。"

"是真的吗？"杰克压低声音问。

蔡斯耸耸肩："我可不会去向他求证。"

杰克皱着眉，跟随蔡斯的动作，将他的M1911手枪和克尔纳的被改动过的手机放在蔡斯的iPhone和鲁格半自动手枪旁。冰柜盖重重地关上了。与此同时，拖车的一块地板忽然弹开。在杰克的注视下，地板像翻转的吊桥似地升起，露出下边一排混凝土台阶。烹煮食物的淡淡气味渗透出来。

"进来吧。"赫克斯在下面喊道，"别乱来哦。"

* * *

他们顺着隐藏的通道向下，来到台阶底部。蔡斯听见通道口砰的一声重新封闭起来。他回头朝上打量，发现门是由厚厚的铸铁制成的，这样的东西似乎只应该出现在第二次世界大战的潜水艇中。

眼前，一片宽阔的区域延展开来。天花板很矮，装有一排工业照明灯。蔡斯的目光所及之处，全是框架式的金属货架，高高地堆叠着每一种他能想到的补给品。

杰克细看其中一个货架，上面塞满了一箱箱罐装物品和卫生纸。"这家伙洗劫了超市吗？"

别的地方，还有一箱箱美国军队的野战食品、桶装纯净水，以及装有各种类型弹药的铁箱、防毒面具、应急医药箱。每一寸能够利用的空间都发挥了储藏功能。二人朝前走，进入一片开阔区域，这里是某种少年风格的地下房间和军事掩体之间的分水岭。在一个角落里，摆放着一台最先进的多显示器台式计算机，旁边是一个无线电台，天线朝上升起，直至消失在天花板中。蔡斯意识到，他们所处的这片地下空间至少跟头顶整个掩人耳目的拖车公园一样宽阔。

"把手放在我能看得见的地方。"赫克斯说。赫克托·马特罗个头偏矮，那条大尺寸的松身裤穿在他身上有点太大了。他身上的连帽迷彩运动衫又脏又皱。他过去或许拥有柚木般的深色皮肤，但现在面容苍白，显然是那种不常见日光的人。他的鼻梁扁平，右手正举着一把镀镍的点三八口径左轮手枪。"别轻举妄动。"他继续说，"也别碰我的东西。那不是为你们准备的。"

蔡斯摊开双手："我们到这来不是想瓜分你的口粮，赫克斯。"

杰克走到一面整齐地叠放着一排排书籍的墙边，其中的大多数隔板上放着一盒盒复杂的战争游戏。附近支好的一张折叠桌上，就展现出一个进行中的此类游戏，一张带有六边形网格的抽象地图上摆满小小的方形筹码，每块筹码代表一队步兵或一辆坦克。"斯大林格勒战役，我猜对了吗？"杰克迎着赫克斯的目光，问道。

对方点了点头："再有几个回合，我就要赢了。"

"你在跟谁对战？"

赫克斯眉头一皱："对战？我没有任何对手。"

"好吧。"杰克看了看蔡斯，指指他们周围的储备，"所以我猜，你的这位朋友是个生存狂。"

"他们是这样说的吗？"蔡斯听说过这类人，但从未遇到过像赫克斯这样接受这种理念的人。四十年前，马特罗这种人会被成为"归隐者"，他们放弃正常的生活方式，以期与在他们看来充满瑕疵、无可救药的社会隔绝。近年来，只要你有钱、有资源，技术就能使这一切变得更容易。

"我更愿意把自己当作一名幸存者。"赫克斯对他说，"因为当土崩瓦解的时刻到来时，我就打算成为那样的人。"

"你在这下面就是在做这件事？"蔡斯问，"我一直以为你……我不知道该怎么说，在种野草或是什么。你是在等待世界末日吗？那怎么可能发生呢？"

赫克斯哼了一声："听着，伙计，破碎的时刻来临时，人们将措手不及。

但我已准备好。我在城市里生活过很多年,我知道那是怎么回事。正因如此,我才变卖所有家产,来到这里,脱离社会。我已做好面对任何情况的准备。入侵、病毒爆发、金融危机、超级火山喷发……任何情况。我接你和你朋友的活儿,只是为了保持点活力,明白我的意思吗?"

"你真的相信这些吗?"杰克问,"相信末日即将到来?"

对方认真地点了点头。"你们看了新闻吗?"他走到远端墙边的一台宽屏电视旁,将电源打开,"这个国家遭受了多少次来自于恐怖分子、敌对势力,甚至我们自己人的袭击?噢,一切都将四分五裂,伙计。唯一的问题是:什么时候。"屏幕上,一名记者站在白宫外,底部的字幕缓缓滚过。赫克斯冷峻地摇着头:"说真的,末日还没有来临,令我感到惊讶。"

电视声音很小,但蔡斯听得到记者正提及总统泰勒——不,确切地说,应该是前总统泰勒,说她的突然辞职带来的冲击已席卷整个政府。这时,画面切换到当天傍晚早些时候的录像,前国防部长詹姆斯·海勒与泰勒内阁的伊桑·凯宁一同前往参加女主持人口中的"紧急会谈"。

蔡斯察觉到杰克看到海勒的镜头时,脸上掠过一丝阴影,但很快便消失了。

"恐怕我无法反驳你的观点。"杰克承认,"那我们何不谈谈,我怎样才能对你的幸存基金做出慷慨的捐赠?"

* * *

当海外情报局小组的那辆褐绿色福特伊克莱箱型车正要离开"盗匪出没地"时,卫星电话响了起来。季敏诺娃从支座上拿起听筒:"喂?"

"让我跟阿尔卡迪通话。"一个陌生沙哑的声音从电话线那端传来。由于经过了电讯号伪装,因此无法分辨是男是女。但俄罗斯特工本能地觉得,她正与另一个女人对话。电话的显示屏上是一串混乱的数字,表明来电通过多重国际网络电话服务器跳转,这能有效地使对方变得无迹可寻。

季敏诺娃望向巴赞。"是契约人。"她解释道。

他点点头,轻拍自己耳朵,示意她转到扬声器。"我是巴赞。"他张口说道,"你用了充足的时间来考虑我的提议。你接受这份合同吗?"

"必须得承认,这是份有趣的工作。"

季敏诺娃皱起眉。她不喜欢让局外人,尤其是外国人参与到这次行动中来,哪怕对方是具有巴赞非常赏识的才能的人。

"这代表同意了吗?"

"杰克·鲍尔……"那个沉闷、机械化的声音念出这个名字,"他可是个不一般的目标。过去有许多针对他的行动,均以失败告终。这是个挑战。更何况还有时间上的压力。"

巴赞浅浅一笑:"你是想提升你的报酬,对吗?你想要危险津贴?"

"在我通常的最高酬金基础上,提高百分之三十,阿尔卡迪。这就是我的要求。"

季敏诺娃的长官并未犹豫:"成交。你怎么对付他我不管,只要鲍尔死得很惨就行。而且要快。"

"间接伤害如何?"

他耸耸肩:"这我不在乎。用什么方法执行,由你决定。唯一的条款就是,你在他死后,要提供相应的证据。"

对方咯咯笑了一声:"你想让我用盒子把他的脑袋寄给你,对吗?"

"这样最省事。下达命令的人会希望确认这项工作的确已经完成。"

"这我可以安排。"说完,对方稍稍停顿,"现在支付三分之一,概不退还,等你拿到证据,再支付余款。使用明星开曼信托账户。你知道我的账号,跟上次的一样。"

巴赞点点头:"转账一小时内完成。我会安排一个我的人将我们掌握的所有关于鲍尔最近活动的数据传给你。"

"我有自己的资源。"刺客说,"但你还是去安排吧。"

季敏诺娃扬了扬眉毛,但没说什么。巴赞再度点头:"当然,要是我们先发现鲍尔，你应该明白，交易便取消，对吧？"

"那祝你好运。"

"很高兴能再次与你合作，亲爱的。"

"我也一样，阿尔卡迪。保持联络。"

电话断了。季敏诺娃收线后，盯着听筒看了一阵，似乎想从中寻找出些许识别神秘"契约人"身份的线索。"我们为什么需要这个人？"她问，"那笔钱不是完全可以有更好的用途吗？"

"你不信任雇佣兵？"巴赞问。

"忠于金钱不算忠诚。"季敏诺娃回答，"那是贪婪。贪婪总是会受到操控。"

"也许吧。"巴赞附和道，"把这想象成……一份保单。记住，鲍尔是个'不一般的目标'。我们的这位朋友或许都活不到拿他的人头领剩余奖金的时候。"

"萨瓦洛夫总统同意这样做吗？"她难掩语气中的不屑。

"这在我的授权范围内。"巴赞回答，"对总统，你跟埃克尔的观点一致。"

这句评价来得很突然，令她措手不及："什么？"

"我说错了吗？"巴赞继续紧逼，同时观察着她的反应。

"我没有投他的票。"她最后回答道。

巴赞干笑一声，但紧接下来，季敏诺娃的长官变得冷酷严肃起来："嘉琳娜，他是我们国家的需要。这超乎政治，却事关意志。"

她没有回应。季敏诺娃得到现在的职位，可不是靠抓住一切机会公开发表自己的观点。

但巴赞却不肯罢休。"尽管说出来。"他用命令的口吻说，"我知道你心存疑惑。"

她小心翼翼地组织自己的语言："当总统专机降落时，很可能也是尤里·萨瓦洛夫的俄罗斯领导人权力终止的时候。我很想知道，你对此有何看法,长官。"

他沉默了一阵,这让季敏诺娃怀疑自己是不是说过头了。这时,巴赞望向一旁:"我会一如既往地做该做的事。我会竭尽所能为我的国家和人民效力。"

"鲍尔也是那样想的。"

"不要拿我和他那种人相提并论。"巴赞眼中喷火,狠狠瞪着她,"除非你想惹我发怒。我跟鲍尔完全不同,我们跟美国人也完全不一样。"他指指车外闪过的城市风景,"这个地方……这些人。他们不配成为任何战争中的胜利者。他们不配,我们才应该。我们默默忍受,这是为什么?难道就是为了看到这个国家和它的士兵,那些像鲍尔一样的人,在世界上横行霸道,把世界当成他们的游乐场?"他摇着头,仿佛终于明白了什么似的,"我们找到我们的目标,我们让他为自己的罪行付出代价。这样,对美国将会是一个教训……"

"什么教训?"

"不能对俄罗斯无礼。"

* * *

杰克隔着游戏盘,在赫克斯对面一张堆满东西的椅子扶手上坐下,摆弄着一枚筹码:"我要在明天之内抵达西海岸。洛杉矶。我需要在不被任何人发现的情况下做到这一点。"

"不好办。"赫克斯在他的左轮枪上轻敲着指头,考虑杰克的要求,"这关我什么事?我允许你到这里来,是因为我欠查理一个人情,但对你也就也仅此而已了。"

杰克毫不迟疑地将手伸进口袋,掏出一英寸厚的钞票放在战争游戏地图上:"这下关你的事了吧?"

赫克斯的眼睛都瞪大了。他一把抓过那一沓现金,好像生怕杰克会突然间改变主意。"我通常不会用实物货币来交易。"他舔舔嘴唇,补充道。

"那就快点花。"蔡斯提议,"这你肯定懂,得抢在那个'破碎'之类的时刻来临前花完。"

钱被放进一个弹药箱妥善保管起来。接着,赫克斯重新面对杰克,打量起他来:"好吧,这是你预付的定金。是谁想找到你?"

"所有人。"蔡斯嘟囔道。

"我需要具体一些的信息。"赫克斯探过身子,"是谁,地方警察还是州警察?或者联邦警察?还是黑社会、三合会?快说吧!我要了解被你得罪过的每个人,哪怕是扶轮社和共济会。是谁想找到你?"

"为方便起见,我们就当你刚才说的都有吧。"杰克说,"我不能冒险在民航飞机上露面。火车站和州际高速公路都会被监控……"

赫克斯在一张带脚轮的椅子上坐下,滑向计算机终端:"这么说,你身背通缉令。什么时候下发的?"

"三四个小时前吧。"杰克说,"我不太确信。"

"让我们查查看。"赫克斯轻敲开关,让计算机终端连上网。杰克看到机器接入一个独立的加密回路。这跟他受雇于反恐局时的情况类似。赫克斯察觉他在注视,于是点了点头:"是的。明白了吧,我大多数时间使自己与互联网断开,这样就不会被数字回溯。我利用爆发式编码无线传输……我跟现实世界没有关联。这有点像身处一艘潜水艇内……我只是在需要打探四周时,才伸出潜望镜,然后又潜回水底。"

"伪造的身份证和开快车是没用的。"蔡斯边想边说,"任何可能留下脚印的事,你都不能去做,杰克。你得成为幽灵。"

他点点头,看着赫克斯扮演成又快又下流的黑客,穿透宾夕法尼亚州警方主服务器的防火墙。很快,一个含有当天全部逮捕证和全境通告的文件夹在屏幕上展开。杰克看到了自己的面孔,指了指:"这个。"

"你好啊……"赫克斯点了个图标,通缉令便在新窗口中打开。

通缉令中附带的照片是杰克旧时在反恐局的证件上的那张,是他每天都能从镜子里看到的那张冷峻严肃的面孔。

"杰克·鲍尔。通缉事由……该死……"赫克斯读不下去了。

"通缉事由,与多起俄罗斯公民遇害和一名前联邦特工被谋杀有关。"杰克大声读出联邦调查局给出的详尽罪名清单。"也许是恐怖组织成员。其他违法行为包括:使用致命武器攻击他人、妨碍司法公正、强行侵入他人住宅、盗窃车辆、鲁莽危害他人……"他略过其余几条,直接跳到最后一项,"可能持有武器,极度危险。谨慎接近。"

赫克斯费劲地吞了口唾沫,似乎想起那把被他放在键盘边桌上的左轮手枪。他看了枪一眼,显然是想一把抓住它:"这么说……你是美国头号通缉犯?"

"你说现在吗?"蔡斯接话道,"差不多吧。"

"事情比你想象的还要糟。"杰克盯着赫克斯的眼睛,不放过他的目光,"俄罗斯的情报部门极有可能也在追捕我。这对你来说算是个问题吗,赫克斯?"

"这他妈当然算!你现在就得给我从这里滚出去!"他喊道,"我可不想和你扯上关系,沾染上任何腥膻,伙计!"

"我们会离开的。"杰克认真地说,"只要你帮了我们,我们就走。你现在已经明白事情有多严重了,对吧?我想离开;你也希望我走。那就快想办法。"

"好吧。"赫克斯交叉十指,开始冒汗。"好吧。"他重复道,"让我想想看……他们会盯着洛杉矶吗?他们知不知道你打算往西走?"

杰克和蔡斯交换了个眼神:"很有可能知道。"

赫克斯站起身,迈步绕起小圈来。"这样一来,机场、火车站和公交车站都不可能了。"他用指头来回比画,代表空中航线,"走小路或许能行,但你必须选择复杂的路线,这意味着旅途要花两三天。"

"不能等那么久。"杰克摇头,"纽约发生了那么多事,泰勒辞职又带来一系列连锁反应，这为我提供了趁乱溜走的可能。但最多只到明天这个时候，机会就没了。到那时，我必须把全部精力花在应对这个国家的所有警察上。"

"而且长途驾驶也更有可能被抓住。"蔡斯说，"这要求不断换车，避免被发现……"

"你就不能一直朝北走吗？"赫克斯坚持道，"越过边界，潜入加拿大，消失在加拿大佬的国度里？"

"不行。"杰克断然拒绝，"必须是洛杉矶。"他想到了金姆，别开脸去，"我做出过承诺。"

"你听到他的话了吧？"蔡斯附和道，"还有别的什么办法？"

赫克斯做了个鬼脸："用卡车还有可能，但要是联邦密探们对收费公路进行监控，车子就会被检查……听我说，除非你打算从空军基地偷一架喷气式战斗机，或者挖一条隧道前往加利福尼亚，否则你肯定做不到！只有地下铁路能……"他忽然闭上嘴巴，出神地思考起来。

"怎么了？"蔡斯急切地问。

"你们可以……坐火车。"赫克斯的脸上露出诡异的笑容，"没错。这能行。"

"我们刚才不是已经讨论过，那是行不通的吗？"杰克连连摇头，"火车站会有交通警察把守，监控摄像头也会一直对准站台。那样做风险太大。"

赫克斯坐回到椅子上，摇了摇头。"不，不，我说的不是客运列车。我指的是，跳上一列货车。逃票坐车，伙计。"他敲打键盘，调出一幅美国地图，"瞧，大多数人都以为，现今这个国家的全部货物都是卡车和飞机在运送，但事实上出大力的仍然是火车，它们做这一行已超过一百年……"他滔滔不绝地说，指尖在键盘上尽情飞舞，"等土崩瓦解的日子到来时，它们会成为率先遭受打击的物流方式，明白吗？等到柴油比黄金还值钱时，那些大火车头就只能被扔在那里生锈啦……"

地图上展现出相互交错的复杂网络，从东海岸一直连通到西海岸，从加拿大贯穿至墨西哥。杰克在上面寻找匹兹堡，它位于其中一个拥有四通八达的铁路线的节点上。赫克斯操作地图，将匹兹堡置于正中，关注朝向美国中西部数英里范围内的线路情况。一条深红色的条带绕过五大湖区，然后折回，穿越美国心脏地带，形成终结于洛杉矶港的拱形通道。

"联合太平洋铁路公司能把你带到任何想去的地方。"赫克斯宣称，"有一列从芝加哥出发的高速货车，直达洛杉矶，中途不停车，是最近两年新开通的线路。这就是你的车，就在这里。无需等待，没有金属探测器，没有警察。车一旦开动，车上就只有最低限度的安保措施。"

"这应该能行。"蔡斯说，"但问题恰恰在于它中途不停车。我们到底该怎样才能登上一列时速六七十英里的货运列车呢？"

杰克研究着地图："不可能始终那么快。遇到坡道和曲线，它们必须得减速……"

赫克斯掰响手指关节，指着他说："非常正确！我能为你提供一处货车位置最佳、速度最低的地点……"线路图上闪烁起一连串的小点，分布的疏密程度代表货车的标准速度。过了一会儿，赫克斯将脸凑近屏幕，咧嘴笑起来。"这里看上去不错。是的。找到了。在'飞越之地'中部一座小镇外五英里的地方，从这里开车去只需几个小时。"他看了一眼手表，"明天天亮前，从芝加哥发出的'蓝箭号'货物列车就将经过这一段轨道。由于这里的线路并不是为高速货车建造的，因此它将会减速。你可以在那里跳上车。"

"前提是你尝试上车时不被撕成碎片。"蔡斯冷冷地说。

杰克细看地图："那地方叫什么名字？"

"噢，你一定会喜欢的。"赫克斯一边照着屏幕读，一边假笑，"那个镇的名字叫'死限镇'。"

【第八章】

克莱斯勒轿车在高速公路上疾驰，蔡斯将速度保持在五十五英里。引擎发出持续稳定的低鸣，夜幕下的黑暗扑面而来。离开赫克斯的堡垒后，他的第一反应是扔掉这台车，重新弄一辆，但时间紧迫，而且克莱斯勒300油箱里的油还很充裕。赫克斯还通过黑客技术，为他们提供了具有偏僻小道导航功能的GPS，颇有帮助。动身之前，杰克和蔡斯取回了他们的枪，关闭了手机。电话已被他们扔在车尾箱内，那里还有蔡斯刚一离开大迈克的汽车店就从车上拆下的那套汽车失窃寻回系统。

杰克坐在后排，从饭店拿来的那个黑色运动包就放在旁边的位子上。蔡斯透过后视镜发现他正将里面的东西一件件拿出来清点，看看都还有些什么。他看到了警用战术对讲机、内嵌装甲板的背心、10毫米口径子弹弹夹，以及类似MP5/10冲锋枪的武器。"真了不起，杰克。你是怎么办到的。离开城市时，顺道扫荡了一座警察军械库吗？"

"差不多吧。"鲍尔一边检查冲锋枪并重新装弹，一边心不在焉地回答，"你除了那把鲁格手枪，什么都没带吗？"

他点点头，拍了拍驾驶座的靠背："洛克总是在椅子下藏着一把雷明顿短枪。你知道的，应对困局。"

杰克按照蔡斯的指引，摸索着掏出那把银色散弹枪，拉动枪栓，将所有子弹退膛，然后娴熟地检查每一颗子弹，再重新装填回去："这应该够了。"

"够什么？"

"正如你所说，"杰克忍了个呵欠，捏了捏前额，"应对困局。"

"赫克斯是个可靠的家伙。"蔡斯猜到了杰克的言外之意，于是在他说出之前抢先开口，"他不会去告诉联邦调查局的。你了解这些生存主义者，他们憎恨联邦政府和所有替联邦政府工作的人。"

"我担心的并不是联邦调查局。"杰克将散弹枪放回原位，朝后靠去，与克莱斯勒相向驶过的另一辆车的车灯恰巧掠过他的面部，投射下各种的暗影，"是俄罗斯人……他们才是万能牌。无需符合正当程序或者遵从相关协议。萨瓦洛夫已经证明，他的人无所不能。要是他们将我跟你关联起来……将我和查理·威廉姆斯关联起来的话……"

"的确如此，他们最终将查出我们找过赫克斯。"蔡斯皱着眉头总结道，"我还真没考虑那么远……"

"他要是聪明的话，他们刚一找到他，他就会出卖我们。"杰克说，"真到了那时候，也没关系。我们早就走远了。"

"这就更有理由要领先一步了。"蔡斯在座椅上挪了挪身子，驾车绕过一辆行驶缓慢的半挂车。他受过伤的那只手微微颤抖起来。他紧张了，感到手臂上的肌肉忽然间僵硬了，紧紧拉扯着，宛如钢索。几秒过后，疼痛感减弱，痉挛也消失。记忆将扑热息痛片那粉笔般的味道带回他的口腔，并立即跟痛楚关联起来。他舔了舔干燥的嘴唇。尚未开封的塑料药瓶仍在外套口袋里放着。

他抛开这些想法："扒货运列车是个好主意。何况赫克斯还布下了那些假象，会管用的。"作为替他们寻找前往加利福尼亚州工作的一部分内容，黑客赫克斯还利用鲍尔那些不够可靠的假身份做出了不少虚假消费记录。任何搜索杰克的人，都将发现一大把指向不同目的地的航空机票和车票信息，每一条信息都能把水搅得更浑。

杰克缓缓点头："我们拭目以待吧。我向来都会做好最坏的打算。"

"这未免有点悲观。"蔡斯挤出笑脸。

"这是经验。"杰克说，"你为马特罗做过什么呀？"他改变话题，问道。

蔡斯叹了口气："我让他免受牢狱之灾。他……卷入一件麻烦事。有人被杀死。我抢在警察抵达现场前，把他弄走了。"

杰克在宽敞的后排舒服地坐着，似乎消失在那片阴影中："你认识他……

是通过洛克的介绍吗?"

"是的。自作自受。"蔡斯的手下意识地握紧了方向盘,"离开瓦伦西亚,完成我的消失演出后,我消停了一阵子。但我花钱如流水。"他并不想谈论这件事,但此时此刻,公路上只有匀速驰行的轿车,眼前除了寂寥与路面便别无他物。蔡斯能感受到那些年错误的选择即将浮出水面带来的压力:"我用一个崭新的名字留在了匹兹堡。除了许多遗憾,我一无所有。工作很难找……应该这样说,合法的工作很难找,对吧?至于别的那些,就没那么难了。于是,洛克雇用了我。他需要狠角色,而我需要工作,任何工作都行。"

也许是因为他终于克服了生命中的纠结,与洛克和德萨佛家族斩断了联系,又或许因为杰克·鲍尔是这个世上唯一真正能够理解他所经历的那些事情的人。"我签约充当他的保镖和司机,可后来证明远不止于此。起先是些回购工作,重点在于要很好地复原车况。"他打开了话匣子,变得滔滔不绝,"明白了吧,洛克有许多生意,其中一项是把车子卖给那些根本负担不起的笨蛋。一旦他们交不起钱,他就低价收回车子,再把它们卖给下一个排队等候的傻瓜。但这件事引起了德萨佛家族的注意,于是他们打压他的汽车经销生意,以此作为他们洗黑钱的一种方式。"他深吸一口气。"我只想开车而已。可有了这只坏手,我能做的并不多。"蔡斯说出最后这句时,比自己预想的更激动,接下来的话甚至连他都不曾想到过,"当他们说你在行动中遇难时,杰克……该死的,我从来就不曾相信过,可金姆却信了。你知道吗,她似乎在等着这一幕发生。失去妈妈后,她好像料定你的离去将是无法避免的事情。我希望……我希望她已经摆脱那种想法,真的。我的意思是,你说过她现在已经有了孩子,对吗?"他停顿了一会儿,"这样很好。我希望这能使她和我之间变得不同。"他的眼睛紧盯着前方灰暗的公路,"我感到遗憾……最遗憾的是……我把一切都给搞砸了。"这时,蔡斯忽然清楚地洞察到自己的动机。我这是在还账吗?这就是我赶来帮助杰克·鲍尔的理由吗？就因为我让他的女儿失望，亏欠了她吗？

一辆警车对向驶来，与他们擦肩而过，但没有突然闪烁起来的警灯，或是猛踩刹车的啸叫。

"瞧，"蔡斯扭头看着后座上那个人的眼睛，"我的意思……"

他没有说下去，因为他意识到他是在自言自语，余下的话已没必要再讲。鲍尔闭着眼睛，呼吸均匀。过去数小时的疲惫终于将他拖入睡梦之中。

"睡吧。"蔡斯说。他的注意力重新转回到公路上，朝着更深的夜色中驰行。

* * *

塞斯纳西塔欣X在机场上低空盘旋。克尔纳透过椭圆形的窗户朝外张望。这时，对讲机中传来飞行员的声音，告诉他们即将着落。克尔纳系紧腰上的安全带，马金森在他旁边的位子坐下来。"我们离现场还有多远？"他问。

"据我估计，还有三十分钟。"她回答，"下边已经备好地面交通工具。"

机舱内的另一侧，正浏览手中文件的哈德利抬起头来，看了她一眼："要是这些地方警察碰了那架直升机，后果一定会很严重。"

"你以为会发现用针别住的纸条吗？"克尔纳说。

"杰克·鲍尔要对我说的话，我已经全都听过了。"哈德利回答。小型喷气式飞机颤颤巍巍地进行最后的降落，气闸也已展开进行减速。"我对他接下来要做的事情更感兴趣。"

"当地警察局正对这一区域进行彻底搜查。"对面的戴尔说，"总该有人见到过他。"

"他不是隐形人。"哈德利语气坚定，"我们只需要不断施压，持续推进。鲍尔会犯错误的，到那时，我们就能找到他。"

克尔纳注意到，哈德利说话时毫不犹豫，一点也不迟疑。他已将捕获目标变成一项个人任务。克尔纳不清楚这位特工为了得到自己想要的结果，会做到哪种程度。

飞机起落架撞击跑道，发出沉闷的声响，飞行员使引擎喷嘴反向工作，降低飞机速度。这里的飞机跑道并非为双发动机的西塔欣这类飞机准备的，而是更适合小一些的螺旋桨飞机和轻型飞机。但哈德利从联邦调查局的航空小组强行弄到了一份临时豁免书，将其作为追捕杰克·鲍尔工作的一部分，允许他让这架喷气式飞机在任何小得只有一块足球场那么大的场地降落。

飞机还在向一座灯火通明的机库滑行，哈德利已迫不及待地起身离开座位，拿起他的装备，走向舱门。克尔纳再次望向窗外，看到两辆维斯特莫兰郡警察局白、绿相间的警车和一辆无牌照的黑色SUV停在一起。身着警服的人们松散地站在下面，等待飞机上即将到来的人。

跟电影里描绘的场景恰恰相反。现实世界中，一群联邦特工参与到当地的司法案件中来，并不等同于必有一场关于谁掌控大局的竞争与冲突立刻上演。以克尔纳的经验看，真实情况往往相反。人力较少的州或郡警察局通常受到运营经费预算的限制，因此很欢迎联邦调查局的介入。在过去十年中，除其他已有的执法范围外，联邦调查局的资源被越来越多地投入到发现和铲除恐怖威胁中，这是低级别警察部门无法企及的。追捕鲍尔正处在上述范畴——尽管克尔纳觉得这有待商榷。

"我是布雷警长。"在喷气式飞机舷梯下等候的那名警官说。他身材魁梧，留着稀疏的胡子，两个眼窝深陷。他冲自己右侧一名个头更高，体格更瘦的警官点点头："这位是副警长罗。"

哈德利对他们点了点头，简单地介绍了一下克尔纳和其他人："我听说你们找到了我的直升机，警长。"

布雷点头，但却皱着眉。这立刻给克尔纳留下一种印象：这个人不太喜欢所发生的事情。"没错。棕绿相间的贝尔206独行侠，机身上有两个圆形的弹孔。是你们干的吗，哈德利特工？"

"很显然，我没有足够的时间瞄准我的目标。"哈德利回答。众人走向等候着的汽车。"是谁发现它的?"

"一位叫托德·比尔海特的先生。"罗看了一眼他的笔记本答道,"直升飞机停在他家的一块地中央。他说自己当时出来抽烟,因为他妻子不喜欢闻他的雪茄……然后他远远就看到了那架飞机,于是打电话报警。"

"他什么都没听到吗?"戴尔问。

罗摇了摇头:"没有,女士。今晚这里的风很大。大多数居民都待在屋里。"

"我想要一份比尔海特证词的复印件。"哈德利说,"你们搜查了他的屋子吗?"

"这是我们做的第一件事。"布雷点点头,"我们意识到这与你们那个叫鲍尔的家伙有关,便立刻展开搜查。可惜一无所获。要是目标还在的话,他也肯定没有在附近逗留。"

"已经封锁高速公路。"罗补充说,"我们派人同时沿着两个方向检查当地居民、寻找失窃车辆,等等。"

布雷拉开他的车门时,犹豫了一下:"听我说……在我们开始前,我得先问问。我读了鲍尔的资料,显然他是个十恶不赦的混蛋。要是他真的跟新闻报道的事件有关,那我的人和我的居民们到底面临着多大的危险?看在上帝的分上,他的犯罪记录让我觉得应该联系国民警卫队。"

"我不想夸大其词,警长。"哈德利说,"他是个受过训练的杀手,简单而单纯。我向你保证,他是你过去从未遇到过的 A 级逃犯。"

克尔纳看到布雷的表情发生了变化,抿抿嘴,抢在哈德利下达对鲍尔可以格杀勿论的命令前,插话道:"所以我们才会到这里来。我们就是要干净利落地将他逮捕。"哈德利瞥了克尔纳一眼,但没去理会他。

"那就让我们送你们去托德那里吧。"警长说。他显然很想尽快把事情移交出去。

* * *

对杰克来说，入睡向来并非易事。

不知从何时起，他似乎已经完全丧失放松和进入真正休息状态的能力了。缺少了化学药品的辅助——曾经有一段时间，他的确靠药物睡眠——杰克便处于一种睡觉如同濒死的状态。世界没有他依然运转，但他从未得到休息和喘息的机会。要是能睁着眼睛睡觉，他肯定会那样做。他在三角洲部队时学会了保持一种基本的警惕状态，从此很难从中解脱。他发现自己难以自拔。当他驾驶飞机或车辆时，情况更加糟糕，好像大脑的某个区域遭到了破坏，某个开关被永远地卡在"开"的位置，身体的一部分想要做好准备，在需要展开行动时立刻响应。

当为数寥寥的几次睡眠——真正的、可靠的深度睡眠——真的来临时，他却并不喜欢那种体验。这更像是一个从影子里逼近杰克的无声刺客，一只手悄悄绕过他的脖子，将他拖走，拖入无尽的黑暗。

在军队时，他学会了把握任何能够利用的机会进行休息，例如放哨的间隙，或是开展行动前的片刻。作为一名顶级杀手，他随时借助时间碎片恢复精力。但进入深度睡眠，真的要放下防备……那可就不容易了。睡觉对他来说，意味着放松警惕，让自己变得丧失主动性，易受攻击，哪怕十分短暂。

但这种情况总会发生。然后他便会猛然惊醒，出一身冷汗，像个从无底深渊中挣脱出来的溺水者一样。他还记得发觉自己扯着床单睡在泰瑞身旁，手指弯曲，摆出一副扣着手枪扳机的姿势。泰瑞曾经让杰克在那些时刻稍微轻松一点。但忽然有一天，他的妻子去了，她的存在带给他的平和随即消失，他很清楚自己再也不能将它找回。

在睡梦中，他去过那个黑暗的地方。到处都是荒茫的暗影，充塞着拒绝被埋葬的幽灵和回忆。现实的事物会变成液体，像热蜡般熔化。时间亦会交织，过去与现在相互纠缠。

在睡梦中，杰克走遍他所知的每一座地狱，他怀疑这是对他的某种惩罚，为了被他放出的每一滴血，为了他被迫终结的每一条生命。

有时候，他又会在阿富汗炽热的沙漠中，他还是个年轻人，对一切都还感到陌生，尚未因失败变得强硬，因烈火洗礼变得坚韧。他会走过那些布满灰尘的街道，来到一栋房子面前，忽然间仿佛知道将在屋里发现什么；是一名战友生命的最后时刻，他只能眼睁睁地看着那残忍的一幕发生，却无力阻止。

另一些时候，会是发生在科索沃夜幕行动期间的血腥废墟。他总是跟桑德斯、肯德尔、克伦肖及其他人在一块儿，他们都知道来到这里要杀的那个人是个最冷酷无情的战争犯。接着，他将看到原本完美的行动计划忽然崩塌，看到他的人在密集的子弹中死去；他还知道自己为了消灭维克托·德拉赞埋下的炸弹却结束了许多无辜人的生命，那种愧疚狠狠炙烤着他的灵魂。这样的片段一遍遍上演，带来的恐惧已根植于他的脑海。

但在最糟糕的夜晚，他会从自由的梦境中醒过来，发现他的世界已经颠倒，现实彻底扭曲。开始的场景始终不变，在那间臭气熏天、破旧不堪的囚室里，审讯他的那个人踢打他，将他弄醒。杰克在那里度过了漫长痛苦的二十个月。每每这时，他便感到一种特别的恐惧，它伴随着寒意袭来，令他的意识告诉他，自己从未真的脱离那个可怕的地方。而关于在恐怖分子阿布·法耶德的要求下，他获释的那段回忆，只是一种幻觉罢了。总有人用冷酷的目光审视着他，告诉他无论他走多远，无论他活多久，都不可能真的逃出他们为他设下的牢笼。有时候，泰瑞也会出现在那里——尽管那根本不可能——他被迫看着她死去，被迫看着妻子遇害。现实中，他去得太迟，无法阻止妻子被杀。

因此，杰克·鲍尔不睡觉，不会真正睡去。相反，他徘徊在它的边缘，尽可能不落入梦境。

他的眼睛是睁着的；他并没有感到自己是在克莱斯勒的后排座上打盹。车已经停了下来，引擎的轰鸣声亦已消失。凛冽的寒风吹到脸上，他看清驾驶座旁的车门是敞开的。

"蔡斯？"

对方不在。杰克探身想够前排的座椅，却被拴紧的安全带猛地拉了回去。他骂了一声，伸手去拉锁扣，但拴得很紧，无法解开。杰克拍拍外套口袋，想找随身携带的多功能军刀，可居然找不到。他可以肯定在离开赫克斯的秘密营地前，军刀还在身上。于是，他在昏暗的车厢内搜寻，怕万一刀掉落在地板上。

一无所获。当他发现自己一直带在身边的那个塞有全部装备的黑色运动包也不见了时，身上的汗毛唰地竖了起来。蔡斯为什么要拿走包？他会去了哪里？这完全没道理呀。

这时，一个冰冷而可怕的声音从脑海深处传来，告诉他自己的朋友已经背叛了他，就像他过去的同事托尼·阿尔梅达，以及所有那些杰克愚蠢地以为能够信任的人那样。他用力摇头，不愿这样去想。他朝挡风玻璃外边张望，身体仍被安全带牢牢地固定住。

他认不出自己所处的地方。夜色像一张毫无特色的黑幕笼罩大地，天上一颗星星都没有。克莱斯勒的前灯射出白色的光束，映照出一段平坦多尘的路面，但再远，便什么也看不清了。那里还有另一辆车，它的远光灯射出耀眼的光，隐隐勾勒着灯光后阴暗敦实的车身。

杰克看到蔡斯正走向那辆车，身后还拖着那个对他而言似乎太沉，无法背起来的黑运动包。他用尽全力呼喊他的名字，但不知对方是否听见，总之没有任何反应。有一个身影从那辆车后显露出来。杰克顿时心生疑虑。

蔡斯真的背叛他了吗？当杰克的警惕性有所下降时，是不是发生过什么事，或者他被下了药？他相信，即便有过充满磨砺的人生，蔡斯·埃德蒙斯依旧是从前的那个人，他无法接受过去的搭档会出卖自己这一事实……但这会不会是他犯的最大错误呢？难道他对信赖感的判断那么差、那么糟糕，以至于再度看错了人？

他用尽全力去拉扯安全带,但固定装置还是纹丝不动,让他摆脱不了。他看到另一个人在光晕中央迎上蔡斯,但无法辨认那人的模样,只能看到车灯投影出的轮廓。

蔡斯停下脚步,似乎忽然看到了什么,松开运动包的带子,举起双手。另一个人也举起一只手,但那只手上还有某种闪烁着银色寒光的东西,接着一声闷响传来。

"不!"

蔡斯扑通一声倒在地上,杰克再也看不到他。凶手转向克莱斯勒,迈着缓慢果决的步子走上前来,银色手枪依旧寒气逼人。

杰克怒不可遏,用双手抓紧卡住的安全带,绕在手腕上,用力拉拽。他无声地努力着,集中所有力气猛扯锁扣。金属片忽然碎了,他重获自由。杰克撞开身旁的车门,冲了出去,手忙脚乱地扑向干裂的地面。他感到头晕,似乎极度缺氧,反应变得迟钝起来。

杰克挣扎着站起来,回头去看。这时,一个影子迎面而来。他看到一张女人的脸,黑色的短发、熟悉的白色皮肤和扭曲的嘴。他曾经将躺在她的怀里视作一种抚慰,后来才发现那是一个骗局。她目露凶光。"杰克,"她得意地用喉音说,"你是逃不掉的,你肯定清楚这一点。"

"尼娜……"他轻声说,"你不可能在这里。你已经死了。我开枪打死你了。"

"是的。"她点点头。这时,血从她脖子上流下来,浸透她身上的白色真丝上衣。尼娜·迈耶斯用指头轻轻敲了敲自己的头,笑起来:"但在这里,你杀不死我,杰克。"这个杀害杰克妻子,背叛杰克,差点毁了他的女人冷冷地盯着他。"记得你在脑海里听到的那个声音吗?那不是德拉赞,也不是马尔万或其他任何人。那是我。"她举起枪,黑洞洞的枪口像张开的隧道,"一直都是我。"

伴随着一声巨响,她开枪了……

*　*　*

……杰克浑身一颤,醒了过来。

一辆交汇的卡车灯光掠过他的脸。他不由得眨着眼,剧烈喘息。

"你在后边还好吧?"驾驶位的蔡斯扭头看了他一眼,"杰克?"

"我很好。"他苦笑着撒了个谎,同时调整扣在胸前的安全带。

"做噩梦啦?"

他没有回答这个问题:"我睡了多久?"

蔡斯一咧嘴:"别担心,你什么也没错过。"他点点头。在车灯的照射下,一块悬挂在高速公路上方的标志牌出现在视线中。"现在已经不远了。"

杰克朝前探了探,看清牌子上的字:下一出口——死限镇。

【第九章】

死限镇是一座曾两次衰亡的小镇。

起初，它是个小村庄，伴随着公路网的发展而在附近延伸开来。它的名字是一支建筑队缺乏幽默感的领班随便取的。这里曾是一群贫困的农夫和一些固执地喜欢草原风光和晴朗天空的人的家园。可美国经济大萧条时代像飓风般席卷而来，给这个小镇带来沉重打击。人们失去工作、房屋、生计，死限镇成为一幅反映真实社会现实的讽刺漫画。并且就这样持续了好些年。当遥远的欧洲被战争的阴影笼罩时，不知从哪里冒出的新使命，竟然让这座小镇起死回生。

由于这里地处乡下，附近又有铁路，在上世纪四十年代早期，美国军队怀着伟大的计划来到死限镇。世世代代在这片贫瘠土地上努力耕作的家庭被政府以慷慨的价钱大规模收买。他们离开自己的田产，在离镇中心更近的新建屋舍里重新开始。刚将纳粹装甲部队击溃的美军装甲师开拔而至，随之而来的还有一万名士兵。他们将这个地方命名为布雷克堡，不断扩建。

对当地人而言，那是一段黄金时期。小镇满足人们的一切基本需求，服务涉及方方面面，例如从餐馆到干洗店，甚至还涵盖为满足军队人员生理需要而形成的非法经济链条。在坦克到来的二十年后，死限镇成为一个完全的共生体，它的存在完全依赖于正处在冷战前线的军队的支撑。人员和武器装备在这里受训，等候战争的召唤，以便能用闪电般的速度完成部署，应对实际从未发生的苏联军队入侵。

忽然有一天，柏林墙倒了，建造布雷克堡所要对抗的敌人消失了。正如政治活动和远在万里之外的战争威胁曾经令小镇起死回生一样，这时的情况发生了逆转。短短几年内，国防开支的削减和军队裁员带走大量士兵，坦克纷纷退役封存，死限镇的生命线渐渐被阻断。基地被废弃了，任由其腐朽。那些有路子找钱的人变卖家产，跟随军队离开。那些别无选择只能留下来的人，眼睁睁地看着生活崩塌，依靠福利救济勉强度日，继续生活在日渐荒凉的小镇里。所有街道都变得冷冷清清，只有从旁经过却从不停止的货运列车奔驰而过的咆哮声在悲哀地回荡。

小镇的规模也日渐萎缩，只剩下一条大道和迎合途经此地的卡车司机口味的各类廉价汽车旅馆、脱衣舞夜总会和酒类专卖店。

当下一次资金涌入和新人到来出现时，他们心怀的动机要灰暗得多。

* * *

"好地方。"蔡斯说。他们拐入引道，驶入了小镇。经过外围几排被木板封住的破旧房屋后，他们终于看到了有人存在的迹象。华丽庸俗的霓虹招牌和破烂不堪的店铺门脸令整个小镇显得衰败萧条，毫无生机。街道很宽，但没什么车，偶尔有几辆陈旧的小卡车或摩托车。狭长的大型卡车都聚集在一个维护不善的停车场内，旁边是布满油垢的餐馆和邋里邋遢的酒吧。整片区域给人一种正在腐烂的印象。

杰克面无表情地点了点头，表示赞同。他曾在第三世界的战区见识过更糟糕的街区，可在自己国家的心脏地带看到这种地方，仍令他有些不安。他下意识地调整了别在腰带上的M1911手枪的位置，同时扫视各条小巷。"我们离铁路还有多远？"

"很近了。"蔡斯回答，"但我们到得有点早。还有很长的时间要打发。所以我们找个地方睡一觉吧，悄悄等候时机到来。"他朝街道远端大约半英里外一块明亮的招牌点点头，"那看上去像一家汽车旅馆。是个藏身的好地方。没准他们还有有线电视。"车子开到一个十字路口时，悬挂在头顶的信号灯恰好变成红色，于是蔡斯停了下来："我的意思是说，我们不想引起任何注意，对吧？"

杰克正要回话，一阵低沉刺耳的隆隆声打断了他。他看到他们后面车灯闪烁，有什么东西正朝十字路口驶来。他分辨得出这种声音，是大型巡洋舰摩托强有力的引擎声，如哈雷、印第安人之类。十多岁时，他曾骑着同类型的摩托车在圣塔莫尼卡闲逛，但却从不曾融入它们所象征的游牧亚文化。

六辆重型摩托开过来，停在信号灯前，像一群围困野牛的狼似的，拥在克莱斯勒周围。杰克紧张起来，将手滑向枪柄，并朝蔡斯投去警告的眼神。对方点点头，一只手仍然握着方向盘，另一只手放到离自己的武器较近的地方。

靠近驾驶座的是一辆吉尔罗伊·印第安侦察兵摩托，车身蓝黑相间，配有许多镀铬饰条，但因覆盖了一层灰尘，显得有些模糊。骑手在车座上微微倾斜身体，盯着轿车。骑手的黑皮夹克很厚，上边镶嵌着硬片饰物，万一摔跤能更好地保护他。杰克看到了此人背上有一块由三部分组成的补丁——他的"卡勒斯"饰品。上边和底下分别是两根弧形的"摇杆"，宣告他是夜游侠摩托俱乐部的成员；中间的椭圆形补丁上是一个可怕的幽灵般的形象，一双长着爪子的手环抱在胸前；幽灵一只手握着一把巨大的锯刀，另一只手握着一把西部风格的柯尔特和事老转轮枪。如果说这三块补丁还不足以令杰克认定这些人都是亡命骑手的话，那他还在骑手的胸前看到了更小一些的钻石形胸饰，补丁里有一个"1%"的符号，表明他不属于公路上那些所谓的百分之九十九遵纪守法的摩托车骑手。

骑手转过身，从口袋里掏出一把蝴蝶刀，一挥手将刀打开，用它从自己手指甲缝里挑脏东西。这个举动完全跟电影院里的威胁举止一样。然后，他伸出胳膊，用刀锋轻拍司机侧的窗户。

蔡斯将窗户降下一寸。"晚上好。"他说，"有什么我能帮你的吗？"

骑手压低身子，想更清楚地看到什么人在车里。杰克看到对方的胸牌上写着布罗德。胸牌旁边还有别的符号，全都是亡命骑手社会中那些复杂而神秘的标记——一个骷髅头，一个八号球，一个美元符。"是辆好车呀。"他打量着克莱斯勒说，"今年的新款……"布罗德看上去很瘦，棱角分明，四方脸、大光头，厚实的下巴上露出浅浅的胡茬子。他故意朝车牌扫了一眼：

"从宾夕法尼亚过来，对吗？你们两位先生该不会是迷路了吧？"

"我们只是路过而已。"蔡斯回答，"我们不想找麻烦。"

"当然不想。"布罗德把玩着他的刀，语气倦怠，"给你个建议，怎么样？继续走，伙计。这个镇以外的人在这里稍不留神，就会陷入困境。"

"我会记住的。"蔡斯回答。说话间，信号灯变绿了。

"你肯定会的。"布罗德在他的重机车上重新坐好，一轰油门开走了，但同时用蝴蝶刀的刀尖在汽车的漆面上划过。别的骑手加大油门，随他而去。

"混蛋……"蔡斯愤然道，"不出所料，这里可真是个好地方。我猜那些家伙一定是专门欢迎新居民的。"

杰克摇摇头："不，他们是骑游队。跟我们一样，刚下高速。他们只是在虚张声势罢了，想告诉我们谁才是这里的老大。"

"你凭什么如此确信？"

"我在洛杉矶执行一项秘密任务时，接触过一个非法摩托俱乐部。是很多年前的事了，在你之前，在加入反恐局之前。我知道他们如何运作。"

"我相信你。"他们向汽车旅馆入口开去。杰克看见一块卡通帐篷形状的旧石膏招牌。"阿帕奇汽车旅馆。"蔡斯大声念道，"他们还有空房间。太好了。虽然比不上希尔顿酒店，但我们也不可以太挑剔。"

他们在汽车旅馆前院停车时，杰克朝后窗外看了一眼。又有两辆夜游侠摩托呼啸着开了过去："找个从公路上看不到的地方停车。如你所说，我们不想引人注意。"

* * *

办公室的门打开了。线人朝屋里走了三步，才发现室内已经有人。他吓了一大跳，手里拿的文件差点掉到地上。他看看环抱双手站在书柜旁的季敏诺娃，又看看坐在他自己那张硕大的办公桌后的巴赞。

"你们不能在这里！"他脱口而出。

巴赞摊开双手："可我们已经在……"

"不！不！"对方变得面无血色，朝前走了一步。这时，他好像忽然记起自己在哪里，是跟谁在说话，立即把音量降了下去，"你们不能就这样到我办公室来，你们不应该出现在这里——"

"是你联系我们的。"季敏诺娃说，"你说有东西交给我们。"

"是的！是我！但我会把它带给你们！"

巴赞微笑着摇摇头，摆弄着桌上的小物件："还轮不到你做这种决定。"

"你们这样不管用！"他坚称。

"管用。"季敏诺娃说着朝他靠近，"不管怎样，我们说这管用。"

与此同时，那个男人的心理斗争消逝了。巴赞从他眼中看出了挫败感。"我不能让你们被发现。那会给我惹来麻烦的。"

"我们理解。"巴赞认可道，"情况比你想的要好，我的朋友。我们不会把你置于危险中，那对我们都没有好处。但正如我们早就清楚地告诉过你的那样，时间最重要。"

"我……"他费力地咽了咽口水，"我想得到一些保险。"

巴赞点点头。"当然可以，你会有的。"他看了季敏诺娃一眼，后者仍像老鹰盯着田鼠一般审视着线人。

线人没有再继续纠缠那些含糊不清的保险究竟是什么。他只是点了点头，似乎认可巴赞说的是实话。从某种程度上说，这个人太容易被控制，实在有些可怜。事实上，只要线人不再有利用价值，巴赞就没有打算再对他信守诺言。他轻轻拍拍他桌上装有家庭照片的黄铜相框，这个动作已经足以引起线人的注意。

他在巴赞对面的椅子上坐下来，拿起计算机的无线键盘，将屏幕转了个方向，好让两人都能看见："我在我们的通讯高峰期之间运行了她交给我的协议，这是结果。"

屏幕上浮现出一幅美国东部版图的线框图，一系列小点分布于地图上，标示出移动通信基站的位置。在城市周围，它们形成密集的光斑；在农村地区，它们变得更为分散。地图给出的区域是巴赞确定的，大小足以包含杰克·鲍尔偷走的那架民用直升机能前往的最大范围。

线人的手不停地在键盘上移动。接着，他从上衣内袋里掏出巴赞下属给他的那张闪存卡，小心地插入键盘侧面的一个卡槽。屏幕上出现一个弹窗。他按下"开始"按钮，程序再度启动，屏幕低端的扬声器随即发出一阵一连串短暂的噪音。旁听的人会觉得这是杂乱的无线电传输信号，听上去像含混的呜咽和咕哝。但实际上，他们正在听的是一连串从不同渠道捕获的声音元素样本。这声音可以说就是他们所追踪目标的听觉指纹，是被分解为基本元素的杰克·鲍尔的声纹。

莫斯科方面为了得到这份文档，向他们的盟友支付了大价钱，对方也很乐意提供资料。

闪存卡利用网络供应商自己的内部软件，对过去数小时内成千上万经它的服务器传输的通话录音进行解析，将鲍尔的声纹片段与东海岸附近的通话加以比对。一个并不广为人知的事实是，大多数移动通信基站都配有缓冲存储器，能记录经由它们传输的电话内容细节，并在被清洗和重置前，保留这些信息长达一天。正如国家安全局的棱镜监控软件，或是反恐局的转接信道一样，它们都是泰勒政府竭力要回避公众视线的不可告人的秘密。

当然，国家安全局和反恐局能想到的，俄罗斯政府也能想到。在俄罗斯国内，海外情报局拥有一个类似的分支机构，负责监视他们自己的人，中国、英国、法国也一样……但与美国特工在搜索某段声纹前需要得到总统的合法授权不同的是，巴赞只需要一个意志薄弱的家伙，用血腥谋杀对其加以威胁就够了。美国人为他提供了可用来追踪并杀死某个他们自己人的工具，巴赞觉得这有些讽刺。

程序锁定一段声音信号，线人立刻说道："找到了。是从宾夕法尼亚州阿利根尼郡门罗维尔附近的一座基站传来的。位于匹兹堡以东大约十五英里。"

"你好，蔡斯。"声音响了起来，"说话方便吗？"

"是他吗？"季敏诺娃问。

巴赞没有回答，仔细去听有些失真的对话："谁……你是谁？"第二个显得年轻些的声音问道。

"我是杰克。"对方回答，巴赞的脸上同时露出笑容，"我需要你的帮助。"

"你已经知道答案了。"他对季敏诺娃说。巴赞看了线人一眼，啪啪掰着指关节："把这段对话拷贝到闪存盘上，然后远程清除移动通信基站的缓存。"

线人咬紧嘴唇："那得花时间。"

"快点照办。"季敏诺娃说着走过去，凶神恶煞地站在他身旁。

"好吧……"他开始快速敲打键盘，工作起来。过了一会儿，他取出闪存盘，用抑制不住颤抖的双手把它递给巴赞。

季敏诺娃研究起屏幕上的数据："你能追踪到拨打电话的手机的位置，对吗？刚才那段通话后，手机接入过的基站也能区分出来吧？"

"我已经在找了。"他说完，顿了顿，"无论你是谁……我的意思是，不管拨打那个电话的人是谁……他们打过第二个电话，过了一阵子，第三个电话打进来。然后他们令手机失效，从地图网格中消失了。"

"我可以认为，你也记录了这些通话吗？"

"没有。"线人满脸恐慌地摇着头。未等巴赞进一步说什么，他又抢着说："拜托，你要明白，第二个和第三个电话是通过一种黑手机加密程序连通的！缓存无法解读它们！"

巴赞和季敏诺娃交换眼神，认定他没有撒谎："那第一个电话的接听方，那个被称作'蔡斯'的人呢？你有那个家伙的手机数据吗？"

"是的，有一些。"他停下来，用力眨巴着眼睛。

季敏诺娃仔细端详着他："他觉得我们在这里完事之后会杀了你。你是这样想的吗？"

线人的眼眶都湿了。"是的。"他努力克制地说。

"不会的。"巴赞纠正他,"这一次你对我们太有用了,没有很好的理由,我们不会把你给浪费掉。除非你给我一个很好的理由。"他换上一种严肃正式的语调,"你会吗?"他问。

"不会。"对方颤抖着小声说道。

"那就快回答她的问题。"

"另一部手机属于一个名叫查尔斯·威廉姆斯的人,登记的地址在匹兹堡的东山。他会按时支付话费,每次都是。他不常用电话。"线人的语速变得很快。

季敏诺娃掏出她自己的手机,开始用俄语说话:"长官,我来跟领事馆的行动小组联系,把姓名和地址告诉他们,让他们去查。梅格可以让他在警察那边的内线看看是否有任何犯罪记录。"

巴赞点头:"很好。也给尤尔金打电话,让他尽快赶到这个人的家里去。"她也点头应承,然后走出办公室,将两个男人留在屋内。

线人率先打破沉默:"这下我是个卖国贼了。"他几乎像在自言自语。

"你早就是了。"巴赞重新用英语说。尽管他越发厌恶面前这个愚蠢的小人,但仍保持着充满同情的语调:"现在后悔已经太晚。但请不要自责。这并不是你的错。我们没有给你可以选择的机会。"

"情况会变得更糟糕吗?事情会结束吗?"

巴赞掏出他的马卡洛夫 PM 手枪,压在办公桌面上,流露出些许反感的情绪。他这样做,是为了强调他们之间具有不对等的权力关系,确保对方不会产生误解。"那些事是你无法控制的。"他说,"千万别忘了这一点。"

* * *

阿帕奇汽车旅馆前台的那个人大腹便便,蔡斯觉得他就像个过了气的橄榄球中后卫。他身着超大保龄球衫,下边是一件邋遢的 T 恤,上边有一幅《摩登原始人》里卡通宠物迪诺的图片。蔡斯立刻在脑海中给这人标记上了这个名字。

迪诺用敏锐的目光打量着他俩,甚至在杰克抽出几张百元钞票支付两个房间的房费时,他仍目不转睛。他取下黄铜钥匙交给他们。钥匙挂在仿造外边街头招牌的圆顶帐篷形状的木挂板上,房间号刻在挂板上。"收费电视要额外计费。"低沉沙哑的音调表明他是杆老烟枪,"需要吗?"见两人都没有反应,他的表情变得暧昧起来,"或者想来真的?"

"只需要房间。"

"居住愉快。"迪诺机械地说完,便继续去看他桌上的杂志了。蔡斯从他的眼神中看出,他已经把他俩忘记了。这很好。他们不需要给他留下任何印象。

房间在二楼,是相邻的两间。透过满是污垢的窗户,可以看到大片凋零的棕色植物和半死不活的草皮。重要的是,他们能从这里看见轿车,同时也能兼顾到前台和街道。不足之处在于,马路正对面有个加油站,刺眼的招牌将黄色的光线从窗外灌进来,薄薄的窗帘对此显得没多大遮挡作用。

两个房间一模一样,硬双人床,所有东西表面都有仿木纹贴片,早在迪斯科舞盛行的年代,这就过时了。他们选中味道小一些的那间房休息,但也没忘记将另一间房设为诱饵。杰克和蔡斯拉好窗帘,打开灯,让电视保持低音量工作,以便让任何偶然路过的人都觉得有人住在屋内。另一间房的光线则被调得很暗。他俩还将衣柜轻轻抬过去堵住门,防止门被完全打开。这是为了以防万一。

浴室里有一扇小窗户,拦腰装了根安全杆,也许是为了防止有人将它当成快速通道,逃账离店。但他俩没太费事就把安全杆的固定螺栓松开,将它从窗框上拆了下来。同样,这也是为了以防万一。

二人没有交谈,只是把床上用品分成两份,分别在房间两头的地上而不是真正的床上摆好卧具。蔡斯发现深色地毯上有一团铁锈色的污渍,不由得皱起眉头。那里被大量清洁剂处理过,污渍却一直没能被去除。有人的血滴在这里了,或许是被捅伤的吧。他很好奇,要是他手头有一盏紫光灯,他还能在房间里发现些什么,但他觉得也许还是不要弄清楚为妙。

杰克靠近窗边,透过发霉的窗帘间的缝隙朝外张望。

"你从这能看到迪诺吗?"蔡斯问。

"谁?"

"前台那个家伙。"

"能。"杰克顿了顿,"他好像没有向谁打电话报告我们的情况。"

蔡斯抬起头。"他没有认出我们。"

"是的。"杰克赞同,"但这并不表示他也没有接到过常规命令,需要在有陌生人来到镇里时向上汇报。"

"那他会告诉谁?当地副警长?要是这个镇方圆百里之内能有一个警察,就算是奇迹了。"

"我想到的不是警察。"又一阵摩托车引擎低沉的轰鸣声传来,像一头强大的野兽发出的嘶哑咆哮声。

蔡斯来到窗边,看到更多跟先前围住他们的那些摩托一样的重机车,正在公路上绕着半圆,开往大街尽头一家霓虹闪烁的俗丽脱衣服夜总会。屋顶上的招牌表明,那个地方叫"曲轴箱"。

"既然你了解非法摩托俱乐部的事情,"他开口道,"你肯定也了解那些夜游侠的一些情况吧?"

"听过一两次那个名字。"杰克承认,"但我想,他们还从未登上过反恐局的监控名单。不过这并不能说明他们是干净的。"

"只不过还没有肮脏到威胁国家安全。"蔡斯补充,"但我曾经见识过这类小角色。他们拿着枪在州与州之间来回穿行,到处干坏事。"

杰克缓缓点了点头:"那只是一部分。除此之外,可以肯定,他们还做毒品交易。冰毒或者羟考酮。"

"是的,乡村海洛因。"蔡斯走开了,"这就更有理由对他们敬而远之了。"

但杰克一直没从窗前离开，一步也没有。

蔡斯坐到床上，检查他的鲁格手枪，尽量不去看杰克。他比任何人都清楚，杰克·鲍尔在与毒瘾的战斗中，是怎样打败自己的心魔的，杰克经历了艰难的过程，才摆脱毒品的控制。想到这些，蔡斯不禁好奇他的前搭档这么久以来是如何与毒品保持距离的。杰克·鲍尔是蔡斯·埃德蒙斯认识的人中求生欲望最强的一个，但那已是很久以前的事情。

杰克似乎感受到了他的注意力，看了他一眼。"开了那么久车，你一定累了。快睡吧，休息一会儿。我先放哨。"他在靠近门口的一张椅子上坐下，大迈克的那把雷明顿散弹枪就放在他的膝头。

蔡斯强忍着一阵忽然涌上来的倦意："你确定吗？如果你想先休息，我没问题。"

对方摇摇头，垂下目光："我不需要再睡了。我不喜欢在梦里看到的那些东西。"

【第十章】

尽管罗瑞尔·坦曾经做过许多糟糕的选择，但这一次似乎已开始变得像是最糟糕的一个。

催化剂就是她与那个卑鄙前男友唐的所有伤心往事。只要知道他在找她，就足以令罗瑞尔想离开印第安纳波利斯，再也不回头看一眼。要是早知道他痴迷什么，知道他耍的诡计和参与的赌局，她绝不会跟他扯上关系。可木已成舟，最终她能做的唯一现实选择就是逃离。

据她所知，自己没有血亲。她的朋友——其实他们都配不上这个称呼——几乎都是唐的朋友，联系其中任何一个，都将让她回到原来的生活中。养父母远在俄勒冈，远得无异于生活在月球上。早年是她背弃他们独自离开，所以她怀疑他们不想再见到自己。

当然，钱也是个问题。罗瑞尔背上的包里装着能从唐的公寓里带走的各种东西和自己的衣物。除此之外，她只有二十多元。但这时，她想起"双八"酒吧的翠西曾告诉过她，有个来自镇外的老好人在招聘女孩去州界另一侧一家赌场的厨房干活。这既是一份工作，又是一条出路。两天后，绝望和恐惧使这看起来更像个明智的选择。

但赌场并不在那个人当初说的地方，路程远得多。旧大巴车载着罗瑞华、翠西和其他一些人一直朝州界那边开，只会不时停下来，搭上更多人。他们似乎跟她一样处境困难。而且不仅仅是女孩，还有年纪更大的人，老得足以当罗瑞尔的爸爸妈妈的男男女女。每个人都跟别人不同，却一样有着心酸的往事。他们曾经工作的那些工厂已迁往远东，要么完全停工。福利救济根本不够买食物、药品或是支付暖气费。所有人都渴望得到一份工作，拼命想找到挣钱的办法。罗瑞尔听一个男人唠叨说，有人许诺会给他一份建筑工的工作。从这时起，她开始认为，他们全都被骗了。根本就没有什么赌场。从来都没有过。

但直到太阳落山,他们仍在赶路。一些身着皮夹克、目露凶光的摩托骑手围聚到大巴周围,与之并行时,她才真的害怕起来。其中一人吸引了她的目光。她睁大眼睛朝窗外望去,对方咧着嘴冲她笑。他有一口镀铬的牙齿,布满整张脸的刺青像极了爪子。

那个要当建筑工的老人率先议论起来。他要求司机和那个来自印第安纳波利斯的好心招工头对此作出解释。于是他们在荒郊野外的路边停车,然后将他带下去揍个半死。所有人都目睹了这一幕。

司机回到车上后,已无需再问还有没有谁不满意。没人敢质疑。招工头告诉他们,将会有又好又充实的工作等着车上的每个人,但要是谁想惹麻烦,下场将跟那个老家伙一样。车子驶回大路,无声地继续前行。

翠西开始偷偷抹泪。招工头顺着座位间的通道大步走来,只瞟了她一眼,就令她停止了哭泣。大多数人都觉得黑头发娃娃脸的翠西要比金发农家女孩模样的罗瑞尔更漂亮。翠西认为她们肯定是一不小心上了色情贩子的钩。但这种事只会发生在别的国家,罗瑞尔暗想。不会发生在这里。

她唯一可以确定的是,每朝前走一英里,她就离任何所谓的安全都更远一些。

这时,大巴拐下高速公路,穿过一条铁路。罗瑞尔看见一块写着小镇名字的招牌:死限镇。

* * *

蔡斯的呼吸渐渐平缓,杰克知道朋友迫切需要睡眠,已经渐入梦乡。他将注意力转到窗口,观察汽车旅馆的停车场,以及外边的街道。

从某种意义上说,这两个男人再续前缘着实有些奇怪。经过那么多年,两人之间产生过那么大的嫌隙,承受过那么多痛苦。局外人恐怕实在难以理解他们之间目前的关系。但情况恰恰相反;杰克和蔡斯打断骨头连着筋,而且这种关系从未真的剥离。被杰克当作真正意义上的朋友的人并不多,克洛伊·奥布莱恩、比尔·布坎南、卡尔·本顿、蔡斯·埃德蒙斯则在那份非常短的名单之列，因为他们配得上。其中的太多人已经死去，蔡斯同样差点丧命，这令杰克深感歉意。

事实上，恢复旧时的搭档关系是很容易的。那是他们所擅长的事，在反恐局共事的日子里，他们做得不错，救了许多人的命。

不过，还有一个未被说出的疑问，蔡斯也还未将这个隐藏的问题挑明。杰克承认，在蔡斯伪造了自己的死讯后，他曾利用克洛伊持续关注蔡斯——但在此之前，他从未干涉过这个人的新生活。

为什么？杰克叹了口气。他对此没有答案。好几次他都想联系这位前任搭档，但始终没有冒这个险，直至今天。

因为那对你来说没有用，他的记忆深处传来尼娜的声音。你向来都只做最有利的选择，不是吗，杰克？

他皱着眉，捏着枪柄，想抑制住这种不受控制的想法。他低头看了看表，秒针稳健地跳动着。他想起几英里外的铁路。离货运列车经过还有几个小时。他可以在这几个小时中静坐于此，看着这个世界慢慢运转。

夜幕中的某个地方，联邦调查局的追逃小组和萨瓦洛夫的海外情报局的杀手们正在找他，正仔细筛查他可能遗留下的任何数据片段和零碎线索。要是他们来了，杰克也已有所准备，但他希望情况最好不要变成那样。

他渴望无需开枪杀人就能渡过此劫。他想就这样看着钟，任由时间流逝。他从外套的一个内袋里掏出一张折叠得很厚的纸片。他把它摊开，露出他女儿、女婿和他们的孩子泛黄的照片。他们三人都笑呵呵地看着他，定格在那无忧无虑的时刻，没有受到与杰克的生活如影随形的那种灰暗影响的时刻。

明天下午，他就应该在洛杉矶了。他会见到金姆，并把一切都告诉她。他向女儿保证过。他不能像上次那样，就这么凭空消失。跟蔡斯的聊天把所有回忆都唤了回来。自己上次令家人相信他已失踪并断定他已死去，这究竟造成了怎样的影响，杰克现在对此有了新的认识。

他告诉自己：我不能让金姆再一次承受那些事，我不会的。过了一会儿，他仔细地将照片重新折好，小心翼翼地放回原处。

外面的街上好像有什么动静，他的目光被吸引过去。一辆破旧的灰狗巴士在汽车旅馆的对面缓缓停了下来。

* * *

对罗瑞尔来说，来到死限镇，仿佛突然之间回到了她所长大的那个微不足道的地方。大巴车驶离主干道，小镇便在车窗的另一侧赫然出现。她花了一辈子想要逃离的，正是这样的地方，令她毫无出路的小镇，她曾一次次尝试挣脱，却一次次失败。她总想得到更好的际遇，却总想不出实现的办法。

她怀疑这是对她在生命中犯下的种种错误的惩罚。这是某种程度上的因果报应吗？是不是有什么更高等的力量已决定永远不让罗瑞尔·坦获得自由，并拖着她来到这里？

她抛开这个沮丧的想法。这时，车子在一座加油站前停了下来。招工头站起身，用一根不知从何而来的粗木棒指着他们。

"好了。"他吼道。他的脸上早就没有了在印第安纳波利斯时的那副笑容，旅途也令他感到疲倦了。此刻，他目露凶光，语气中带着愠怒："我们就快到了，所以你们给我听清楚。如果有谁想上厕所，就去这里的卫生间。你们不能全都一起去。女士优先。每次四个人。"罗瑞尔、翠西和另两人站起来，他冲她们喊道，"都别乱来啊。"

当罗瑞尔踏上加油站前的平坝时，一阵寒风从脚下袭来，浓重的柴油发动机尾气和汽油混杂在一起的气味刺激着她的鼻孔。她用手擦擦脸，紧了紧身上的薄外套，大着胆子望向最后几英里路程中护送他们的那些骑手。那个牙齿镀铬的家伙正被另一个人说的什么话逗得放声大笑。另外那个人是个光头，肌肉发达、面目冷酷，好像一直在等着他们。他冷笑着打量从车上下来的乘客。直觉告诉罗瑞尔，他是头儿。

罗瑞尔听到了他们的一部分谈话内容，不禁毛骨悚然。"挑中你喜欢的了吗？"面目冷酷的那个问。

"我可以选吗？"镀铬牙齿说，"莱德尔怎么忽然变得大方起来啦？"

"他总是犒赏努力工作的人，不是吗？当然，你也不用太认真。"

骑手注意到，罗瑞尔正在朝她们这边看，赶紧扭过头，快步走向加油站旁边的女卫生间。

"这都是怎么了呀？"翠西仍未从先前的哭泣中缓过来，带着气声说道，"噢，上帝呀，我们该怎么办？"

罗瑞尔不敢回头，生怕那个冷酷的家伙正跟着她们。她尽可能快地将别的女人推进卫生间。"我想……我想你说得没错。"她紧张地说，"他们根本就不想要什么厨师和清洁工。别人我不清楚，但我们……"罗瑞尔的声音越来越小。一想到自己可能遭遇的各种虐待，她就害怕得无法思考。她跌跌撞撞地走向水槽，紧紧抓住水槽边沿。她感觉胃里翻江倒海，很想呕吐。惊慌如洪水在她体内泛滥，她丝毫不能摆脱这种感觉。这样的恐惧似乎与经历过的恐惧完全不同。她很清楚，她只要稍稍放弃，就会被完全吞噬。

"我不可以再走出去了！"翠西呜咽着，"罗瑞尔，求你别让我那样做。"

"别再哭了。"她告诫她。可为时已晚。翠西的脸上已经挂满泪珠。罗瑞尔明白，要是她失控，自己也会一样，因为对方的恐惧同时也会俘获她。罗瑞尔抓住翠西的胳膊，将她推入一个空的隔间，把两人锁在里面。

其他人在卫生间里来来往往，进进出出，两个年轻女人挤在隔间的角落里等待着。正如罗瑞尔担心的那样，除了顶上一扇小小的天窗，这间煤渣砖砌成的厕所并无其他出口。但她们够不着天窗，而且天窗上开裂的脏玻璃被电线和钉子嵌得很牢。

"我们得报警。"好大一会儿后，翠西轻声说道，"我没有电话。你在外面看到电话了吗？"

"什么警察？"罗瑞尔冲她低吼道，"你觉得他们会赶来吗？"她摇着头，"姑娘，我们得靠自己想办法逃脱。例如弄一辆车。"

"我不知道——"这时，另一个隔间的门咣地响了一声，吓得翠西赶紧闭上嘴巴。

罗瑞尔听到外边的大巴车重新发动起来。要是她俩就这样静悄悄地藏在这里，会不会有可能被他们漏掉呢？她的心里头一次燃起逃跑的希望。

尽管靠近地板的位置气味浓烈，她还是俯下身来，透过活动门下方的空隙朝外打量。别的隔间都空了，用过卫生间的其他女人都已回到大巴车上。罗瑞尔拉开门栓，翠西一把拽紧她，想阻止她扭动把手。

"别，别。"她喘息着说，"别，别开门。我们就留在这里。就留在这里。"

"我们不能留在这里。"罗瑞尔反驳道，"我们现在就像被困住的老鼠。来吧，这或许是我们唯一的机会！"

她推开隔间门，竖着耳朵，蹑手蹑脚地朝卫生间门口走去。她听到了些声音，分辨出是镀铬牙齿在气呼呼地咒骂着。

"我他妈怎么知道？"她听见了他的咆哮声。那人正在朝她们靠近。

她身后的翠西拼命地在身前挥舞着两手，像一只受困的小鸟。罗瑞尔真想给她一巴掌，好让她镇定一点。"他要来找我们了。"翠西带着哭腔说道。

卫生间的门忽然砰的一声朝内打开。罗瑞尔看到满身刺青的骑手正走进来："你们这些蠢货到底在——"

罗瑞尔没有给他机会把话说完。她想也没想，便纵身一跃，用意想不到的力气撞向厕所门。挂在双向铰链上的门页猛地弹回，正砸在骑手的脸上，迫使他一阵踉跄。

一种放手一搏的纯粹求生本能促使罗瑞尔从卫生间里跑了出去。翠西稍稍迟疑了一秒钟，紧跟着她发足狂奔。

罗瑞尔全速冲刺，从加油机之间穿过，奔向大路，朝来时的反方向跑去。

"翠西，快跑！"她喊道。

她听见一声可怕的尖叫，大着胆子扭头张望，正好看见翠西脚下一滑，跌倒在地。镀铬牙齿已经缓过神来，抓住了翠西，翠西哭喊着。罗瑞尔一阵心悸。

冷酷粗鲁的嬉笑声在她身后响起。"混蛋，抓住那个婊子！"有骑手叫嚣着。罗瑞尔冲过一个巷子口，奔向她看到的第一座建筑——一家临街的便利店，刺眼的日光灯光从玻璃门里照射出来。

她踉踉跄跄地冲进门，差点撞在堆成螺旋形的漫画书架上。柜台后面的大胖子男人正一脸惊愕地看着她。"你得救救我。"她脱口而出。

可那个男人直朝后退，同时举起双手。"我可不想惹任何麻烦。"他对她说，显然是被她的出现吓坏了。

只听咔嗒一声，罗瑞尔身后的便利店门被推开。她转身看到那个面目冷酷的大块头走了进来，嘴角挂着一丝冷笑。他看了看她，又看了看柜台后的家伙，舔了舔嘴唇。"你以为他会帮你一把吗，小妹妹？"她看清了他外套上写着的名字——布罗德，"不会的。他要做的将是立刻转过身去，对吗？"

那人盯着地板，怯生生地退到后边的办公室里。

罗瑞尔顺着货架之间的一条过道走去，压低身子。她听见布罗德在咯咯地笑。

"行了。"他喊道，"你到底在跑什么呀？你甚至什么都还不知道。过于激动，想一走了之……去哪里？你想上哪儿去？"他吐了口痰，"该死的。我们替你们这些人找工作，你明白吗？你们能赚到钱。还会有谁对你们这么好？回答我！"他对罗瑞尔不服管教的行为已经忍无可忍，最后三个字几乎是在咆哮。

布罗德手里握着蝴蝶刀，走到过道尽头，准备对猎物下手。罗瑞尔也已准备好武器。她将一大瓶便宜的烈性葡萄酒举在颈边，用力朝他的身体砸了过去。玻璃碎裂，他吓了一跳，举着刀在空中狂挥乱舞。但罗瑞尔已经跑开，没有被扎中。她听到他叫骂着追了上来，赶紧推开便利店的门，不顾一切地冲上街道。

罗瑞尔看到前方有一个印第安帐篷模样的招牌，再远一点是阴影、茂密的灌木和几辆停着的汽车。她的前男友教会她的唯一有用技能便是如何短路启动车辆。此时此刻，这或许是她唯一的救命稻草。

* * *

杰克放下散弹枪，靠近窗户，以便更好地看清外面发生的事情。大巴的到来立刻吸引了他的注意力。这一幕发生得似乎很突兀，车子的状况也令人起疑。他十分确信死限镇不在任何商业运营线路上……那这意味着什么呢？

大巴硕大的车体将车厢那边的情况遮得严严实实，但他看见了另一组夜游侠骑手，他们沿着加油站外围聚成一圈。大巴车内有人影晃动，但难以分辨更详尽的情形。

杰克屏息静气，仔细去听公路对面传来的任何动静，但从夜里清冷的空气中传入他的耳朵的，只有间或的哄笑声或发动机的低鸣声。

但接着那边忽然一阵骚动。他看到一个女人从大巴车后边冲了出来，奔向离得最近的建筑物。一个男人在她身后追逐。杰克认出那正是他们等交通信号灯时那群摩托骑手的头儿。布罗德。

他心里一紧，飞快地思索着眼前上演的这一幕是什么状况。他正在目睹的是一桩出了差错的绑架，或者人口贩卖，还是更糟糕的事情？大巴车一定跟非法摩托俱乐部有关联。但杰克还从未听说有哪个团伙卷入过上述犯罪活动中。这不是那些犯罪团伙通常采用的运作模式，他们往往勒索保护费，或是偷运些重量轻、价值高的东西，例如枪支和毒品。

几乎不到一分钟，便利店的玻璃门又被推开，那个女人再度冲了出来。她没命地奔跑，仿佛有魔鬼紧跟在她身后。当她穿过街道时，杰克意识到她正直奔阿帕奇汽车旅馆昏暗的停车场而来。布罗德也摇摇晃晃地跟着出了便利店。他一路小跑，显得从容不迫，似乎并不想花费更多的力气。

　　女孩很年轻，一头金发。她绝望地环顾四方，奔向汽车旅馆的前院，挨门挨窗寻找能够逃跑的路线。

　　杰克的心提到了嗓子眼。有那么一瞬间，他觉得自己看到了金姆的面孔，女儿像一只受到惊吓的动物，拼命奔逃。他甩了甩头，让幻象消失。那不是金姆，但女子脸上的惶恐十分真实。她已步履蹒跚，甚至差点摔倒。然后，她消失在离蔡斯停放克莱斯勒轿车的位置很近的阴暗处。布罗德大步走在车道中央，通过汽车旅馆门口时，他都没正眼往里面看看。他的手中仍拿着那把蝴蝶刀。杰克看出他的衬衫已被划破，沾着点点血渍，可能是从割破的伤口流出的。

　　杰克将目光转回屋内。蔡斯睡得正香。雷明顿散弹枪就在手边，但使用它会令杰克引起别人的关注，也会将他们保持不被外界干扰的些许机会毁灭殆尽。他腰带上别着 M1911 手枪，可是没有消音器，开枪同样会立刻引来所有人的注意。

　　街的那边，大巴的排气管喷出一阵黑烟，车轮滚动起来，继续上路。布罗德的伙伴们留在那里，漫无目的地转着圈，等他返回。杰克一动不动地立在窗边。他看到布罗德渐渐放慢速度，停下脚步，晃动脑袋朝浓密的暗影中打探，像条猎狗在搜寻猎物。

　　女孩无处可去。杰克从自己所在的二楼，能清楚地得出这个结论。她肯定躲在克莱斯勒或几步之外的那辆破旧的 F-150 小货车后边。可藏在这里实在无异于跳入陷阱中。布罗德很快就会找到她，到那时……

　　到那时会怎样，杰克？尼娜幽灵般的声音再度响彻他的脑海。要是你到外面去，要是你卷入其中，就会把一切都搞砸。最好还是坐回原位，任其发展吧。

　　他猜得到事情接下来会怎样。布罗德将抓住女孩，对她一定不会客气。杰克了解那种类型的男人，他们同样是男性，却喜欢把拳头用在女人身上，好像这会让他们显得更加强大似的。杰克为此感到恶心。那个女孩——也许是别的某个人的女儿——将会吃尽苦头。但最终,她总要离开这里,摩托车骑手也一样,杰克和蔡斯也能继续藏身于此。

杰克听到前院里的布罗德吹了声口哨,像在召唤离家出走的宠物。

* * *

哨音传来,罗瑞尔吓得血都要凝固了,能听到自己的心脏在胸腔里咚咚咚地狂跳着。她脱下外套,卷成一团,拿在手中,准备在敲碎那辆银色轿车的车窗时,用它来应付破碎的玻璃。这时,她正朝后缩去,因为布罗德踩在碎石路面上的沉重脚步声已越来越近。

她鼓起勇气,从轿车挡泥板旁伸出脑袋朝外窥探,在黑暗中看见了他的轮廓。她闻到了便利店里那瓶被砸碎的烈性红酒在他身上留下的过于浓烈的气味,看到他右手握着的那把刀闪着寒光。

"她们为什么总是要逃跑?"他大声发问,"来吧,姑娘。快到这里来,该吃药了。"

罗瑞尔一直努力克制住的恐惧感终于爆发。她从车后冲出来,拔腿就跑,同时用力将外套扔向布罗德,想分散他的注意力。

骑手哼了一声将衣服挡开,没等她跑远便追上了她,重重一拳打在她腰上。罗瑞尔惨叫一身,倒向停在那里的小货车前栅,双腿顿时失去知觉。

"我本可以让你在凯斯干活的。"布罗德用他的刀朝街那头指了指,"可现在会怎样呢?"

"你会乖乖让开,丢掉你的刀子。"另一个声音回应道。罗瑞尔看见一个目光神秘的男人从货车后边走了出来。

布罗德眯起两眼。"那辆银色轿车……你回来了呀。"他做了个鬼脸,"滚开,混球。或许你还不明白,对这个小镇来说,你太嫩了。这是摩托俱乐部的生意。"

"乖乖让开,丢掉你的刀子。"对方语气坚定地重复道,"我不会再跟你多说。"

骑手也没再浪费口舌;他猛转过身,低吼着朝那个人扑了上去。

【第十一章】

当摩托骑手朝他快速逼近时,杰克·鲍尔的部分特质——清醒、审慎的那部分——消失了,完全不同的另一面自然而然地呈现出来,退役士兵训练有素的攻击性和出于本能的暴力倾向一览无遗。

布罗德像一头愤怒的公牛猛冲上来,充分利用他的体重优势。这家伙肌肉发达,脚步移动快,但他毕竟只是一名混迹街头的流氓,他的打斗方法简单粗糙,毫无疑问是从数十次酒吧斗殴和路边骚动中积累的经验。相比之下,杰克的格斗技巧招招致命,可以在最短的时间内施加最大的打击力。两人都不能算是防御型战士。

布罗德用蝴蝶刀在面前比画着。但他很聪明,拿刀刺向杰克时,重心始终落在后腿,绝不探身过前,以免失去重心。他每次出击都会错过目标,但他并不打算割到对方,还不到时候。摩托骑手是想限制杰克的行动,令他无法逃出自己的攻击范围,直至双方离得够近之后,再一举将他击溃。

如果换成别的任何人,都会在不停挥舞的锋利刀刃的逼迫下,不由自主地退后。但杰克却恰恰相反,他抢在布罗德有机会改变进攻策略之前,主动缩短了跟他之间的距离,抬起前臂挡开刀锋,化解了对方的佯攻。骑手的计划落空了。

对方怒骂着转动手中的刀,朝相反方向做出切割动作,想深深刺入杰克的前臂。可他还不够聪明,过早地暴露了自己的意图。杰克不等他继续,便抓住他的手腕,遏制住骑手的下一步动作。

布罗德两只手同时抵住刀柄,用力朝对方脸上推出。杰克毫不示弱,针锋相对。一时间,两人纠缠在一起。

杰克很难一直牢牢握紧,他感到自己脚下不稳,武器正难以阻挡地滑动。布罗德比他重,也比他强壮,拥有力量上的优势。杰克能抵挡他一阵,但没法一直这样坚持下去。现在两人已离得很近,他甚至能看清布罗德的瞳孔有明显的扩张，猜测这名骑手一定正处于某些东西的作用影响下。这将使他变得难以琢磨，不可理喻，更加危险。

就在杰克脑子里冒出这些想法时，布罗德忽然往前一蹿，用脑袋直接撞向他的头。幸好这一击完成得不好，没有造成严重后果。实际上，他只在惊讶中后退了一步，并松开了手。

杰克忍住疼痛，看到布罗德转过身去，似乎有什么在他的余光里闪过。是那个女人，她已经完全缓过神，冲了过来。

骑手可不希望这样。他用另一只胳膊挥出一拳，将她击退。

杰克利用布罗德注意力被分散的这个瞬间，朝他扑了上去。

布罗德没接受过专业的技能训练，缺乏战术，完全依赖力量和凶狠。这正好是杰克可以好好利用的优势。

布罗德却突然不动了，骂骂咧咧回头看着。

杰克看到金发女子正在朝后退，显然是被她刚才的所作所为吓到了。四英寸长的蝴蝶刀不锈钢刀身已被完全插入布罗德肩部。

骑手摸到了刀柄，喘着气将刀拔出。"你这个肮脏的婊子。"他咒骂着扔下刀，将未受伤的手伸向藏在背后的一个皮套，"游戏时间结束了，臭婊子！"当他的手重新露出来时，已然握住一把短管斯密斯＆维森左轮手枪，拇指正拉回撞针。

尽管杰克的视线仍有些模糊，他还是疾速上前，捡起被丢掉的那把刀。刀血糊糊的，差点从他手中滑脱，但很快他就握紧刀柄，抢在布罗德扣动手枪扳机前，向对方扑过去。

那个女人的想法是对的，但目标有误。杰克用一只胳膊勒紧布罗德的喉咙，将他的头朝后扳，用另一只手——牢牢握住蝴蝶刀的那只手——直接戳向骑手的胸膛。布罗德试图尖叫，声音却停在喉咙里，变成一种奇怪的呻吟。

大块头骑手抽搐两下，腿一软，目光黯淡下去。杰克松开手，将布罗德放倒在地，鲜血正从他胸前的新伤口中汩汩涌出。

"死了。"女人小声说，"他死了。"

杰克疲倦地点了点头："谢谢帮忙。"

她狠狠地朝布罗德的脸吐了口唾沫，怒气令她面部扭曲："很好。混蛋！"然而紧接着，她似乎想起来自己身在何处："你是谁？你是他们一伙的吗？"她看到掉在地上的左轮手枪，没等杰克反应过来，抢先把枪捡起，抓在手上。

"我跟他不是一起的。"他调整着呼吸说道，"我们必须把他的尸体藏起来。要是他们来找这个家伙的话……"

"我们？"她反问，"这跟我无关。"她疯狂地四下张望，"我必须离开这里……我必须……"女人的声音越来越小，"噢，上帝。翠西和所有其他人都还在那辆大巴上。噢，上帝，哦，上帝……"

杰克用很短的时间就确认了他们并没有引起别人的注意。他俩似乎可以暂不担心。打斗发生的地点位于汽车旅馆停车场的阴暗一角，从大街上看不到这里。他在布罗德的衣服上擦了擦手，然后把他扔进小货车的货箱，拖过一张松散的油布盖住尸体。

年轻女子握着枪柄，看着他做这一切。"我叫罗瑞尔。"她边说边捡起自己掉在地上的外套。她已不再用枪指着他。

"我叫杰克。"他回答，"你不是这里的人。"

她冷冷地哼了一声："我甚至都不知道这个鬼地方是哪里。"她朝街道望去。杰克能感到她是在判断自己有多大机会。

"你想跑的话，我不会阻拦你。"他说，"但你必须知道，你的胜算可不大。"

罗瑞尔将目光转回到他身上，露出一脸厌恶的表情："所以你打算做什么，照顾我吗？"肯定有别的心怀叵测的男人用这种口气跟她说过类似的话。

罗瑞尔总是令杰克想起金姆。他收起思绪，摇摇头："你走出去，他们就会抓住你。他们会逼你告诉他们,是谁杀了这个混蛋。我不希望有任何人询问关于我的问题。"

她沉默了好一阵子,然后把左轮手枪放进外套口袋,认真地打量着他:"你有什么能吃的吗?"

* * *

"是的,就是这家伙。"女招待说。她名叫玛格丽特,似乎有些心不在焉,每隔几秒就会瞟向仍然留在餐馆里为数不多的其他客人,以及聚集在餐馆外的当地警察。

"你确信吗?"克尔纳手里举着杰克·鲍尔的身份证照片。

"我说了是的,没听见吗?"玛格丽特的目光在克尔纳和哈德利之间游移,"他是位绅士,给了我不少小费。听着,我不想无礼,我的意思是,我会尽我的公民义务,但你们的人会令我的客人们感到不安。"她伸手指了指餐馆里稀稀拉拉的客人,"在这一带,联邦政府的名声并不太好,希望你们明白我的意思。"

"是的,我确信你们州从华盛顿特区吸走的所有福利的确是个负担。"哈德利立刻接话道,"听我说,女士,我对当地卡车司机使用农用柴油而不是常规柴油来支付赋税没有任何兴趣。"他用一根指头点了点鲍尔的照片,"但尽管这个人给小费很大方,他却是个被通缉的杀手。明白了吗?"

克尔纳看到玛格丽特的脸开始发白。"哇。真的吗?"她眨着眼,"这么说,另一个家伙,是受害人?还是他的同谋?"

"另一个家伙。"哈德利复述道,"你们这里装了监控摄像机。相关的记录在哪里?"

"那不是监控。"她压低嗓门对他说道,以免被别人听到,"这只是保险起见,明白吗?是假的。"

哈德利忍着没发火,离开几步。克尔纳皱着眉:"我希望你能跟副警长罗谈谈。我们需要一份你的完整笔录,以及对今晚出现的另一个人的情况描述。"

"他是不是,或者说,他们中的谁是不是连环杀手?"玛格丽特似乎有些愉悦地问道。

克尔纳正不知该如何回答时,看见戴尔走进餐馆,示意他们过去。他跟在哈德利身后走过去,明显感觉到这名联邦调查局特工的沮丧。到目前为止,直升飞机还没有为他们带来任何新的发现,布雷警长的手下对当地居民的询问也未反馈出任何跟杰克·鲍尔有关的信息。餐馆是他们的头一条真正的线索。但现在看来,这里的情况很不明确,令人着急。

鲍尔曾在这里停留用餐,并且打过一两个电话。大约半小时后,另一个人抵达,他们聊了一阵,然后一起离开。这就是目前收集到的全部信息。哈德利像一条发怒的斗牛狗,用力拉扯着脖颈上的皮圈。时间每流逝一点,猎物就越可能甩掉他们,这令他愈发恼火。

但戴尔脸上狡黠的笑容,却促使克尔纳重新评估自己的想法。

"快告诉我,你得到了一些有价值的东西。"哈德利说。

"也许的确如此。"戴尔回答。她将他俩带回到门口,走进充满寒意的夜幕中:"还记得我们赶过来时,这里已经停了一辆巡逻车吗?还有医护人员。"

克尔纳不得不承认,自己并未注意到后者:"我以为他们是来这里进行检查的。"

"不是。"戴尔说,"差不多在托德·比尔海特报告直升飞机的事情的同时,当地调度员还接到了另一个911电话。一名好心的卡车司机见义勇为,帮助了两名遭到殴打并被扔在高速公路上的笨蛋。"

"这跟我们的逃犯有何关联?"哈德利问。

"那辆接到报警后前去查看的巡逻车上有鲍尔的通缉令。那两个笨蛋中的一个看到后,提供了些情况。副警长正亲自前往,把他们带到这里来。"

"带来了吗?"克尔纳从哈德利的嘴角看到一丝转眼即逝的笑意,"快带我去。"

救护车的后箱里坐着两名年轻人,他们的衣着十分邋遢。其中瘦些的那个一只眼睛乌黑,个子高些的那个一条腿上了夹板,脖子肿胀发红。

哈德利朝陪在两人旁边的医护人员亮了亮证件。尽管对方想强调他们需要得到适当的医疗照顾,但他们的话被他毫不客气地打断。他冲两人出示证件,双眼死死盯着他们:"我是联邦调查局哈德利特工。"

"噢,该死。"矮点的那个不由自主地说道。

他的朋友狠狠地瞪了他一眼,粗声粗气地说:"闭嘴,乔希!"

克尔纳举起鲍尔的照片:"你们认识这个人吗?"矮个子的反应让他确定,他们一定认识,"你们是在哪里见到他的?"

"听着,"断腿的那个说,"我要去医院。我们能否在路上谈这件事?"

哈德利走过来,查看了一下他的伤势,扮了个鬼脸:"看上去很严重。是鲍尔把你弄成这样的吗?"

"谁?"

"这个人。"克尔纳再次展示那张照片。

"弗兰克……"乔希的声音中带着一种恳求的语气。

克尔纳评估着当前的情形;一看到这两个家伙,他就知道他们属于社会底层人士。他俩最多只能算是自命不凡的笨蛋,不幸地挡了杰克·鲍尔和他的神秘同伴的路。但本能告诉他,乔希和弗兰克只不过是鲍尔逃亡路上的过客,而未卷入其中。

哈德利仿佛得出了同样的结论:"这个人十分危险。我必须找到他和跟他在一起的人。现在,你们可以把自己知道的都告诉我,不然接下来的十小时我要让你们滞留在警察局,伴随那些骨折和瘀伤的疼痛度过。因为除非我下令,否则没有人可以上医院。明白了吗?"

"就是这个家伙。"乔希脱口而出,"他先动的手——"

"闭嘴!"弗兰克喊道,"别说了,混蛋。"腿上的疼痛令他身子一缩:

"好吧。好吧。他说得对，那个家伙，你们称他什么来着，鲍尔？是他把我打成这样的。"

"为什么？"戴尔问。

"我们到这里来只不过是为了辆车。"弗兰克喘息着说，"就好比是，讨债。"

在哈德利的催促下，他们描述了那辆挂着宾夕法尼亚州牌照的银色克莱斯勒300轿车。戴尔离开去联系纽约办公室，从数据库中查到了相关执照。

"是谁开的车？"克尔纳问，"鲍尔见的那个人吗？"

"查理·威廉姆斯。"乔希过了一会儿说，"可车不是他的，是他抢走的。就这些了，"他肯定地说，"我们想把车要回来。"

弗兰克点点头："是的。那么，现在我们能走了吗？"

哈德利漫不经心地点点头，大步走向正跟手下说话的布雷："警长？我要逮捕这两个蠢货，理由是怀疑他们协助和支持一名已知的联邦逃犯。我希望你好好对付他们，事后向我提供完整的报告。"他不等布雷回答，便朝停在一旁的SUV走去。

布雷十分吃惊，看了克尔纳一眼，然后冲哈德利喊道："你那现在又要去做什么？"

"我知道了一个名字和一辆车。我要把它们都找出来。"

* * *

一阵顺着胳膊神经传导的灼烧感将蔡斯疼醒。他紧咬牙关，赶紧坐起身来，先用指头轻轻碰碰外套下的鲁格半自动手枪枪柄，然后握紧疤痕累累的手腕。汽车旅馆的房间内十分昏暗，甚至看不见手腕上的伤痕。但蔡斯对它们非常熟悉，就像熟悉儿时走过的街道一样。它们一直不曾褪色，随时提醒他将与他相伴余生。

"杰克？"他小声喊道。窗边的座位是空着的。蔡斯皱皱眉头。他侧耳倾听，房间里只有他自己。难道杰克出去透气了？一定是那样。

疼痛感渐渐变为频率缓慢的隐隐悸动和没有规律的颤抖。手腕已经很久没有这样剧烈疼痛过,但蔡斯也已很久没用这只坏了的手出拳打架。甚至还没伸手去拿药瓶,他已对自己感到一阵憎恶。蔡斯用几乎已成为条件反射般的肌肉记忆的动作打开塑料瓶盖,干吞下一片药。他按揉着手臂肌肉,仿佛这样做能有助于止痛药更快发挥作用。

窗边有影子晃动。他悄悄躲到房间里唯一一张安乐椅的背后,掏出鲁格手枪,对准房门。

门栓咔嗒一声,门缓缓打开,直至碰到抵门的柜边才停住。"是我。"杰克说完,钻进了房间。蔡斯站起来,可手中一直握着那把枪,因为他意识到进来的不止杰克一个人。

是个女人,但光线昏暗,看不清模样。她发现了蔡斯拿着的枪,吓得直朝后退。

"没事的。"杰克对他说。他关上门,打开一盏床头灯:"这是罗瑞尔。我们要帮助她。"

蔡斯瞟了女人一眼,她比他更年轻,看起来既紧张又害怕。她脸上很脏,还有伤痕,就像是被车撞过。

"你说你有东西吃。"她说道。

杰克冲梳妆台上的包点了点头——里边有他们从高速公路旁一座加油站的自动贩卖机中弄到的点心、瓶装水和汽水。罗瑞尔自己挑了一瓶七喜和一块并不新鲜的三明治,狼吞虎咽地吃着。

"这是个流浪儿吗?"蔡斯生气地说,"这是怎么回事,杰克?"

"这位是蔡斯。"杰克告诉女孩,"他是个好人。"

"现在可不是。"他反驳道,"这是谁?"

"罗瑞尔。"女孩说,"罗瑞尔·坦。"蔡斯发现她站得离门很近,一定是为了在有必要时可以快点逃跑。而且从她一直把外套拿在手边的动作来看,她肯定在里面藏了什么。最有可能是某种武器。

杰克叹了口气，走到狭小的卫生间水池边。"还记得布罗德吗，先前那个摩托车骑手？他要杀她。"他把手伸到水龙头下，冲出红色的血水，顺着出水孔流走。

"而且这才是开始。"罗瑞尔表情严肃地补充道。

蔡斯抿抿嘴："于是你出手阻拦。"杰克双手沾染的血迹足以说明那个恶棍的下场。

"换成你，也一定会那样做。"杰克走了回来，拿起一瓶水喝。

不，我不会。蔡斯很想这样说。我不会让我们陷入危险。但接着他便意识到，离开瓦伦西亚后这么多年迷茫的生活，并没有像他想象的那样，把他磨炼得更坚强。实际上，当他发现自己竟然仍是原来那个人时，的确有些生气。他没有变，杰克·鲍尔也没有变。我成了怎样一个笨蛋呀？他皱着眉："要看情况。"

"嘿！"罗瑞尔嘴里塞着面包，怒视着他说道，"别像我不在场一样议论我！"

"你说得对。"杰克表示赞同，"但没有别的更好的选择。"

"从来都没有过。"蔡斯在床上坐下，长嘘一口气，"好吧。她留在这里，直到我们离开。然后她就要靠自己了。"

"遇到麻烦的并不只有我一个人。"罗瑞尔强调，"翠西和其他人……"她记不清太多名字，"听我说，你们知道这些夜游侠混蛋都在这里做些什么，对吧？"

"贩卖人口。"杰克的回答令蔡斯睁大了双眼。

可女人却摇起头来。"那只是一部分。我的意思是，我听说了……我也目睹了。但你们绝不会相信那些事情，对不对？"她显得有些泄气，"直到一切都为时太晚。"

"从什么时候开始，摩托黑帮也干起贩卖人口的勾当了？这并不是他们的生意。"

杰克冲罗瑞尔点头鼓劲："把你告诉过我的说给他听。"

她吞下最后一口汽水："这些家伙……招工者……他们四去寻找处境困难的人。不仅仅是女孩，还包括工人。很多很多。他们提供收入好、上班时间短的州外工作。不用交税，直接付现，不会被发现。"

"于是你信以为真？"蔡斯说，"你肯定明白至少这是违法的。如果情况不会更糟的话。"

"我知道！"她反驳道，"每个挤在那辆臭气熏天的大巴车上的人都知道！可当你快要被淹死时，就会抓住抛向你的第一根绳子，对吗？对吗？"

他不情愿地点了点头："毫无疑问。"

罗瑞尔陷入沉默，好一阵子后，她才重新开口。"可后来我害怕了，我想逃，翠西和我拼命跑，但她被抓住了……"女人打了个寒战，"他们想让我和翠西做的不仅仅是工作。一些人可能会工作，但不是我们。还有别的女孩。"

"许多年前，我曾在塞尔维亚见过同样的事情。"杰克说，"人口交易。现代奴隶制度。"

他的话似乎令女孩更加心烦意乱。罗瑞尔忽然站起来，污垢遮蔽下的脸变得惨白："我必须……好好洗洗。"她几乎是冲进卫生间的，然后重重关上了门。

* * *

杰克走向罗瑞尔的外套掉落的地方，捡起来摊开。他拿出布罗德的左轮手枪，打开枪膛，查看装填上的子弹。

"我看得出来，"蔡斯的语调平和下来，"就在刚才，当她说起她朋友时。"

"看得出什么？"杰克将枪放回外套之上，扭头望着蔡斯。

"金姆。"蔡斯指了指他的脸，"眉宇之间。还有头发。别假装你没有看出来。"

杰克抿抿嘴："我不是因为这个才去救她的。"

"你确定？"

他坚定地看了自己的前任搭档一眼："我确定。要是你认为我会让任何人在离我坐的地方只有二十英尺远处被袭击和杀害，那你对我的了解就生疏了不少，蔡斯。"

蔡斯朝床头柜上一个显示出橘黄色数字的电子钟点点头。"要是你想打发时间，可以读读书……"他叹了口气，"那我们现在该怎么办？给联邦调查局打电话？那样做没用。而我们也可以百分之百地肯定，不可能带她跟我们走。"

"我正在考虑。"杰克说。他动作特别迟缓地脱下外套，接着开始脱衬衫。跟布罗德打斗过程中留下的伤痛还没消散，更让他担心的是，在纽约留下的枪伤又开了口："我的包里有个医药包。把它递给我。"

蔡斯点头，找到东西递给他："布罗德的同伴迟早会来寻找他们的伙计。到那时怎么办？"

杰克揭开用过的纱布，开始清理伤口："离货车到这里还有多久？六七个小时？"

"差不多吧。"

他自顾自地点点头："时间充裕。"

"做什么充裕？"

"你是了解我的。"杰克咬着牙，在伤口处缠绕上新的绷带，"我不喜欢闲着。"

【第十二章】

争吵的声音很大,穿过市郊一座昂贵的殖民地风格房屋那装饰华丽的前门,一直传到外边的露台。正要伸手去拧黄铜门把手的男子停了下来,侧耳倾听。

他能明显区分出两个声音。一个男人正咆哮怒骂,一个女人正高声抱怨。尽管听不清楚他们具体在说些什么,但语气很明显。他猜测,是夫妻之间日积月累的怨恨终于爆发了。

他用力敲门。过了一会儿,他透过磨砂玻璃看到有人穿过门厅,朝他走来。是那个丈夫,一路上仍在骂个不停。

"别吵了。"他正在说,"你能不能闭嘴哪怕一秒钟?我根本无法思考!"门开了一道缝,里边搭着金属安全链。丈夫的脸露了出来。他有些面红耳赤,仍然气呼呼的。"什么事?"他问,"你要做什么?"

迪米特里·尤尔金举起一枚看上去挺像那么回事的假纽约市警察局警徽:"是洛克先生吗?"其实他不需要得到回答。不久前,尤尔金已在汽车经营店内比真人还大的"大迈克"洛克广告上见过他咧嘴的笑脸。这是他调查的第二步。先前在一套租户名为查尔斯·威廉姆斯的公寓内没发现什么值得继续追踪的线索,但找到了一些指向汽车展厅的文件。尤尔金在那里找到了洛克的家庭住址,于是赶到这里来:"我有些问题要问你。"

洛克深陷的双眼眯缝起来:"什么口音呀?你根本不是匹兹堡的警察,滚开。"

"是谁在那里?"一个刺耳的声音从厨房飘来。

洛克扭过头,准备关门:"闭嘴,没有人——"

尤尔金觉得,大迈克根本算不得真正强大。这位俄罗斯海外情报局的侦探迅速用掌根劈在门上,力道很大,安全链直接从搭扣内弹了出来。大门门边从洛克面颊边擦过。他连忙躲开,被对方突如其来的举动吓了一跳。

尤尔金迅速踏过门槛，掏出CZ75半自动无声手枪。洛克惊慌失措地朝屋子后边跑去，差点在门厅地砖上滑倒。"芭布！"他大叫着，"噢，该死的，快报警！"

"什么？"

妻子提问的过程给了尤尔金足够的时间跟随洛克进入厨房。女人看到他后，顿时尖叫着去抓安在墙上的一部电话。

捷克造手枪闷响一声，电话机顿时四分五裂，引得女人又一阵尖叫。"你丈夫不是让你保持安静吗？"俄罗斯人把枪口对准两个美国人，"那是个很好的建议。"

厨房很大，几乎有尤尔金年轻时跟家人在基辅居住的整套公寓的一半大小。厨房中央是昂贵的大理石桌，上面摆放着各种电子厨具。他指指两张凳子，示意洛克和他的妻子坐下。

"是欧尼·德萨佛派你来的？"女人问，"噢，迈克，你这个白痴，你得罪他的次数太多了……"眼泪顺着她的脸颊往下流。

洛克一时间竟忘了自己被枪指着："你什么事都怪我！"

"我不知道那个'欧尼'是谁。"尤尔金纠正他们，并耸了耸肩，"也不关心。"

"那你到底来这里做什么？"洛克喊道。

"冷静点。"尤尔金走到一处能观察通往厨房的所有入口的位置，同时将这对夫妻控制在视线之内，"查尔斯·威廉姆斯。他在哪里？"

"查理？"妻子眨眨眼，"你是来找查理的？他不在这里！"

"噢，没错。"洛克在凳子上换了个姿势，拍拍衣领，"我听出你的口音来了。这下我明白了。你跟俄国强盗是一伙的，对吧？"他挤出一丝微笑，似乎又有了自信，"他是欠你钱还是欠你东西？"

"东西。"尤尔金回答，他任由这个美国佬继续他的错误假设，"他替你工作。"

"已经不干了。"洛克恨恨地说，"我今晚开除了那个刺头。他竟然偷走了我的车！"

"是查理炒你的鱿鱼。"他的妻子坚称，"你以为你能阻止他吗？"

"为什么？"尤尔金稳稳地握着枪，问道，"他今晚为什么要走？"

洛克被这个问题打乱了阵脚，一时答不上来。"我……我不知道。他接了个电话。跟某个家伙聊了一会儿。接着，他就让我见鬼去吧……"洛克舔舔嘴唇，"听我说，伙计，你跟他有矛盾，但这跟我一点关系也没有。现在，那个狗娘养的家伙出什么事，我一点也不关心。"

"杰克·鲍尔在哪里？"尤尔金觉得洛克并不认识他的目标，但还是说出了这个名字，只不过是为了看看他的反应。丈夫和妻子都未表现出任何了解鲍尔的迹象，但他必须加以确认。

"听都没听说过。"

他点点头，伸手从口袋里掏出一台数码录音机，放在餐桌上，打开开关。"我希望你们把知道的关于查尔斯的所有事情都告诉我……也就是查理·威廉姆斯。开始吧。"尤尔金再次用枪示意，"否则，我会把你们俩都杀了。"

事实上，根本没必要这样威胁他们。洛克非常积极地将他能想到的关于查尔斯的一切事无巨细地倒了出来。有了洛克感情横溢的描述，再加上先前对威廉姆斯居住过的公寓和里面东西的查看，尤尔金勾勒出这个明显是杰克·鲍尔共犯的家伙的画像。他怀疑查理是个退役军人或前执法部门人员，是杰克的战友。这符合海外情报局对鲍尔的描述。他是个看重义气的人。身陷困境时，他更有可能去找那些曾赢得他的尊重的人，而不是那些靠钱维持关系的人。

洛克花了将近二十分钟才把要告诉尤尔金的内容都说完。尤尔金站起来点点头："就这些了吗？"

"就这些了。"洛克回答。他的肢体语言已然改变，此刻他几乎像是在跟劫持他的人聊天，仿佛他们身份平等："听着，伙计，要是你找这个混蛋时看到我的车,请告诉我。我会给你一笔报酬。"

"你确定这就是你知道的关于威廉姆斯的所有事情吗?"

洛克的笑容消失了:"难道我刚才没说清楚吗?是的!我知道的就这些了。"

"你要知道,我必须得确认。我恐怕得刺激一下你的积极性,以免你隐瞒点什么。"尤尔金说着转身便朝洛克妻子的大腿开了一枪。

她尖叫着倒在铺了瓷砖的地上,血从伤口里涌了出来。洛克吓得脸色惨白,朝她扑去。

"压住伤口。"尤尔金冷冷地告诉他,"要是你不这样做,用不了几分钟,她的血就会流光。"

"狗娘——!"

尤尔金瞪着他,令他没敢继续说完:"你刚才告诉我的真的是你了解的全部吗?请考虑清楚。"

"噢,上帝。芭芭拉,哦,不。"洛克哭喊起来,"对不起,真的对不起……"

"如果威廉姆斯要逃跑,他会去哪里?他会告诉谁?如果他必须消失,他会做些什么?"

"我……我不知道……"洛克犹豫了。尤尔金从这个男人那双睁得大大的、写满恐惧的眼中看到了一丝踌躇。

"告诉我。"他紧逼不舍,"不然她就会死。"

"马特罗!"洛克哀嚎着,"赫克斯·马特罗,那个毫无前途的黑客……查理认识他。他是个自以为是的家伙……他也许能,可我不确定,也许能帮……"他低头看着自己的双手,"这么多血……"

餐桌上放着一部价值不菲的智能手机,尤尔金拿过来:"这是你的吗?里面有没有马特罗的联系方式?"

"有,有的。"洛克勉强地答道,"求你了!我再也不知道任何关于查理·威廉姆斯的事情了!"他已经是在极其痛苦地叫嚷了。

俄罗斯人思考了一下他的回答："我必须得确定。是的。该知道的已经都知道了。"他再度举起手枪。

接下来这颗子弹穿透了芭芭拉·洛克的前额，令她当场毙命。然后，另两颗子弹分别击中大洛克两处非要害处，他会死得慢一些。

尤尔金关掉数码录音机，把它跟美国佬的智能手机一同放回口袋，然后仔细地捡起从枪膛里弹落的弹壳。

他边朝自己的车走，边按下一个加密号码："我得到一些情况。"他说。

* * *

"你打算怎么玩？"蔡斯问。他们穿过停车场，朝阿帕奇汽车旅馆的前厅走去。蔡斯皱着眉头连连摇头："等等。我为什么要问？是你惯用的伎俩吗？"

"什么伎俩？"罗瑞尔跟在他们身后，一直左顾右盼，竭力掩饰着自己的害怕。

杰克扭头望着她："你应该留在房间里。"

"我不。"她断然拒绝。

杰克想让自己的提议变得更具强制性。因为带着一个平民百姓，容易妨碍杰克的计划。可这时罗瑞尔眼中的某种东西告诉他，她对鲜血和暴力并不陌生。她不像是那种过于拘谨的人……并且她的洞察力或许还有些价值。杰克暂时决定让她留在身边。

他将目光转回到蔡斯身上："采取下一步行动之前，我们需要更多的情报。"

蔡斯点点头："明白。"

过去，杰克曾进行过许多次审讯，更多的时候则是被审讯的对象，多得他不愿再想起。他们都是在玩游戏，有自己的规则，是意志力的比拼。但无情的真相是，到了最后，人人都会受不了。没有谁可以无限期地坚持下去，即便是像如杰克这般拥有钢铁意志和自控能力的人也不例外。最终，你都会开口……。游戏中唯一的变数是你能让屈服来临的可怕时刻推迟多久。你永远不可能成为真正的赢家；你只能默默忍受。

杰克已太多次站在了错误的一边，也因此对如何采取高压攻势，从不愿配合的对象口中攫取重要情报有了深刻认识。他精于此道。

如果这是反恐局的一项任务，杰克肯定已计划好每一个细节。目标将被隔离起来，也许在转运途中，或更典型的，由突击小队负责其安全。如果有必要，一个特别行动小组将参与审讯。目标也可能会被置于一种无意识的状态，并带到离得最近的反恐局分部的安全"密室"。在那里，审讯会充满敌意，有完备的医疗和技术支持的团队会同时待命。每个回答都会被详细记录，甄别细节，并通过人声压力分析仪、热成像仪和脉波监控器筛选出虚假信息。

可眼下在这里，杰克无法依靠那些资源。他和蔡斯拥有的只有那来之不易的经验。

多年前，作为反恐局洛杉矶分部的外勤特工，他俩曾发明出一种几乎让人觉得不可思议的速记法；他们执行任务的成功率在分部历史上名列前茅。杰克从未真的觉得自己是个善于团队合作的人，很长一段时间里，他都拒绝把任何人当成自己的"搭档"。但蔡斯·埃德蒙斯的技能和执着却在不知不觉中给他留下了深刻印象。这个年轻人曾是让他信赖的兄弟。他们都曾数次救了对方的命。杰克深知拥有一个能在枪林弹雨中掩护自己的人的意义有多重大。他确信可以做到这点的人屈指可数。

但那都已成为过往。太多的变化已经发生，不仅仅是二人之间的关系，还有他们各自所处的环境。只需粗略一眼，杰克就能看出蔡斯这一路走来已经失掉了些什么，看出他心中的火花已经被扑灭……或者只是被隐藏起来了？他立刻就意识到，这个蔡斯·埃德蒙斯既是又不是他多年前认识的那个人。可他仍然无法否认，再度跟他合作的感觉很好。他们都精于此道，无论是举着反恐局的盾牌，还是就这样挺身出击都无妨。他不需要去问蔡斯是否跟他有同样的感受。他心里清楚。

"跟我来。"杰克说。他推开玻璃门，走进狭窄的接待处。跟汽车旅馆里所有别的东西一样，这里也装饰着仿木纹胶合板，墙上还挂着几幅毫无生气的西方风格画。收音机里在播放重低音曲子，但廉价的扬声器却使音乐失真。

坐在前台后边的人吓了一跳，扔下手中正翻看得起劲的杂志。"有事吗？"他眨着眼问。

杰克斜靠在桌上，看到一排控制屋外闪烁的霓虹灯的开关。他按下其中一个，点亮"客满"的招牌，平静地看了那个人一眼，"我们需要了解一些当地的信息。"

迪诺瞪着杰克，又望向跟在他身后进来的蔡斯。"我看起来像个导游吗？"他做了个鬼脸，站起来，"你们这些家伙想在楼上取乐，那就去吧。我懒得管。但不要碍我的事……"这时，罗瑞尔也进来了。他急忙收声，脸上不由自主地浮现出一种坏笑。

女孩指指杰克和蔡斯："我觉得他们不是那种关系，伙计。"

迪诺收起笑容："三人同住要加收费用。"

"你替谁工作？"杰克问。他说着挤过将前厅分隔成内外两部分的齐腰小门。

"嘿！你不能进来，混蛋！"迪诺伸手去拿藏在桌子下的铝合金球棒，"我要让你和你的伙伴们吃不了兜着走！"

杰克出手了，一记重拳打在对方的胸口上。迪诺喘息着朝一扇门踉跄而去。杰克又用力一推。门被迪诺的身体砰地撞开。他扑了进去。里面是一个邋遢的房间，弥漫着难闻的烟味，只比汽车旅馆的房间稍微大一点，有开放式厨房区域，墙上挂着一台宽幅电视。杰克把迪诺推倒在一张破旧的躺椅上，从外套内袋里掏出布罗德的那把蝴蝶刀，将刀打开。锋利的刀刃令迪诺睁大了眼睛。

"你最好回答他的问题。"蔡斯跟罗瑞尔也走了进来,并关上房门。

"我再问你一遍。"杰克说,"你替谁工作?"

迪诺仍竭力维系着些许尊严:"去你妈的!"

杰克握紧蝴蝶刀,用力扎入迪诺的膝关节。大块头叫喊着抽搐起来。"谁付钱给你?"杰克问。

"摩托俱乐部!"迪诺咬牙颤抖着回答,身体拼命往后缩,"摩托骑手们向每个不妨碍他们事的人付钱,向每个仍然坚持留在这里,不多管闲事的人付钱!"他摇着头,"你们是警察吗?等着吧,莱德尔的人会把你们生吞活剥了!"

"谁是莱德尔?"蔡斯问,"他是老大吗?"

"是头儿。夜游侠的原型就是他。"迪诺啐道,又冷笑着哼了一声,"不,你们不是警察。你瞧,你们什么也不知道!伙计,你们不知道自己在哪里,现在惹了怎样的麻烦。"他试图站起来,"趁着还有机会,你们应该赶紧逃命。"

"大巴车在哪里?"罗瑞尔用尖锐的语气厉声问道,"快说,胆小鬼!翠西和其他所有人到底在哪里?"

"回答她的问题。"杰克说。

"我没必要跟你们废话。"他回答,"你们不能碰我。我替摩托俱乐部工作,我是受保护的。明白吗?"

杰克点点头:"是的,我明白。"接着,他用一只戴着手套的手捂住迪诺的嘴巴,用另一只手猛推插在他膝部的蝴蝶刀。

对方发出阵阵哀嚎。蔡斯闻到了一阵尿臊味。

"哎呀,他尿裤子了!"罗瑞尔直朝后退,"天呐。"

"通常会这样的。"蔡斯微微点了点头。

迪诺佝偻向前。"为什么……"他呜咽道,"你为什么选中我,伙计?我……我是美国人,我有人权。你不能这么折磨我……"

"我知道你是什么东西。"杰克一把将迪诺的头朝后推去,"任何稍有良知的人早都离开这里了，但你却没有。你喜欢这里，不是吗？"他探身凑近他，"他们怎样运作？那些把女孩们带到这里来，想干些不为人知的勾当的摩托骑手究竟要做什么？"他朝外面前厅的方向点点头，"你把收音机的音量开得很大，这样就不用听到他们在附近为非作歹的动静，对吗？当他们过于粗暴时，你就替摩托俱乐部收拾烂摊子？"

"规则不是我定的！"迪诺气喘吁吁地反驳道，"那些女孩只不过是妓女而已，伙计！她们都是些垃圾！"

"不。"罗瑞尔愤愤地说，"不，我们不是！"她想冲上前去，但被蔡斯拦住了。"放开我，"她对他说，"把那把刀给我，我要把他的屁股扎烂！"

"你在这个房间里没有任何朋友。"杰克冷冷地说，"唯一可以改变你所经受的痛苦程度的，就是赶紧把我想知道的都告诉我。"

迪诺瘫软下来，血迹斑斑的刀令他畏惧："你们……你们想要什么？只要能放过我……"

"他们把翠西……把那些女孩弄到哪里去了？"罗瑞尔咬牙切齿地问。

"在……曲轴箱。"他喘着粗气说，"但只会选那些漂亮的。有时候，一些女孩会被卖掉，我不清楚。那都跟我没关系。他们不再让我去那里，自从……"他降低了声音，"自从莱德尔发话以后。"

"那里不只是好色的卡车司机的脱衣俱乐部，它还是一家妓院。"蔡斯说。

迪诺点了点头："没错……"

"那其他人呢？"杰克把刀举到他的面前，"工人？他们会怎样？"

"去布雷克堡。就是镇子南边的老军事基地。他们用大巴将工人送到那里。"他摇了摇头，"旁人被禁止入内。如果谁到那里打探，就再也不会回来。"迪诺舔舔嘴唇，"好了，我都说了。放过我吧。"

蔡斯正要说这想法可不怎么样，可他还没开口，迪诺却忽然发力，朝前一扑,离开躺椅,挥舞拳头朝杰克打去,但被对方一把抓住并击昏。

一阵寂静后,罗瑞尔率先开口:"你们俩过去做过这种事,对吗?"

"我们只做需要做的事。"杰克说,"帮我看好他。"

* * *

他们开车沿着大街缓缓驶过左手边的曲轴箱俱乐部。这里曾是一间大型机库,但那已是很久以前的事。在此后的几年中,有人对内部进行了翻修,拆除卷帘门,在原来的窗户上砌上玻璃砖,并安装了更多花哨的霓虹灯。外边亮堂的招牌勾勒出一个女人的身影。从路旁停放的一排摩托车来看,这里很受欢迎。忽然,前门打开,震耳欲聋的南部摇滚音浪随之传出。一个衣着褴褛,鼻子上全是血的卡车司机被人赶了出来。

蔡斯看着那人跌跌撞撞地走进附近的小巷。

杰克打量着这栋建筑,寻找别的出入口,预测逃脱路线和可能碰到的阻碍。曲轴箱俱乐部是两层结构,上面一层只能透过写着脱衣俱乐部名称的霓虹字母的缝隙隐约看到。他觉得进去应该不会太难,但全身而退则是一种挑战。

他将克莱斯勒轿车开走,停在马路对面的一条小巷里。"后门肯定有人把守。"他说,"从那里进太冒险。我们从正门进入。"

"这么说,我们真的要管这件事啦?"蔡斯严肃地问,"我能说句话吗?"

"我不知道,你呢?"杰克检查着自己的手枪。

"你打算在毫无计划,没有装备和增援的情况下,进入匪穴中心?"

"我有计划。"杰克拉动春田半自动手枪,确认一发子弹已经上膛。他又朝后座上罗瑞尔身旁的运动包点点头。"我还有装备。"然后,他望向蔡斯,"我也有增援。"

蔡斯不由自主地乐了起来:"三个人、几把枪和一辆车可比不上真正的反恐局。"

"我早就不属于反恐局了,蔡斯。你也一样。"

对方顿了顿："这话不假。"

杰克扭头看着罗瑞尔："那把左轮手枪还在吧？"

"是的。"她警惕地说。

"不到万不得已，不要用它。"他将车钥匙交给她，"要是出了差错，开车朝州界方向跑。一直开，不要停，直到进入某个城市。"

"我怎么知道是否出了差错？"

"会有地方着火。"蔡斯告诉她，"或者爆炸。"

"别被人发现。"杰克对她说完就钻出了汽车。

蔡斯紧随其后，两人朝曲轴箱俱乐部走去："好了，把你的计划告诉我吧。"

"还记得在孟菲斯发生的事吗？"

"哈。"蔡斯裹紧外套，把枪藏好，"孟菲斯的事从头到尾都是一团糟。"那是在针对萨拉萨组织的整个秘密行动之前，他俩搭档执行的最后一次任务。

杰克点点头："同意。我的想法是，这次我们不会犯同样的错误。"

"但会犯新错误。"蔡斯抬起一只胳膊示意他停下，"杰克，稍等一会儿。我们真的要这样做吗？我们来死限镇是有原因的，可那件事情还得等到几个小时后。如果我们这就开始制造混乱，招惹当地人，恐怕没法等到火车到来。"他直摇头，"你在冒很大的风险，可能使一个很好的计划被某些随意的行动给破坏——"

"有话直说吧。"杰克开始失去耐性。

蔡斯深吸一口气。"你突然冒出来找我，让我帮你回到金姆身边。我会帮你。这是我欠你的。可现在呢？"他指了指脱衣俱乐部，"这跟我们无关。如果你想管，等我们到了洛杉矶，可以把相关信息传递给某人，由他们来处理，而不需要你和我现在就解决。"蔡斯压低声音，"如果你想证明什么，用这种方式并不合适。"

"你就是这样想的吗？"杰克瞪着他，努力控制住自己的脾气，"我们很久没有见过面了，蔡斯，但你是了解我的。你觉得我变了吗？"

年轻人想了一会儿才回答："没有。"

"那你呢？"

"这得由你说。"

"你觉得我能眼睁睁地看着这个镇子里正在发生的一切，不予理会，而去看我的女儿吗？"不等蔡斯回答，他又接着说，"难道你真的以为联邦调查局和州警察不了解夜游侠的情况？对一家摩托俱乐部来说，要掌控整个社区，需要钱和武力。进行贿赂，施加影响。我在三角洲部队时，在塞尔维亚目睹过同样的事情。绝不会仅仅是毒品和卖淫这么简单。情况没什么不同。因此，我不会一走了之。"他盯着蔡斯的眼睛。"我想你也不会。"

最终，蔡斯点了点头："好吧。我们去救罗瑞尔的朋友们。再然后呢？"

杰克继续朝前走："我们走一步看一步。"

* * *

巴赞心想，对于赫克托·马特罗这位一直自诩为"失踪人士"的人来说，俄罗斯政府的特工发现他所在位置的速度一定令他极其震惊。马特罗给迈克·洛克的"秘密"电子邮箱本是用来将他与长期的有线联络隔离开来的，但海外情报局小组通过几个电话，便让他们的技术人员通过设在明斯克的一套网络安全装备追踪到了这个美国黑客，并确定了一个他可能藏身的区域。有了萨瓦洛夫总统给巴赞小组的那份追捕杰克·鲍尔的全权委托书，他们迅速地获得了需要的资源。

奥古斯塔AW109在夜色中低空掠过树梢，飞机没有打开外部灯光，因此即便有人发现这架直升机，也无法确认它的身份。飞机上的每个人都跟巴赞一样，配有一副夜视镜，周围的世界在他们眼中呈现出淡绿和深黑的景象。他凝视着手中的纸质地图，又抬头看了看坐在靠后的隔舱内的季敏诺娃。她的面前是一个打开的塑料箱，她正忙着组装一件武器的各部件：

一根粗短的大口径管,一截手枪式握把,线框结构带肩垫的枪身。

"我宁可要口径更小的枪。"他告诉她,"动静小得多,会更加隐秘。"

"英国人的那句谚语怎么说来着?"她头也不抬地说,"形势所迫,不得不为。"

"你弄不好会杀死他。"

季敏诺娃点点头:"总会存在误差。但要是传感器能有效工作的话……"她没把话说完。

巴赞在位子上转过身,招呼坐在副驾驶位置上的埃克尔。他的膝盖上放着一台草绿色的便携式监控器和键盘,拖着许多线。监控器屏幕上显示的是设备开始运转的启动画面。屏幕和键盘上的文本全都是中文。巴赞拍拍他的肩膀:"你能认得吗?"

"当然。"埃克尔回答,"你觉得会是谁从上海把这东西偷来的?"

直升机逐渐减速。巴赞又一次查看地图。"我们到了。"他向队员们宣布,"大家准备好。"

当AW109开始在树林中的一片空地上盘旋时,埃克尔指了指地面:"长官,能帮个忙吗?"

"当然。"确认自己的安全带已系牢后,巴赞探出身子,拉动直升机侧门的锁闭栓。门顺着涂油的轨道打开,夜晚寒冷的空气涌入机舱,猛地吹向他们。巴赞朝下探望,看到地面上有一些长方形的物体凌乱地排成几行。似乎没有别的动静。

他从机舱地板上拿起沉重的传感探头,小心翼翼地避免探头和埃克尔的监控器端口之间的线缆缠绕起来。巴赞将探头伸到直升机外,对准地面。他能感觉到在传感器中流淌的能量。

"传感器开始工作了。"埃克尔说。

"当前区域没有其他飞行器。"驾驶员汇报,"但情况随时都可能发生变化。"

"明白。"巴赞伸长脖子去看埃克尔的监控屏幕，上面显示的图像类似从空中俯瞰波浪拍打海岸线的场景。其中一些参差不齐，另一些光滑而有规律。探地雷达系统最初是由中国军方研制开发，用来探测埋下的地雷的，但在训练有素的使用者手中，它能搜索出任何藏在地表下的东西。

过了一会儿，埃克尔指着屏幕上一处来回移动的特别轨迹说："在那里。有人在那下面，就在拖车底下。一定是他。"

"你认为他发现我们了吗？"季敏诺娃问。她已完成武器组装，是一把帕拉德单发四十毫米口径榴弹发射器。她打开后膛，装上一枚高爆弹。

"他很快就会发现的。"巴赞朝窗外瞟了一眼，"埃克尔，我们的目标在哪里？"

"右侧二十度。正在离开。"

"明白。"季敏诺娃答道。她将枪扛到肩上，稍稍稳住方向，然后开火。帕拉德发射弹的声音被螺旋桨的轰鸣声掩盖了。

巴赞注视着高爆弹落在其中一辆杂草丛生的拖车顶上，在最后一秒前戴上了他的夜视镜，以免爆炸导致眩晕。

拖车被炸成碎片，橙色的火焰裹挟着黑烟，照亮空地和四周的树木，仿佛展现出一幅地狱画卷。他看到了爆炸带来的直接后果。在被高爆弹炸碎的拖车下边，大量的黑土被炸飞，形成巨大的凹坑。这时，一个隐藏建筑的一角昭然若揭，砖石坍塌、金属框架扭曲。

"再来一发？"季敏诺娃手中轻抛着第二枚高爆弹问。

巴赞摇了摇头，向后一拉胸前那把蝎式冲锋枪的枪栓。"没必要。我们现在动手。"他手掌摆平，向飞行员示意，"放我们下去，你在空中待命。"

季敏诺娃没等直升机轮着地，便轻巧地跳落到潮湿的草地上。巴赞更为谨慎地跟随其后。但当飞机重新爬升到空中，机翼涡流搅乱浓烟时，是他第一个发现了动静。

一个身影从废墟中一瘸一拐地缓缓爬出来，开始慢吞吞地朝树林移动。

季敏诺娃扣动蝎式冲锋枪的扳机，射出一串子弹，正落在那个幸存者身前的地面上，迫使他退缩着倒了下去。

巴赞向前走去，穿过一片在高爆弹的爆炸中四散飞溅的残骸，有破碎的书页，残缺的卫生纸，四分五裂的键盘。当他的靴子落在某种特别像斯大林格勒抽象地图的东西上时，巴赞不由得皱了皱眉。他踢开它，继续朝前走，在那个蜷缩成一团，已经被浓烟熏黑的家伙身旁蹲了下来。

这个人吓坏了，本能的恐慌令他双目圆睁。巴赞用手托起他的下巴，使他直接看着自己。"赫克托·马特罗。"他缓慢而认真地说出这几个字，"晚上好。你得帮助我们。"

马特罗虚弱地点了点头。

【第十三章】

进了曲轴箱才知道它还真是名符其实。光线昏暗,空气中残留着强烈的烟味和机油味,俱乐部正中间是一块抬高的舞台,上面安装有一排跳脱衣舞用的黄铜管。杰克和蔡斯进去时,有两个女人正在舞台上。她们除了丁字裤,什么都没穿。在刺耳的背景音乐中,两人面无表情地绕着圈子,双眼无神,动作僵硬。

情况很快便清楚了。曲轴箱俱乐部里有两拨客人。人数较少的一拨是外来的疲惫卡车司机,他们端着自己的啤酒,逗留在俱乐部属于他们的这一侧;另一拨的人数是卡车司机的三倍,是那些为舞者欢呼或彼此争论着的摩托骑手。杰克看到他们外套上夜游侠摩托俱乐部的标志性补丁上显示的县名遍布美国中西部。他们聚集在围绕着舞台的桌子旁。俱乐部内再往那边,是一条长长的酒吧台。一个穿着牛仔裤的大块头络腮胡正苦着脸在吧台后供应酒水,仿佛每一杯酒水都是对他的一种侮辱。玻璃破碎声、人们的尖叫和打斗声混杂在一起,可一切似乎都是这里常有的事。

他们刚走进几步,一名穿着跟杰克在布罗德身上看到的一模一样的夹克的摩托骑手便挡在他们面前。"你们他妈的是谁?"他问道。这人又高又瘦,留着黑色的齐肩细辫,说话时下巴上的一道伤疤格外显眼。他一只手中握着一根台球杆。但杰克注意到,离得最近的球桌也在屋内的另一边:"我不认识你们。"

杰克上下打量着骑手,不耐烦地问:"莱德尔在哪里?"

"这跟你有什么关系?"

对方回话前的犹豫让杰克断定,这家伙不知道答案。于是,他挥手要他让开,继续朝前走:"不必在意。你帮不了我。走开吧。"

瘦高个威胁地将台球杆举了起来:"混蛋,你可不能这样跟我说话。"

蔡斯走上前,表情冷酷:"别做傻事,硬汉。"

"你们以为这是在哪里呀?"摩托骑手怒骂道,"给你们十秒钟时间,快拿出点应有的尊重来,免得脱不了身——"

杰克狠狠地瞪着他:"痛扁某人,是我们得到想要的答案的前提条件之一吗?"他斜眼看了看蔡斯,对方心领神会地点了点头。

蔡斯摊开手掌,一把握住台球杆的细端,使出足够的力气朝前一推,球杆顶部三分之一的位置应声断裂。他将参差不齐的断口直接戳向对方喉部。酒吧里喧嚣的交谈声明显小了下来。

杰克不等骑手开口,接着说道:"我们是来找莱德尔的。芝加哥派我们来的。"

"芝加哥?"这座城市的名称令骑手一愣,"你们在这里做什么?你们不应该出现在这里。"

蔡斯松开手,将球杆拿开:"谁说的?"

"莱德尔不在这里。"骑手稍稍缓过神来,"等一等。我去叫塞米。"

"去吧。"杰克对他说。接着,他挤过人群,朝舞台那边的一扇门走去。

"芝加哥?"蔡斯压低嗓门复述道。

杰克点头:"这家摩托俱乐部想要从事任何规模能赚钱的生意,都不可能跟犯罪组织无关。芝加哥是最大,也是离这里最近的犯罪中心。我猜夜游侠应该跟那里的犯罪家族有关系。"

"猜得好。但愿他们之间关系友好。"

蔡斯环顾四方,熟悉环境。"楼梯就在后面。"他说着点头示意。这时,两名摩托骑手放声大笑着走了下来。"也许通往妓院。"

"如果罗瑞尔提到的那些女人全在这里,那肯定有人守着她们。"杰克思考着他们的处境。表面上,曲轴箱俱乐部貌似建得很随意,但其实有人对一些出入口附近的关键位置做了煞费苦心的设计,反正任何人都难以轻易脱身。"我们得采用更好的方式。"

细辫子骑手回来了,身后跟着一个年纪大些,身材矮胖,面色红润的人。

那人摇摇晃晃地走上前来。杰克猜测他的牛仔裤右边裤腿下藏着一条假肢。

"塞米。"杰克一副跟这人很熟的样子,"谢谢你的这位朋友对我们的热情欢迎。"

塞米斜眼打量这两个刚来的家伙,然后转向他的同伴。"斯迪克斯不懂什么时候该闭上嘴巴。"他皱了皱眉,"我认识你吗?"

"我的伙计叫查理。"杰克向蔡斯点点头,"我叫乔。也许你会把这称作一次突然的造访。"

"的确很突然。"被骑手塞米唤作斯迪克斯的人说,"可你们为什么要到这里来?"

"我们被派来看看。"蔡斯毫不迟疑地接上杰克的谎话,"你们知道有一些关于死限镇发生的事情传言吗?"他指了指周围。

"我们在芝加哥的人可不喜欢听到那些传言。"杰克补充道,"这令他们感到紧张。"

塞米的眉头锁得更紧了:"现在时候不对。我正好有件事要处理。我们真的很忙。你们明天再来吧。"

杰克微微一笑。"那不可能。"他上前一步,气势逼人,"听着。我可不想一无所获地离开这里,要不是迫不得已,我再也不想到这里来。"艰辛的经历已让他懂得,要守住一段秘密,最重要的在于信心。如果他们能让塞米和他的朋友们动摇,骑手们就不大有机会提出令杰克和蔡斯难以回答的问题。"我确信,你也不希望我们碍你们的事。因此,我们还是把问题处理好,让大家都能回归自己的生活,你觉得呢?"

"搜他们的身。"塞米下令。斯迪克斯走上前,在蔡斯身上粗略地拍了一阵。蔡斯主动配合,让骑手很快便找到了他的枪。

"这东西是干什么用的?"塞米眯着眼问。

杰克敞开夹克,露出他携带的那把 M1911:"你难道认为我们会不带家伙就到这个老鼠洞来?"

斯迪克斯对杰克进行了同样的搜查,然后退开:"这些孩子没有带窃听器,除非他们把它塞在屁股里了。"

"当然。"塞米心烦意乱地点点头,"我的办公室在后面。跟我来。"他看了斯迪克斯一眼:"在我们谈完前,别让人进来,好吗?"

* * *

"明白。"斯迪克斯看着二人跟在塞米身后,穿过酒吧,消失在那扇门后。这时,他才意识到自己仍抓着那根断了的球杆,气呼呼地将它扔在墙角,返回吧台,抓起一瓶啤酒喝了起来。他一口气喝下半瓶,脑子里回忆着刚才的对话。好像我们要处理的事情还不够多似的。

先是基地红、白、蓝帮之间的问题,然后是大巴车的屁事。好像没有谁知道该死的布罗德跑到哪里去了。现在又来了这两个人。

塞米似乎知道一些事情,可他已不再是个摩托骑手,这表明他已不属于摩托俱乐部,至少从真正意义上说不属于。这跟斯迪克斯不同。塞米在堪萨斯城外被卡车夺去了一条腿。作为对他的不凡表现的回报,莱德尔让他负责经营曲轴箱。但是塞米已经很多年没出去了,这足以改变一个人。莱德尔应该会想了解这里出现的最新情况,但斯迪克斯怀疑塞米不会及时向俱乐部主席汇报。

他决定把握好这个有利的机会,从口袋里掏出一部所有摩托俱乐部的高级战士都必须随身携带的旧手机。几声铃响后,他听到了莱德尔的贴身保镖兰斯的声音:"什么事?"

"让我跟老大说话。"他说。

"我为什么要同意呢,斯迪克斯?"

"我在曲轴箱俱乐部里。"他告诉他,"这里有镇外来的访客。"

* * *

塞米的办公室跟酒吧的风格相差无几,全是裸砖墙和实木地板。但与别的房间不同的是,这位前摩托骑手在办公室突出了个人特色。

"这里像个博物馆。"蔡斯评价道。对方点了点头。

"很多回忆。"塞米承认说。他重重地关上门，将脱衣俱乐部里持续不停的音乐隔在门外，只剩下隐隐的鼓点。

杰克环顾四周。墙上的每一寸空间都没有被闲置。到处是相框，其中不少是男人骑摩托车的照片，从上世纪七十年代到现在的都有；别的照片上则是一群群站在直升机前的美国士兵和东南亚某个偏远区域的一片片稻田。还有剪报，大都写着关于摩托帮派耸人听闻的新闻标题，其中很多都特别提到夜游侠。有一面墙上钉着一张貌似美洲狮的皮毛，其他醒目位置则放着一件有摩托俱乐部色彩的黑皮夹克，以及一个摆着两件不同东西的玻璃柜。

杰克凑近细看。柜子里是一个破损严重的哈雷－戴维森摩托车油箱，俨然一件战利品。旁边是一顶邋遢的褪色网状卡车司机帽。帽子上还沾染着褐色的血迹。

塞米注意到杰克的目光，苦笑一声。"第一件来得很容易。几乎要了我的命。第二件嘛……"他像是自言自语。"我花了好几年才追踪到他。"老骑手拍拍放在面前一个支架上的博伊猎刀。他们坐了下来，塞米将胳膊撑在房间正中的木桌上。他面前的四个黑白监视屏不停闪烁，在遍布脱衣俱乐部的监控摄像头画面间来回切换。

蔡斯和杰克交换了一些眼神，冲着屏幕微微点了点头。杰克看到了舞者正离开舞台的镜头，接着是一些雅间、走廊、私人舞蹈等等，都是些在紧闭的房门后发生的更加非法的勾当。

"莱德尔太草率了。"杰克率先发难，"他让这里引起了别人的注意。"

"怎么会呢？到底怎么回事？"塞米的手仍放在刀旁，"你的意思是有人在说闲话？"他摇摇头，"绝不可能。这只是个脱衣俱乐部而已。我们在这里亲如一家，明白吗？一辈子的兄弟。"他指着墙上的一幅照片，是一群夜游侠站在一座墓碑周围。

"那些女孩……"蔡斯冲监控屏幕点点头,"要是你的人挑选她们时不够仔细……"

塞米用他的肉指头敲了敲桌子。"别来告诉我该怎样做事,孩子。我们不会签下任何有人牵挂的人。该死的,这些人大部分是主动来的。"他咧着嘴笑了,"外面的经济很不景气,你们知道吗?当然,我们不会去做什么健康体检,但我们付给他们钱。"

"是这样吗?"杰克扬起一道眉毛问。

对方耸耸肩。"足够让那些婊子不倒下,让那些大块头努力工作。但不够他们离开这里,去别的地方。"他粗声粗气地笑起来,"反正这里也没别的地方可去。"

"你们这里有多少女孩?"杰克不露声色地问。但此刻,他对塞米的厌恶感已变得愈发强烈。

"很多。"塞米用手比画了个圆圈,"我记不清了。"

"这不是实话。"蔡斯说,"我敢打赌,你确切地知道这座屋檐下有多少'舞者',也很清楚你在用什么使她们每个人都服从管教。"

塞米面露不快,但紧接着又挤出一丝笑容。"查理是个聪明人,对吗?好吧,是的,你们猜中了。我有点像牛仔老大,而这些是我的牛群。"他指了指监控器,"我给它们套上绳索。如果有必要,还给它们打上烙印。"

"你刚才说你到了批新货。"杰克追问。

塞米点头。"好让她们轮休。知道吗,得让兄弟们始终感兴趣。他们希望时不时有些新面孔。在这里逗留过一阵的女孩们,要是赚不到钱……"他又一次耸肩,"她们就会被卖掉,或者由兰斯带她们去工作。我会把这些向她们说清楚。是的,我让她们服从管教。"他瞅了瞅蔡斯。

杰克不明白他口中的"工作"指的是什么,决定留待以后再核实:"你把她们留在这里,留在俱乐部里?"

"是啊,你想要一份免费样品吗?"塞米凑近他,"你们为什么会关心那些女孩？那不是你们的生意。你清楚生意该怎么做，芝加哥得到他们那部分利益，剩下的全属于我们。"这个前骑手的言谈间有些许迟疑，杰克能看出他已经开始在考虑什么。塞米的手离开猎刀，伸向桌上的电话："告诉你们吧，我觉得我说的已经够多了。莱德尔很忙，但我会叫兰斯到这里来。你们应该跟他聊聊。"

杰克用眼角的余光瞟到蔡斯正用大拇指挠鼻子，像是在抓痒。在其他任何人看来，这个动作都不足为奇，但对杰克而言，这是一个警告信号——是他们在执行秘密行动时的一种暗号。他在耍我们。

于是，杰克果断地伸手抓过猎刀，抢在塞米拿起电话机前将刀猛地朝下刺去。

* * *

充斥在曲轴箱俱乐部里的噪音令斯迪克斯很难听清听筒里传来的话。于是，他挤过聚在门边的人群，来到屋外。他跟迎面过来外号叫犬牙的骑手打了个招呼，对方冲他露出一口镀铬的牙齿。

"你找到那个光头蠢货了吗？"他用一只手遮住手机对讲机，问道。

犬牙有气无力地耸了耸肩："布罗德就是这样，伙计。没准现在正跟那个金发碧眼的小姑娘在某片灌木丛中回归自然呢……"

"他应该管好自己。"斯迪克斯说。这时，电话那端传来一个尖锐的声音。他赶紧闭上嘴。

"最好是正经事。"莱德尔的声音低沉沙哑。

"老板，刚才有两个家伙突然跑来。"他说，"不知是从哪里冒出来的。他们说来自芝加哥，过来看一眼。好像是某种突击检查。"

"你吸嗨了吗？"

"没有！"斯迪克斯坚定地说。其实早些时候，他抽了一支大麻。"老板，没有。我说的是实话。"

"啊哈，斯迪克斯，"莱德尔回敬道，"很有可能你说的不是实话，知道为什么吗？"他没有等对方回答，"因为不到三小时前，我刚跟我们在风之城的伙伴通过电话。你知道的，那些马夫总认为他们比我们这些农场长大的孩子聪明。要是他们打算派人到这里来，一定会吹嘘一番。"莱德尔略微一顿，"那些家伙看上去像警察或者联邦密探吗？"

"不。"斯迪克斯摇摇头，"我是说，我猜不是。不管怎样，警察犯不着偷偷摸摸到这里来。"骑手扭头吐了口痰。

"好吧，这样一来，我们就有了个问题，对吗？"斯迪克斯从电话背景音里听出有女人在哭喊、男人在吼叫。接着一声枪响，然后回归安静。过了一会儿，莱德尔接着说："我这边有事情要处理，兄弟。帮我个忙，弄清楚那两个蠢货是谁，干掉他们。我一有时间就过来。"

"放心。"

"别搞砸了。"莱德尔警告他道，接着便挂了电话。

* * *

根据美国联邦航空管理局的规定，哈德利和他的小组应该在塞斯纳奖状补充燃料时离开飞机，但联邦调查局特工已明确告知机场协调人，他们哪里都不去。机舱门是打开的，一辆敦实的六轮加油车开到机翼旁，将新的燃料灌入油箱。克尔纳立刻闻到航空汽油那种特有的气味。地面人员毫无怨言。联邦调查局会向他们支付全部的加班工资。

戴尔和马金森围在机舱后部的一张桌子旁，研究一幅周边地区的高速公路地图。"到目前为止，我们还未掌握任何有关这个叫威廉姆斯的家伙的任何情况。"戴尔用手在空中比画了一下，"NatCrime 的数据库里什么也没有，连超速罚单都没有。要是我们能再查出点什么，或许就能判断出他可能将鲍尔带去哪里。"

"没准他只是不走运，被冷酷的鲍尔绑为人质罢了。"马金森提出，"他强迫可怜的查理开车送他到某个地方，然后……"她做了个开枪的手势，"砰，砰。朝后脑勺开两枪。"

"那不是鲍尔做事的风格。"克尔纳不同意。

"噢,没错。"马金森盯着他说,"我差点忘了,你是研究这个家伙的专家。"她凑过头去,"人是会变的,豪尔赫。虽然你希望他是个身处逆境的好人,但这并不能让你梦想成真。"

"你现在跟哈德利看问题的角度一样啦?"他回敬道。

对方耸耸肩:"我会做全方位的考虑。"

"杰克·鲍尔认识查理·威廉姆斯。"哈德利手中拿着一张纸,来到他们当中,"这是唯一合理的解释。"

纸上打印着纽约办公室对威廉姆斯进行身份识别的结果。克尔纳接过来,匆匆浏览,看到了从那个人的驾驶执照上扫描的脸部图片。"据说,他在洛克经营有限公司工作。那是一个汽车销售部。"

"匹兹堡警方在盯这条线。"哈德利说,"但让我感兴趣的是这里。"他在纸上点了点,"几年前,查尔斯·威廉姆斯好像并不存在。没有那之前的任何信息。他好像是某一天忽然不知从哪里冒出来的。"

"这么说,"戴尔用一根指头敲着嘴唇,"是假身份证?新的名字,新的生活。他会不会是我们证人保护计划中的某个人?"

哈德利摇了摇头:"已经查过了。证人保护计划部门不知道这个家伙。不,我在想,他可能是中央情报局的人,或者跟鲍尔的过去有关的人。某个不在我们侦测范围内的人。"

"我们能联系反恐局吗?"马金森把两只手叉在腰上,"几年前,那些人曾跟鲍尔有密切的工作联系。我们可以施压……"

"目前反恐局所有的行动都被暂时搁置了,准备针对哈山遇刺事件展开全面调查。"哈德利回答,"这是由副总统直接下达的命令……"他停顿一下,纠正自己的说法,"是由总统海沃思下达的命令。"

"新总统一点时间也没耽误。"戴尔评论道。

与机舱前部工作站相连的传真打印机发出信号,克尔纳走过去,拿起落入托盘的仍带微温的纸张："是匹兹堡警察局发来的。他们派出一组警察前往威廉姆斯的公寓，但那里已经被翻了个底朝天。"

马金森眯起眼："有其他人也在找这个家伙？"

克尔纳念着传真上的内容，眉头皱得更紧了："还不止这些。一辆巡逻车报告，洛克汽车经营店可能遭到非法闯入，跟公寓的情况相同……"等他扯出最后一张时，整个人愣在那里。

哈德利一把从他手中抢过传真，脸色变得难看起来。"他们派出另一组警察前往洛克的家，那个叫威廉姆斯的家伙可能在为他工作。初步确认受害者为：洛克·迈克和洛克·芭芭拉。夫妻，屋主。二人均因近距离枪击身亡。"他把传真纸递还给克尔纳，"好了，这下我们恐怕有两个，而不是一个需要追踪的杀手了。"

"你并不能确定这事是威廉姆斯干的。"克尔纳语气平缓地说。

"有可能是这个新人为了掩盖行踪干的。"戴尔边想边说，"他肯定想隐藏什么。这跟我们掌握的资料相符。"

"那这件事的时间表是怎样的呢？"马金森重新查看道路图，"我们能推断出什么？鲍尔打电话给威廉姆斯，威廉姆斯杀死了他的老板及其妻子，因为他们了解某些情况，然后又跟鲍尔接上头，开始逃亡……然后，顺便抽时间痛扁了两个白痴？这说不通吧。"

"汽车登记在洛克经营部名下。"戴尔说，"这把一切都关联起来了。我们只需要弄清楚究竟是怎样关联的。"

"杰克，你正在做什么呢？"克尔纳轻声自语。每一条新线索的出现，都令他们猎物的行踪变得更加扑朔迷离。

一阵尖锐的声音响彻机舱，哈德利拿起他的手机："我是哈德利特工。"他按下一个键，好让大家都能听到电话那一端传来的声音。

"汤姆，我是迈克·德怀尔。我刚接到从弗吉尼亚北边儿打来的电话。你想要告诉我这都是怎么回事吗？"

克尔纳观察着哈德利的反应。弗吉尼亚州北边儿就是国家反恐中心所在地，那是一个由来自美国所有主要法律机构和安全组织的人员组成的跨部门协作机构。联邦调查局在国家反恐中心扮演着关键的角色，与中心的国家安全分部通力合作，提供人员和情报不间断地对美国遭受的各种威胁进行分析。作为威胁追踪的分析智囊团和追踪工具，该中心可谓走在最前沿。

"长官，我找过一个我认识的那里的人，我认为这能有所帮助。"

"但你没通过我。你无视我的存在。"

"我奉命利用所有我能采取的措施来缉拿鲍尔。我认为直接接触我在中心的联系人要比通过正常途径更快捷。"

"你觉得先斩后奏是更好的方式，对吗？"

"是的，长官。"哈德利毫不让步，"我认为他们会有所发现。"

德怀尔沉默了一会儿才回应："的确如此。几小时前，一个交通摄像头捕捉到了你们正在找的那辆车的画面，它由七十号州际公路的一个交汇口向西驶去。据国家反恐中心的面部识别系统对车上乘客的分析结果，那人有百分之六十的可能是鲍尔。"

哈德利转向戴尔，伸手指了指驾驶舱："快去告诉飞行员，我希望五分钟后向西飞行！"克尔纳看到他的脸上露出淡淡的笑容。哈德利又接着讲电话："那司机呢，长官？是另一个嫌疑人威廉姆斯吗？"

"不全是。"德怀尔回答，"司机是个被认为是已经死了的人。"他停顿片刻，"关掉免提。"

哈德利看了看其他人，然后点点头："好的。"他按下按键，将手机靠近耳边。克尔纳望着他穿过机舱，走出舱门，踏上跑道，以免被别人听见："他破坏了规矩。德怀尔好像很生气。"

"那又怎样？"马金森说，"等到鲍尔落入法网，那些就都不重要了。"

* * *

"不要挂，等特工副主管奥利里跟你通话。"德怀尔说。电话开始切换线路，一阵咔嗒声传入哈德利耳朵。

"长官？"他挺起胸，等着迎接无法回避的激烈批评。

他并没有等多久。"在行动中发挥主观能动性和滥用你的权力是两码事。"奥利里吼道，"你要是以为我的注意力全都放在哈山的事情上，你便可以瞒天过海，那就大错特错了。"

"我无意冒犯，长官——"

"别跟我废话，哈德利。你不尊重上下级关系，从来都不。我早该料到不应让你去追踪鲍尔。现在我已经开始对自己的决定感到后悔了。"

"我们取得了进展。我们已快要成功了。"

"这正是你现在还没在回纽约的路上的唯一原因。"奥利里长叹一口气，"我觉得对于你联络自己在国家反恐中心的朋友雅各布斯这件事，我不应该感到惊讶。我对他非常了解。他跟你一样，在海军陆战队时曾是杰森·皮勒的部下。"

"萨尔·雅各布斯是个好特工。"

"这恐怕值得商榷。我能够确认的是，皮勒帮他找了这份工作，正如他帮你谋得现在的差事一样。我来问问你吧，哈德利。皮勒还告诉过你些什么？他是不是说，未来的某一天，他会让你替他工作？你以为我不知道他曾经打造自己的小网络吗？"

哈德利皱着眉："现在都不重要了，不是吗？皮勒死了。"

"是的，他死了。所以，好好干你的活吧。因为如果你让鲍尔溜掉，你也就跟着失业了。"奥利里挂断电话。

哈德利身后的加油车正缓缓开走，他听到飞机的涡轮开始启动，发出由弱变强的轰鸣声。

【第十四章】

塞米从喉咙深处发出一种痛苦压抑的声音,介乎于嚎叫和啜泣之间。

博伊猎刀干净利落地从这位前骑手的右手中央穿过。杰克以为塞米会条件反射地伸出另一只手来夺刀柄,可他却咒骂着抓住了桌子下边的什么东西。

蔡斯也看出来了。"枪!"他和杰克同时闪向一边。塞米拿起了一把锯短过的散弹枪。两个枪管立刻击发,他甚至来不及弄掉枪身上用来将武器固定在桌下的弹簧夹。大号铅弹将塞米面前的椅子撕去一大块,击碎了摆放着破油箱的玻璃柜。杰克听到小铅弹在砖墙上折返弹跳,发出一阵咔嗒声。

塞米朝后退去,座椅转着圈弹开了。由于一只手仍被固定在桌上,他吃力地保持着平衡,拿着尚在冒烟的短散弹枪,像挥舞棒子一样朝杰克的脑袋砸去。

蔡斯从地上爬起来。刚才他差一点就被击中,鲜血顺着他脸颊上被子弹擦伤的口子滴落下来。杰克跃过桌面,撞向塞米。力量如此之大,连桌上的刀都给带了出来。塞米向后仰去,已被戳穿的手撕裂开来,血水直往外涌。杰克朝冲着他的喉咙猛击两下。这次他直接倒了下去——不再动弹。

"该死……"蔡斯用手背抹了一把脸上的血,"你觉得他们听到了吗?"

他们在房间里的整个过程中,脱衣俱乐部震天动地的音乐声一刻不曾减弱,但杰克不打算再逗留来证明打斗是否被听见。"秘密行动到此结束。"他小声说。

蔡斯掏出他的鲁格手枪,来到办公室门口:"现在怎么办?"

杰克将锯短了的散弹枪踢到一边,低头看看监控器屏幕。酒吧里似乎生意依旧。他发现斯迪克斯正挥舞着一部手机,活跃地招呼其他夜游侠骑手。"看上去有两个,也许三个人在楼上。我们动作要快。在任何人来这里找这家伙之前，我们就得离开。"

"我们需要分散他们的注意力。"蔡斯回答。

"是的。"在桌子附近的一扇玻璃橱柜里，有两瓶野火鸡牌威士忌。杰克拔掉软木塞，把酒全部洒在一堆堆纸张以及墙上。塞米的桌上还有一个雪茄盒，上面放着汽油打火机。杰克将火打燃。

"我指的可不是这个。"蔡斯明白了他的意图，说道。

"准备好了吗？"杰克掏出他的枪，把打火机扔回办公桌。火焰立刻引燃了泼洒开的酒精，一道泛蓝的火光顿时席卷木板。办公室里的可燃物很多，只需片刻，这里就会变成火海。"走！"

他用手抵住蔡斯的腰，两人一前一后钻进通往酒吧的走廊。杰克关上办公室门，以免火势立刻蔓延到外边。

走廊从一排坏了的电话机和臭气熏天的厕所门前穿过，通向脱衣俱乐部的后方。前边是一处宽敞的木楼梯间。杰克点头示意："注意。"

"明白。"蔡斯低位持枪，迅速移动。在昏暗的俱乐部内，不到最后一刻，他们的武器都不会被发现。

杰克偶然回头看了一眼，与酒吧远端的斯迪克斯短时四目相对。

* * *

"你听到了吗？"犬牙搓了搓脸颊上的爪状纹身，眯起眼睛，"我好像听到了动静。"

可斯迪克斯正在说话，没有去听。"去把马歇尔和泰克找来。"他提高嗓门，好让自己的声音盖过曲轴箱里振聋发聩的吉他声。为了强调自己的意思，他又在犬牙的胸口推了一把："把家伙也带上，因为我们要让自己——"

他忽然闭上嘴，因为他似乎发现暂时空荡荡的舞台后面有动静。在聚光灯刺眼的光圈边缘，那两个陌生人从塞米的办公室钻了出来。他们行动迅速，十分鬼祟。斯迪克斯顿时有了最坏的担心。他认为，要是他们是警察，那情况一定更糟。没准他们真的是芝加哥来的人，但黑帮派到死限镇来的这些打手是要对付夜游侠的，因为莱德尔出了差错。要么，他们有可能是受雇而来的杀手，雇主是与夜游侠是竞争对手的那十多家摩托俱乐部中的任何一家。不过无所谓，反正都得把他们给解决了。

斯迪克斯一时冲动起来。他抬起仍在手中的电话，对准那两人连拍几张照片。对方中的一人肯定警到了手机的闪光，因为他朝骑手们的方向看了一眼，然后消失在脱衣俱乐部的后边。

"你在做什么？"犬牙转过身，也看到了那两个人，顿时像一只嗅到闯入者气味的狗一样，警觉起来，"哇，是他们吗？"

斯迪克斯没有搭理他，而是从摩托骑手和卡车司机们中间硬挤过去，招来一阵气鼓鼓的咒骂声和叫喊声。犬牙跟在他身后，来到走廊口时，已跟他并排。"去看看塞米！"斯迪克斯吼道。

犬牙点点头，伸手抓住办公室门的黄铜把手便拧，但随即感到一阵炽热："嘿——"

他的话还没说完，门便被一股浓烈滚烫的烟浪掀开。犬牙跟跄躲避。火舌如利爪般亮出，随着走廊内气压的变化汹涌蔓延。曲轴箱俱乐部那套可怜的自动喷淋灭火系统已年久失修，即便曾启动工作，看来也无济于事，何况系统此刻显然并未运转。

斯迪克斯拉住犬牙的衣领，将他朝后拖去。火苗吞噬了木地板，正搜寻其他任何能够燃烧的东西。

他们身后那些曲轴箱俱乐部的客人们爆发出惊恐的喧嚣，所有人同时涌向门口。

* * *

脱衣俱乐部里的警报声响了起来，但跟缺乏养护的喷淋灭火系统一样，它也没能发挥预期的作用。在各种混乱的背景音下，只能勉强听见警报。

蔡斯一个大步跨上楼梯，鲁格手枪低垂在身旁。一个金发骑手刚从厕所出来，正好撞上蔡斯。

"嘿，下边出什么事了，怎么冒烟了？"

蔡斯没给那个家伙思考的机会。他抬起手枪，只一下子，便用枪柄砸断了骑手的鼻梁。骑手脚下一个踉跄，脸上顿时鲜血淋漓。接着，骑手像一头咆哮的公牛，伸出双手朝蔡斯扑来。

这种进攻很容易应付。蔡斯曾具备的那些老技能不知不觉中便得到了恢复，这令他多少有些高兴。他躲过对方这一击，从中下路击打骑手，令其一个倒栽葱，从楼梯上翻滚下去。楼下的火势开始失控，空中传来一声爆响。

杰克避开滚下楼来的第一名守卫，来到楼梯顶端，望着上层走廊。"目标！"他喊道。

又一名身着牛仔裤、黑头发的瘦高个夜游侠手握着一把迷你乌兹冲锋枪朝他们追了过来。这家伙跟先前的骑手不同，他毫不迟疑地扣动冲锋枪的扳机，在后坐力的作用下，他的手不停颤动。一梭子九毫米子弹射了出去。

蔡斯飞身扑到一张皮椅后，俯低身体。尽管枪战在继续，但走廊两边屋子里的人听到嘈杂声后都纷纷把门推开。一个瘦弱的红头发——他们刚抵达这里时正在跳舞的女人之一——怔在门框边，随即吓得尖叫起来。

在新一轮袭击面前，杰克毫不畏缩，用 M1911 手枪连发两枪。两颗子弹都正中骑手。骑手朝后倒下，乌兹冲锋枪里剩下的子弹被他射向墙面和天花板。一枚流弹正中红头发眉心，她倒进自己的房间。

这时，灰色的浓烟已跟随他们朝楼上涌来，热浪阵阵。杰克把枪拿在胸前，沿左侧前进，蔡斯与他并行。他们踢开每一扇门，端枪查看每个房间，寻找目标。

每间房都一样，污秽不堪，空间狭小，只够进行曲轴箱俱乐部里麻木的人肉交易。拙劣的闺房装修风格，凌乱的床单和性用品。"所有人都出去。"杰克大声命令，"这是你们唯一的机会！如果留下来，就会跟这里一起被烧掉！"

他的这句话已足够管用；女人们乱作一团，从房间里朝外狂奔，逃离她们在这里被迫经受的种种屈辱。

杰克向蔡斯喊道："不能沿原路返回了，一定有其他出口。"

"是的。"

"我们得找到那条路，并且要快。"杰克推了推一扇门，但没推开。于是，他抬腿踹向门锁的位置，门应声弹开。他冲进一个昏暗的空间。走廊上的蔡斯闻到一阵陈腐的汗臭味和大麻味。他似乎看到了什么动静。忽然，杰克脚下一绊，倒向一旁，从蔡斯的视线中消失。他听到一个女孩的尖叫，还有什么东西打碎的声音。

蔡斯握紧他的鲁格手枪，冲进房里，正看到杰克被一个身材高大、赤身露体的摩托骑手抓住。那家伙的体格毫不逊色于相扑运动员。在阴暗的房间内，蔡斯隐约看到摩托骑手那树干般粗壮的胳膊勒在杰克的脖子，而且他正持续发力，意欲置对方于死地。"我要把你的脖子拧断，臭小子！"他吼叫着。杰克奋力挣扎，向对方连踢带踹，但收效甚微。他的枪也在混战中脱手了。

蔡斯没有迟疑。训练成果果然还在。他仍然精于此道。他没有考虑神经损伤，也不愿细想那瓶止痛药。他直接举起半自动手枪，不等骑手将杰克当成人肉盾牌，便扣动了扳机。

杰克推开大块头像大树般倒下的尸体，拼命地喘息着："谢谢。"

蔡斯点点头，发现刚才尖叫的女孩正藏在床边。"快点。"他对她说，"我们要把你们全都救出去。"他忽然深吸一口气，那种曾经熟悉的肾上腺素刺激的感觉再度袭遍全身。

* * *

杰克咳出几口痰，弯腰找到刚才掉落的手枪。他俯下身时，感受到楼下的脱衣俱乐部散发出的热量已穿透地板。

事已至此,他的计划已经发展到没有回头路可走的程度。进入这里。找到被困的人们。带他们逃离。跟这些目标相比,别的事情都是次要的——但要是杰克能再顺便毁掉这个蛇蝎之地,便能将这次行动归结为一次全面胜利。虽然他所面对的这些摩托骑手并非他通常面对的那些受过训练的战士,但这并不意味着他就能放松警惕。亡命徒们在技能上的欠缺会被他们用更凶狠的暴力和狂热来弥补。他确信,在这种情况下,势头才是关键。从杰克被迫攻击塞米的那一刻开始,他便已经启动一系列无法再被阻止的事件。这些暴徒面对威胁的反应很像狼群的那种从众心态:一开始就要让自己的吼声最大,或许就能迫使他们退让……但要是给他们时间认真思考,他们会一起向你扑来。

他大步回到走廊,发现被夜游侠困在这里的受害者们正三三两两害怕地聚在一起。她们全都望着他和蔡斯,等候指引。

"求求你告诉我,你是警察吧。"一个身材娇小的黑发女子说。

"我们是热心公民。"蔡斯一边纠正,一边帮助房间里的那个女孩光着脚走出来。

"这里着火了!"另一个人说,"噢,上帝呀,那些混蛋将我们丢在这里等死!"

"不会的。"杰克告诉她们。他瞟了蔡斯一眼,压低嗓门:"我要去屋顶,确保那里安全。房屋背后一定会有防火通道。让大家准备好逃跑。你们稍等一下,然后跟上来。"

"明白。"蔡斯说,"我们就在你身后。"

杰克全速冲向走廊尽头,顺势用肩膀撞开一扇推拉门。他爬上曲轴箱俱乐部入口上方的屋顶,立刻感到一股干燥的热流将他包围。浓烟和火舌已从脱衣俱乐部的正面窜了出来。他听到酒吧区域的瓶子在烈焰中纷纷爆裂,噼啪作响,下边摩托俱乐部停放车辆的位置也乱作一团,愤怒的车手们正试图将各自心爱的坐骑从眼前的炼狱中抢救出去。这样很好;混乱对他有利,但持续不了太久。

他和摩托骑手们之间的俱乐部霓虹灯招牌闪烁着渐渐熄灭,下面的骑手们看不到他在上面走动,但显然酒吧正面不是可行的逃脱路线。曲轴箱俱乐部会被全部烧毁、夷为平地,这已是无法阻止的。杰克估计,和死限镇这种镇上的法律部门一样,它的消防局也早被弃之不用。

他转过身,顺着平坦屋顶一端抬升的部位爬上去,朝建筑后边走去。这里也是热浪滚滚,汗珠从他胸口不断往外冒。杰克用力眨眨眼,好让视野清楚些。他猫腰快速前行,枪口对准每个阴暗的角落。刚才稍一粗心,就被那个大块头先发制人。要是还有下次,或许会让他送命。

他绕过一扇天窗,一缕缕黑烟从松散的窗框间冒出来,橘红色的火光在窗内闪烁,令窗户看上去就像通往熔炉的大门。

杰克从屋顶边缘向外打量,看到曲轴箱俱乐部背后是一个被十英尺高的围墙和顶端带刺的铁丝网围成的宽敞院子。唯一的出入口是一扇金属门,直接通往后巷。从他所处的有利位置,杰克能看见门上挂了一把大钢锁。堆满污物的大垃圾桶和大量啤酒箱堆积在一个角落,一辆黑色雪佛兰厢式货车停在远处的墙边。院里有三名夜游侠成员在,其中两个正在争论该怎么办,第三个人漫无目的地在一旁乱转,显得焦躁不安。他们每个人手中都拿着一把 TEC-9 半自动手枪。

"真该死。"一个人说道,"我可不要留在这里!"

"你想让莱德尔知道你擅离职守吗?"另一人厉声呵斥。

"这又不是部队,伙计。"那人反驳道,"我不会站在这里,看着这鬼地方燃烧。"他开始朝厢式货车走去,可他没迈出两步,就被身旁的骑手拦住了。

杰克衡量着自己的机会大小。他想了想,放弃挨个收拾这几个人的想法,试图找到一种在达到目标的同时遭遇最小抵抗的方法,也就是说,三个死人和一条离开这地方的通道。一切似乎都对杰克不利——对方的人数和枪支都比他的多，而且时间紧迫，没有太多选择。如果等太久，大火便会帮那些骑手的忙。他必须采取行动，尝试一下。

忽然，在毫无征兆的情况下，杰克身后传来一声猛烈的玻璃爆裂声。天窗在不断升腾的热浪灼烤下坍塌了，落入烈焰中。杰克完全没有预料，一时间愣在那里。

但噪音引起了一名骑手的注意，他调转枪头，看到了杰克被火光投影到屋顶的影子。"嘿！"他大叫着指向这边。

杰克一侧身，举起手枪。骑手看清了他的动作，来不及瞄准就开始射击，密集的子弹或射入房梁，或掠过屋顶。其他人有了同样的反应。一时间，三人对准建筑物一阵猛击。杰克赶紧躲到一处空调换气口后边。

他看也不看，举枪从空调换气口侧边反击。

"那个该死的家伙是谁？"杰克听到对方一个人说。

"谁他妈在乎？"另一个人喊道，"干掉他！"

杰克在屋顶上匍匐前进，朝一部铁制逃生梯爬去。可怕的子弹在他头上呼啸而过，离得非常近。他一骨碌翻过身，退出M1911手枪的弹夹，换上一个新的。

此时的感觉就像躺在一个烤盘上。火势已牢牢控制整个建筑，如果杰克不立刻离开屋顶，那他再也没有机会逃离。

必须冒这个险，他对自己说。但他能否在遭受致命一枪之前搞定那三个人呢？杰克没有时间再去考虑其他选择。他滚向逃生梯时，一阵越来越大的喧嚣声传入他耳中。是蔡斯带领那些逃亡者跟了上来。考虑不了那么多了，杰克暗想。要是屋顶塌陷，所有人就完了。

他在屋顶边缘站起身来。时间似乎放缓，变成液态。杰克看到那三个骑手都拿着TEC-9指向他这边。其中两人离得很近，几乎跟他呈一条线。第三个人端着枪在门边朝屋顶瞄准。

他开枪了。第一发子弹击中一名骑手的胸部，立刻将目标放倒。第二发子弹击发的时间跟第一发间隔非常近，好像只听到了一声枪响，旁边那个骑手也倒了下去。

但第三个人发现了杰克，在杰克调转枪口瞄准他时，他已经开火反击。子弹落在杰克脚下，轰鸣声愈发嘹亮。

他看到后巷里闪出两道明亮的车灯，一个银色的物体不知从哪里冲了出来，冲向金属门，将它从铰链上撞掉。克莱斯勒轿车驶入院子，最后一个枪手被撞飞，从前翼子板弹开。轿车继续滑行，撞到建筑上，车前端挤出皱褶。

"罗瑞尔！"杰克一跃跳上消防梯，快速滑下，冲向被撞烂的汽车。驾驶侧的门已经爆开。车上的女子已被打开的安全气囊弹向椅背，正在抹掉气囊被弹出过程中落在她脸上的那些粉末。

"嘿。"她艰难地说，"好像起火了。"

"我想也是。"杰克帮她从汽车残骸中脱身，越来越多的人顺着消防梯连滚带爬地跑了下来，"谢谢你帮忙。"

"不是帮你。"罗瑞尔推开他，还没完全站稳，就朝几分钟前跟杰克说过话的黑发女孩跑去。"翠西！"她俩拥抱在一起，"你受伤了吗？"

"晚点再聊吧。"蔡斯最后一个从楼梯上下来，"我们得赶紧走！"

"货车。"杰克奔向那辆车，发现车门已经开着。他俯身钻到仪表盘下，撬开包裹着发动装置的塑料壳，伸手去找连接线，以便短路点火。车身的一块侧板被打开了，罗瑞尔让女人们上到后厢，车身随之一斜。杰克将两根电线末端的铜丝拧在一起，发动机立刻启动。

"我拿到装备了。"蔡斯从撞毁的克莱斯勒轿车那边跑过来，手里提着杰克的运动包。他爬上车，用力关上门："全速前进。"

"坐稳啦。"杰克猛踩油门，黑色厢式货车向前冲去，后轮不停打滑。他把稳方向，穿过被破坏的大门，驶入夜幕中。

后视镜中映射出沐浴在橙色火焰中的曲轴箱俱乐部，在深色天空的衬托下格外显眼。

任务完成，杰克默默对自己说。可实际上，今晚的任务才刚刚开始。

* * *

"噢，该死。"斯迪克斯感到呼吸困难，气喘吁吁地说，"噢，该死。噢，该死。噢，该死。"燃烧的脱衣俱乐部外也乱作一团。夜游侠们将跟他们一起从俱乐部里逃出来的几个卡车司机推到一旁，匆匆把自己的摩托车推到街对面，随意停放下来。大家都在争论是谁放了这把火。有些资格老些的摩托骑手正扶着其他分会会员踽踽而退，所有的人都大口喘息着，饥渴地呼吸新鲜空气。

"总算……总算逃出来了。"犬牙上气不接下气地说。他逃出来时顺道抓了一瓶啤酒。此时，他一屁股在路上坐下，将酒瓶倒转过来，让冰冷的啤酒从头浇下，灌到他刚被烧伤的一边脸上，疼得他咬着牙直哼哼。

曲轴箱俱乐部的房顶发出一阵绷紧、断裂的声响。斯迪克斯眼看着建筑物的上层楼面渐渐塌陷。木头破碎，金属扭曲，炽热的灰烬像羽毛般飞入夜空。那块已经熄灭的大霓虹招牌开始颤颤巍巍地向前倾斜。还有人正试图从俱乐部中逃出来。招牌裂开了，掉落在正门前。斯迪克斯看到几个骑手和几辆摩托车消失在扭曲的招牌框架下。出口已被火焰吞没。

"动作太慢了。"犬牙说，"可怜的家伙们。"

"是堪萨斯城分会的。"斯迪克斯语气冷漠地说，"有谁会怀念他们？"他朝面前的废墟摇了摇头，"可这些……噢，伙计。莱德尔一定会气炸的。"

"那些家伙。一定是他们。"

斯迪克斯点了点头，忽然想起手中仍拿着电话："你觉得他们还在里面吗？"燃烧的建筑内，似乎仍有尖叫声随风飘来，但没有人敢冒险返回火场施救。

"你会吗？"

他遗憾地摇了摇头，按下快速拨号键。"兰斯，"他忍住咳嗽，咬着牙说，

"我们遇上大麻烦了。"

* * *

莱德尔坐在沙发上,手里拿着一把镀金的沙漠之鹰,将点 50 口径的枪口转来转去,以表明自己的意思。"我把情况讲清楚了吗?"他问面前的那个男人。

这个人跟莱德尔的年龄相当,大概四十五到五十岁之间。他俩只相差几岁,但摩托骑手是个牛高马大、肩宽体壮、面目冷峻的人。而这家伙——这个平民——身材走样,显得有气无力。莱德尔冷笑一声。他一直感到惊讶的是,那些像面前这条蛆虫一样所谓的自由人竟然会以为这个世界将公平对待他们。比如这个蠢货,在经受过那么多苦难,丢掉办公室隔间里的工作,只能指望摩托俱乐部的招募人员提供的现金生存之后,仍相信世上存在公平竞争。不过也许他有资格这样说。莱德尔倒是早已领悟到,所谓的公平纯粹就是一种幻想。这世界是个仇恨之地,人们要么利用它,要么被它利用。他像个枪手那样转动着手中的沙漠之鹰。

这家伙总是抱怨。抱怨食物,抱怨工作,抱怨每件琐碎的事情。以至于让莱德尔都从一个负责打理相关事务的兄弟那里听到了消息,到了必须亲自过问的地步。杀一儆百。

莱德尔觉得,让这些蠢货明白自己的地位是很重要的事情。一定要给牲口打烙印,他父亲曾这样说。

有气无力的家伙正想说什么,却没能说完。很快,他就会死去。一枚点 50 直径的子弹射进了他的腹部。莱德尔坐在沙发上,看着他的鲜血流淌到过去的练兵场那已经开裂、杂草丛生的地面上。"我会把你留在这里。"他告诉他,"让其他人看看,发牢骚的人会有怎样的下场。"

他用枪指向摇摇欲坠的营房所在的地方。窗户前挤着一张张脸,都是些可能曾受这个爱挑刺、说大话的家伙鼓动的其他平民,或者说其他牲口。

莱德尔站起身来。"别以为你会安详地死去。"他一脚踢向那个人的伤口,

163

对方呜咽起来,"要是你能尖叫或是吼两声,那就更好了。可以传递出一些讯息。"

兰斯从曾经作为军官宿舍的荒芜堡垒中一路小跑过来。按照军方惯用的说法,在被遗弃的布雷克堡,许多基础设施被"就地抛弃"。这些东西恰巧很好地满足了夜游侠摩托俱乐部的需要。

"又怎么了?"

"您得听听这个,老板。"兰斯把手机递给他,"斯迪克斯回话了。"

莱德尔不喜欢自己魁梧的贴身保镖脸上的表情。他一把抓过电话,因为无法看着那个垂死的人咽下最后一口气而感到不快。当他将听筒移向耳边时,才头一次注意到远处小镇的方向似乎有情况。黑色的絮状烟尘正缓缓地向天空爬升。

他顿时火冒三丈:"我最后叮嘱过你的事情是什么,你这个混蛋?"

"老板,不是的。"斯迪克斯说。莱德尔立刻明白,最糟糕的情况出现了。要是电话那头的骑手正站在他面前,一定会成为今晚第二个在这里血流不止的人。"不是我的错,是那些家伙——"

"布罗德在哪里?塞米在哪里?我要跟他们说话,而不是你。"

"布罗德……不知道他在哪里。可塞米,老板。塞米肯定已经死了。"没等莱德尔再发问,斯迪克斯便和盘托出,"曲轴箱全都烧起来了!他们点的火!那些芝加哥来的家伙,一定是他们干的!"

"他们不是芝加哥来的,蠢货。"莱德尔咬着牙说,"那些女孩呢?"

"无法确定。她们也许跟着他们跑了。"他顿了顿,"我拍了照片。"斯迪克斯强调,"用手机拍的!"

"发过来。"莱德尔气鼓鼓地按下"结束通话"按钮,紧握住手机,捏得塑料壳发出爆裂声。几秒钟后,电话响了,他盯着屏幕。

"这是谁呀?"兰斯在他身后伸长脖子,想看清照片。照片倾斜着,而且模糊不清。但尽管斯迪克斯判断力不佳,但运气不错,抓拍到了在曲轴箱俱乐部后面走廊里的那两个人。

"这就是我让他们去管理俱乐部的结果。"莱德尔咆哮着。他甚至想把手机砸到地上，用鞋跟踩成碎片。他咬着牙，吸了口气，盯着兰斯："你看到他们了吧？找到这两个家伙，带到我这里来。"

"他们有可能逃往任何地方，老板……"

莱德尔一转身，冲他怒吼起来："找到他们！进出这个镇子只有三条路！你总知道警察是怎么做的吧，全都封锁起来！不管那两个蠢货是谁，他们都侵犯了摩托俱乐部的财产。这种事不容发生。"

兰斯点了点头，小跑着离开。

【第十五章】

在通向小镇边缘的路上,四周的景色渐渐变为开阔的空间和无尽的地平线,道路绕过一个过于宏伟、大得就像一个飞机库的钢混仓库。残存的彩色标识牌遍布各处,都呈现出霉变腐烂的绿意,而且四周都长满了野草。

上世纪八十年代破土动工时,这里曾是现代城市设计者们口中的"商业区"——一处被大片停车位环绕的大型商场,以便让当地人和军事基地的士兵能在这里购买到便宜的日用百货和食品。但这个构想从未得到实现。死限镇这家唯一的大型商业中心在经历了一段缓慢而绵长的死亡周期后,最终变得空空荡荡。回顾过往,这里是整个镇子即将崩盘的最初征兆,可生活在这里的人都不愿接受这个现实。

数年前,近一个世纪以来最严重的几场风暴在寒冬中冲击着商场的金属顶棚,留下一个个孔洞,如今已没有谁愿意冒险进到那空壳的内部。这里被关闭了,每扇门窗上都钉着厚厚的木板,挂着被太阳晒褪色的警示牌,告诉人们这栋建筑岌岌可危。

杰克开着厢式货车绕到商场后边,撞开一条路,驶入其中,这能避免公路上有人路过时发现这里遭到了破坏。他将车子熄火,从驾驶室走出来,脚下带起地板上厚厚的灰尘。

杰克和蔡斯返回被撞开的门边细听,罗瑞尔和其他女人都屏住呼吸。夜幕中的某个地方,一辆摩托车正加大油门行驶,但它开走了,发动机声越来越小。又过了一会儿,他们只听得到微微的风声了。

"安全?"蔡斯道。

"安全。"杰克赞同,"我们暂时甩开他们了。"

蔡斯小声吹起口哨,哨声在空旷的室内回响:"哇。瞧瞧这地方。就像经历了世界末日。"

杰克点头同意。在货车前灯灯光的照射下,他们看出大商场的一些基础设施仍然牢固地与地面连接着。远处，早已损坏的冷藏柜玻璃门反射出光束，一排排曾经堆满各类商品的货架已经空空如也。在较远的一个角落里，天花板已部分塌陷，透过屋顶的大口子能看到多云的夜空。蔡斯的描述很恰当；大商场残存的框架真可以用在某些恐怖的灾难片中。

"我去找一个有利位置。"蔡斯说完，消失在黑暗中。

杰克回到货车旁，打量着地面，考虑可能的离开路线。罗瑞尔已担负起照顾女孩们的职责，正带领她们互相查看伤势，让大家保持镇定。

他对她的印象改变了。在汽车旅馆的停车场里救她时，她显得那么柔弱。而现在，杰克意识到罗瑞尔不像表面看上去那么简单。她害怕，但不会被恐惧控制。为了救朋友，那个叫翠西的女孩，她冒了很大的风险。他也没有忘记她不顾安危地驾车赶到院子里救他的勇敢举动。

"我们不能只是在这里等，对吗？"翠西说。她的恐慌显而易见。要是这种情绪像洪水般蔓延，感染到其他人，那就危险了。"他们会来追我们的！"

"我们为何要停下来？"另一个女孩问，"为什么不一直开走？"

"汽油不够。"杰克冲车子点点头说，"离开这个镇不到五英里，发动机就会熄火。"

罗瑞尔看了杰克一眼："这些女孩中的一些人已经在那里待了好几个月。我们必须带她们离开这里。"

"这个镇里的每一滴汽油都受到摩托俱乐部的控制。"杰克说，"我们不能直接去加了油就走。我们需要另作打算。"

"他说得对。"一个年纪大些，瑟瑟发抖的女人忧郁地点点头说。她介绍自己名叫切瑞，来到死限镇已经三个月，和罗瑞尔及其他人一样，都是被空洞的许诺骗来的："我们跑不了。其他人怎么办？"

"什么其他人？"杰克问，他将目光移回到罗瑞尔身上，"从大巴上下来的人？"

"那些只是新来的。"切瑞说,"我说的是被他们带去工作的人。"她抬手指了指别的女人。"比我们的数量还多。"

"工作。"杰克复述道,"经营脱衣舞俱乐部的那个塞米曾经提到过。"

"那个无耻之徒!"另一个女孩骂道,"真希望他被活活烧死在那里。"

"你不会再见到他了。"杰克安慰她说,"他说过什么吗?"

"军事基地,就在镇子外边。"切瑞说,"在政府将其关闭前,那里曾是布雷克堡。莱德尔和夜游侠的全体成员把那里当作他们的俱乐部。他们将其他人带过去。那里像一座监狱。跟你在战争片里见过的一样。"

"有多少人?"罗瑞尔脸色惨白地问。

"一百?"切瑞摇着头,"我不知道。我只去过那里一次。他们让那些人住在窝棚里,像狗一样干活。"

"为了什么?"杰克问。

"为了摩托俱乐部。"切瑞加重了语气,"他们得到承诺会被支付工钱,但真正得到的却是苦役!"她不住地摇头,"死限镇之外的人们不了解情况,或者根本不在乎。"

"这个镇就像个污水坑。"罗瑞尔说,"把那些绝望的可怜人吸引过来,又令他们消失,而地球照常转动……"

杰克想起在俱乐部里时,塞米说的另一段话。我们不会签下任何有人牵挂的人。

他察觉罗瑞尔正专注地望着他:"你有什么计划吗,先生?要是我们继续在这里滞留到明天天亮,你烧毁曲轴箱俱乐部就将变得毫无意义。我们会被抓住的。"

"他们会把愤怒发泄在我们身上。"切瑞严肃地点了点头。

杰克看了看表:"我不会让这种事情发生的。黎明到来前,你们大家就都安全了。到时候我们分道扬镳。"

"我们究竟要怎样做呢?"翠西问。

"我正在想办法。"

一阵脚步声传来,是蔡斯回来了。"嘿,杰克,我发现一条通往屋顶的路。"他介绍道,"从那里能看见通向西边的道路,但那条路不可行。"

"为什么?"

"我看到他们将一辆半挂车横在两条车道上,把路堵住了。"蔡斯似乎有些焦急。杰克发现他心不在焉地扭动着右手,好像感到疼痛似的,"没有望远镜我看不清楚,但一群摩托骑手在那里扎下营,正等着我们呢。"

杰克紧咬牙关:"我敢打赌,他们已经封锁了离开死限镇的每一条路。"

蔡斯朝罗瑞尔和其他人点了点头:"她们需要交通工具,杰克。够大、够快的交通工具,而且马上就要。"

"大巴车!"罗瑞尔忽然开口说道。她转向翠西:"把我们从印第安纳波利斯载到这里来的那辆巴士呢?"

"它开走了。"翠西回答,"我没看到开到哪里去了。"

"工作的那里。"切瑞认真地说,"正如我所说,那些人是新来的。他们将任何不想留作他们娱乐对象的人都送到那里去。"她的话语间充满怨气。

"所有这一切都跟莱德尔有关。"杰克像是在自言自语。

"他是个冷血杀手。"切瑞咬着牙说,"他喜欢造成伤害。"她顿了顿。杰克很好奇这个女人看到过什么——或许情况更糟,经历过什么——会让她对那个夜游侠的首领如此害怕。"要是被他盯上,你就完了。离开时最好别让他看到你。"

杰克摇摇头:"不太可能。"

* * *

喷气式飞机重新进入水平飞行状态。经过一片晴空湍流时,克尔纳觉得飞机从头到尾都抖动起来。他身旁的特工戴尔紧紧抓住座位扶手,像是要从中挤出血来。

她察觉到他在看着自己，于是笑了笑。"我真的不喜欢飞行。"她承认，"我跟全国运输安全委员会一起处理了那么多飞机失事事件也无济于事。"

"她可真是一缕阳光。"马金森笑笑，"对不对，克尔纳？"

"你嫉妒我呀，海伦。"戴尔反唇相讥。

克尔纳没搭理她们，而是抬头看了看安装在机舱隔板上的电子钟。"要是鲍尔聪明的话，一定已经抛弃了那辆车，换上别的交通工具了。"

马金森面前放着一份交通摄像头抓拍到的照片复印件："你有没有觉得他看上去好像睡着了？"

"我不明白的是另一个家伙，开车的这位。"戴尔拍拍照片，"国家反恐中心在犯罪记录中对他进行了面部比对，结果一无所获。然后，我们在联邦法律部门的数据库中进行搜索，结果证明这家伙是个死人。"

"假定的死人。"哈德利纠正道。他浏览着面前的一摞打印件，没有抬头。自从飞机上的打印机开始输出材料，他就未曾开口，而是十分专注地研究这些资料："蔡斯·埃德蒙斯并不是头一个将国家悲剧作为建立全新身份的人。911之后曾发生过同样的事情。"

克尔纳望向他："这么说你确认是他？"

"当然是他。"哈德利冷笑道。

"他可真够深谋远虑的。"马金森说，"你们觉得呢？我的意思是说，在瓦伦西亚核爆炸事件中，有数以千计的人丧命。多一个失踪人口又算什么呢？不大可能有人进入爆炸区域的中心去进行法医口腔学检测。至少几个世纪内不行。"

"埃德蒙斯为何要伪造自己的死亡并不重要，"哈德利说，"重要的是他帮了一名联邦逃犯、一个潜在的杀手。这家伙是杰克·鲍尔在反恐局洛杉矶分部时的搭档，跟鲍尔的女儿交往过……作为一名自我打造的幽灵，他是个理想的同案犯。"哈德利终于抬起头来，"因此，他同样有罪，我们可以同时抓捕他们。"

"哥伦比亚特区警察局前警官。"戴尔大声念出另一份嫌疑犯资料,"调往反恐特警组紧急反应小组……随后被招募到反恐局华盛顿和巴尔的摩办公室。因执行任务时负伤而退役。"她摇了摇头,"一个鲍尔就已经够难对付了。"

"这不会改变什么。"哈德利坚定地说,"我们已经知道目标得到了外部援助。现在我们掌握了他的相貌和名字,可以好好利用。"

马金森点点头:"从记录来看,埃德蒙斯还有一个女儿和一个妹妹在圣地亚哥。要是我们抓到她们,向他施加一些压力……?"

"就这么办。"哈德利说,"给负责圣地亚哥办事处的特工副主管打电话,让他们控制住他的亲属。"

克尔纳在座椅上换了个姿势。"真有这个必要吗?埃德蒙斯数年前便人间蒸发。没有证据显示他在那段时间内曾抛头露面。我怀疑他的家人甚至不知道他还活着。"他顿了顿,"何况,我们现在只是假设鲍尔的车手是蔡斯·埃德蒙斯。"

哈德利合上面前的文件夹,将目光直接投向克尔纳:"你还要继续挑战从我嘴里说出的每一句话吗,克尔纳特工?这已开始令人厌烦了。"

机舱内的温度仿佛突然下降二十度。"我只是在做分内之事。"克尔纳反驳道,"提出别的选择。考虑所有可能性。"

"请确保自己处在正确的一方,别碍事。"哈德利说,"别忘了当这一切结束时将由谁向副局长提交报告。"就在这时,他的手机响了,他看了一眼。克尔纳察觉到哈德利的表情发生了些许变化。他接起电话,走向机舱前部,以免被别人听到。

克尔纳看着哈德利离开。他转过身来时,马金森正盯着他。"别再招惹他了。"她对他说,"否则,他一定会让你跟鲍尔成为狱友的。"

"难道你还不明白吗?哈德利并不打算将杰克·鲍尔抓获归案。"克尔纳平静地说,"他是想干掉他。"

***

"说吧。"哈德利背对其他特工说道,"你查到了什么?"

"我想我们应该就此闭嘴了。"萨尔·雅各布斯说,这位联邦调查局特工是从国家反恐中心的办公室打来的电话,"现在有人盯着我,质问我为什么不按程序办事!"

"账都算在我头上吧。"哈德利告诉他,"我保证你不会受到任何影响。"

"你说得倒是轻巧。"

"别忘了我们是为谁这样做的,萨尔。杰森·皮勒是我的良师益友,也是你的。"

"我知道。我知道,我们都亏欠他。"雅各布斯吸了口气,"听着,我跟密苏里分部进行了协调,请他们的技术人员注意任何不寻常的情况。"

哈德利点点头。从鲍尔被抓拍到时选择的路线看来,他将从联邦调查局圣路易斯办事处负责的区域正中央经过。"继续。"

"对鲍尔可能的逃亡路线的分析结果表明,除了两个偏僻小镇和邋遢农场外,他哪里也去不了。眼下,从加拿大过来的一场暴风雨即将抵达,因此飞机不可能起飞,这意味着他的目标并非机场跑道。他会选择偏僻的道路,汤姆,避开可能会被人发现的州际公路。"

他再度点头:"我同意你的分析。大概再有二十分钟,我们就会抵达那场暴风雨的边缘。这跟圣路易斯有什么关系?"

"我们在密苏里州的同事监听了一个经营整个区域走私生意的不法摩托骑手的电话。这个案子已经陷入复杂的程序申报,毫无进展,但他们仍在监听。不允许录音,只能记录元数据,仅此而已……你也知道最近的情况,如果某个坏蛋并未牵扯上基地组织,那他就很难得到足够的重视……"

哈德利已经没有耐心听下去:"说重点,萨尔。"

"他们的窃听工作忙得令人发疯。窃听到的每个电话都很重要。有人把这些摩托骑手惹毛了。"

他不快地哼了一声:"这些偏远地区的地盘争夺战跟我有什么关系?"

"监听人员截获了一条照片信息。某个蠢货直接发送了这条信息。根据法律,它还不能成为证据,但是……"电话那头的特工似乎颇为得意,"快点。问问我那张照片上是谁的脸。"

"鲍尔?"

"圣路易斯的伙计们似乎这样认为。"

哈德利感到肾上腺素一阵飙升:"在哪里?"

"圣路易斯方面正在把他们的交通数据传往飞机。你应该很快就能得到。"雅各布斯沉默了一小会儿,"我想,这够偿还我欠的人情了吧。"

"还不够……"哈德利说,"还有一件事。我想了解有关这些摩托骑手的全部信息。我想知道谁是他们的老大。"

"让我看看……"他听到雅各布斯敲击键盘的声音,"本杰明·莱德尔。两项袭击和谋杀未遂的罪名,还有别的一堆。真是个可爱的家伙。"

一个冒险的计划开始在哈德利的脑海中形成,但同时他也忘不了奥利里的警告。哈德利知道,为了给这次的任务画上句号,他必须剑走偏锋:"把圣路易斯方面截获照片所对应的那部手机号码给我。"

"为什么?"

"你只管照我说的做,萨尔。"

* * *

蔡斯从运动包里拿出一把MP5/10冲锋枪,返回屋顶,将枪的瞄准器凑合着当成望远镜。这无法代替真正的夜视光学系统,但眼下他只有这些,算是权宜之计吧。适应、即兴发挥、向前推进。蔡斯是个顺应逆境的老手,可即便如此,他还是非常渴望能有一个恰当的攻击计划。

两小时前,他还在考虑怎样消磨时间,以等到芝加哥发出的货车从这里经过,而现在,他们却陷入与骑手暴力犯罪团伙斗争的漩涡之中。

他环顾四方。我到底是在哪里呀?他问自己。我可不想死在这个鬼地方。

忽然，他的右手一阵痉挛，他的思绪被打断，神经开始灼烧地疼痛。

他骂了一声。这情况可不妙，好像是一段时间以来发作得最厉害的一次。他扔下冲锋枪，一屁股坐下来。他的呼吸渐渐变得短而急促，尽管废弃的商场屋顶上寒风凛冽，他却感到汗珠正在额前凝结。他吼叫一声，迫使自己握紧拳头，朝一个排气口砸去，想用另一种疼痛击退神经灼烧带来的那种苦楚。可惜没有用。他不得不坐在那里，挨过似乎被拉长的时间，硬生生地承受那巨大的痛苦，直至它最终发慈悲，渐渐减弱。

麻木的指头重新有了知觉，他动作笨拙地揭开瓶盖，往嘴里倒了枚药片，用牙嚼碎。突然，他听见身后传来动静，赶紧胡乱地将药瓶收好。一个影子顺着通往下面楼层的竖梯爬了上来。"杰克……"

对方点点头，冲他亮了亮手中拿着的一张纸片："本想用我的手机弄份这一区域的在线地图的。可小镇的这边没有信号。所以切瑞凭着记忆给我们画了一幅。"

蔡斯挤出一丝微笑，拿起掉落的冲锋枪："有总比没有强。"

杰克将地图递给他。"这里是旧军事基地。"他指着草图说，"我们可以避开公路，横穿过去。"他顿了顿，"如果你愿意的话。"

蔡斯一愣。"如果你不想要我支援你，今晚就不会给我打电话，对吧？"他的语气比自己预料的更具防备性。

"你服药多久了？"杰克过了一会儿问。

蔡斯本想撒谎。每当遇到这个问题，他都会那样做，他向洛克撒谎，向免费诊所的医生撒谎。他盯着杰克："你知道的，对吧？我可能不应该感到惊讶。我的意思是，你什么都知道，对吧？没人比杰克·鲍尔更强。"

"我曾经跟你一样，蔡斯。"杰克将目光移开，"而且你也知道。我戒除了毒瘾，可一旦染上过，你就清楚那是怎么一回事。"

蔡斯将药瓶递给他看："止痛药。治疗神经损伤。"

"它们对你还有效果吗？"他的语气平缓直接，没有丝毫诘责的意思。

"没我希望的那么好。"

他叹了口气:"对不起。"

"你说对不起?"蔡斯抑制住内心的酸楚,"见鬼,你只是砍断了我的手!没办法让自己复原的是我。"

"要是你告诉我,你已经能控制住,我不会表示怀疑。"杰克说,"但我得听你亲口把话说出来。"

蔡斯似乎永远也找不到杰克想听的话,最后终于说:"我能应付。"

"很好。"杰克走向屋顶边缘,朝远方望去,"我的包里有两件防弹背心。我们各穿一件。还要带上手持对讲机。罗瑞尔和其他人可以留在这里,避免被发现。"

"你是说我们去找被夜游侠拐骗的其他人,弄到那辆巴士,把他们带出来。"

"没错。"

对方轻描淡写的语气令蔡斯不由自主地微微一笑:"莱德尔和他的人见到我们是不会高兴的。而且我们也不清楚在那里还会遇上些别的什么。"

"我有一种感觉,"杰克说,"在我弄清楚这点之前,我是不会离开死限镇的。"他忽然转身,面对他的前任搭档,"我知道你在想什么。你在想我们没必要迎接一路上遇到的每一场战斗。也许你是对的。但如果今晚在这里我们不这样做……还有谁会去做呢?"

蔡斯无奈地点点头,看了看手表:"时间紧迫。"

* * *

他听到嗡鸣声时正在点烟,然后才反应过来是兰斯的手机在响。手机仍被揣在他的外套口袋里。

屏幕上显示"来电号码被屏蔽"。他真想把电话给扔了。今晚出现的问题已经够恼火了,再要发生点什么,他肯定会失去冷静。

他深吸一口气,按下接听按钮:"你到底是谁呀?"

"我想跟本杰明·莱德尔通话。"一个他不熟悉的声音说道。电话线路中有种奇怪的嗡鸣声,令他牙齿发痒。

"最后一次叫我本杰明的人,是孤儿院里的修女们,伙计,你应该不是其中的一个吧。"

"我是联邦调查局特工托马斯·哈德利。据我所知,你对某个我正在寻找的人很感兴趣。就是你收到的照片上的那个人吗?"

莱德利犹豫了一下,脑子飞速转动着。这家伙是说真的吗?联邦调查局是怎么弄到这个号码的?有人想陷害他吗?"我不知道什么照片。"他说,"我是在路边捡到这个电话的。我要挂了。"

"那将会是一个错误。"那个声音说,"你将失去一个能让夜游侠摩托俱乐部受益匪浅的交易机会。"

他本想挂断电话,却仿佛又受了诱惑,萌生出兴趣。他忍不住问道:"什么样的交易?"

"照片上的人和他的同伙是我要的人。考虑一下你希望得到什么来作为回报。"

莱德尔歪着嘴笑起来。忽然间,他的这个夜晚开始焕然一新。

【第十六章】

布雷克堡旧址四周的野草生长茂盛,已然齐腰高,为杰克和蔡斯提供了足够的隐蔽条件。他们猫着腰,动作迅速地朝旧军事基地周边倒塌的围栏靠近。

杰克用手势指引他们走向设置在地面的一处摇摇欲坠的碉堡废墟。这是个由棕色混凝土建成的六边形暗堡,动物在保护柱底部撒下的尿液仍散发着恶臭,但这个碉堡却为他们提供了隐蔽的观测点,他们可以从这里对目标进行观察。

"有动静。"蔡斯说,"右侧两层建筑外,有人点了一堆火。"

杰克点点头。他听到两名骑手正在破败的军官宿舍外边,一边你来我往地叫骂,一边骑着定制的哈雷摩托比赛,引擎发出阵阵轰鸣。摩托俱乐部的其他成员围聚在用油桶生起的火堆旁,边喝酒边说笑,在越来越浓的寒意中留住温暖。冷空气正变得潮湿起来。"暴风雨要来了。"杰克小声说,"要是我们运气好,那将对我们有利。"

"你知道吗,"蔡斯说,"我有时会好奇我到底把我的徽章弄到哪里去了。"他拍了拍胸口。如果这是一次合法的行动,他的黑色防弹背心的那个位置应该挂着一面联邦徽章。"接着我便会意识到,我们不是警察,也不是反恐局。"

"是热心公民。"杰克没有转身,用蔡斯在脱衣俱乐部对翠西说的话来回答他。

"我只是想明确我们的交战规则。这里可不是狂野西部。"

杰克冲他点点头,那两个骑手仍在练兵场上呐喊高呼,卷起阵阵沙尘。"你确信吗?"他顿了顿,"规则始终都是那样的。有目标,还有潜在目标。他们究竟以何种身份出现,选择权在他们。"为了强调自己的观点,杰克停下来,检查挂在胸前的MP5/10冲锋枪。他拉动保险栓,调整到单发模式:

"尽可能拖延交火时刻的到来,进去之后再看情况。这些喽啰中一旦有人发现我们,就会呼唤他们的同伴赶来增援。"

"明白。"蔡斯说,他举起他的冲锋枪,透过观察窗扫视目标区域,"我看到了灯光,就在练兵场的那一边。还有更多建筑。一座烟囱还冒着烟。"

杰克没有立即回应。他感到体侧放手机的口袋中传来一阵振动。他遮好屏幕,以免光亮被别人发现,然后将手机压低,开始查看。他在废弃的超级商场时想发出的那条文字短信终于连上网络,发送出去了;显然,死限镇这个小镇的信号覆盖范围一直延伸到这里,但再远些就不行了。他关掉手机,把它放入内袋。

"有人从旧军官宿舍走了出来。"仍透过冲锋枪瞄准器观察的蔡斯报告道。

"能认出有谁是从俱乐部里过来的吗?"

蔡斯摇摇头:"没有。但不管这个家伙是谁,他都挺有地位的。"

杰克能听到有人说话,但又无法听清。蔡斯的判断应该是正确的。新来的这个人的出现,令刚才还喧闹着的摩托骑手们安静了下来。

* * *

莱德尔大步走下开裂的台阶,来到在油桶火堆旁等候他的兰斯面前。贴身保镖朝他点了点头。

"老板,"他说,"我已照您吩咐的做了。牢牢封锁了所有离开镇子的道路,每处路障都安排了我们的人。"

他漫不经心地点点头:"让剩下的这些人分散开来,去镇里搜查。每个角落都别放过。如果发现了什么,谁都别轻举妄动,一定要第一时间向我汇报。明白了吗?"

"明白。"兰斯回答,"您想亲手干掉那两个笨蛋吗?"

"干掉他们是我计划中的最后一种选择。"

"什么?"兰斯皱起眉头,"可曲轴箱……还有塞米。我的意思是,他们大开杀戒。他们烧了俱乐部。他们得为此付出代价。"

"我想让他们活着。"莱德尔强调,"至于动粗暴揍……?"他耸耸肩,"当然,怎样都行。但得留一口气。这些垃圾刚刚成为了某种商品。"

兰斯跟着莱德尔来到他的摩托车——一辆黑色和青铜色相间的戴娜定制版超级滑行车——停放处。俱乐部主席的另两名"侍卫"紧随其后。"您要去什么地方吗?"兰斯问。

"你在这里等着。"莱德利回避了他的问题,"我不在的时候,让这些家伙保持警惕,盯好我们的活计。"他跨坐到硕大的摩托车上,启动发动机,"我要处理些事情。犬牙在哪里?"

"在镇上。"兰斯的疑惑更深了。他凑近莱德尔,压低嗓门。"老板,是哪种……商品?到底是什么意思?"

莱德尔露出一副贪婪血腥的笑容。"意思是并非只有我们想要他们的脑袋。"他用两根指头指了指眼睛,"保持警惕。"他一拧油门,超级滑行便冲了出去,折回高速公路。另两名骑手随即跟着他喧嚣的尾迹,一同离去。

* * *

夜游侠未设太多岗哨,蔡斯估计这是因为他们过于自负。在这里,摩托骑手们不会感受到任何威胁,这一点毫无疑问。他猜测,这个犯罪团伙彻底拥有死限镇这座小镇,恐怕从未遇到过任何人的挑战。这些家伙在美国的中心地带打造了自己的小王国,像中世纪的掠夺者那样统治着这里。

这种局面对蔡斯和杰克来说是有利的。他们从快要倒掉的保护柱出发,绕过一堵坍塌的围墙,向他们先前看到的灯火昏暗的建筑靠近。快抵达目标时,蔡斯看出那些已经老化的木棚屋是曾经用来安顿布雷克堡士兵的营房。其中有两间已经垮塌,因暴风雨的肆虐和年久失修,屋顶断裂,墙面破碎,但其他所有棚屋应该都有人住。

每间营房都高出地面,下面是厚厚的砖层。杰克溜到离得最近的一间旁边，紧贴在外墙边缘。这里阴影很浓，日落时晴朗的天空此刻已布满云层。这对他们有利——云层会遮蔽月光，被发现的可能性随之降低。

"听到什么了吗？"蔡斯轻声问。

"说话声。"杰克回答。他正努力地听墙板那边传来的动静。"什么也听不清。"他松开 MP5/10 冲锋枪，任其挂在胸前，以便凑向一扇污秽不堪开裂的窗子朝里看，"掩护我。"

杰克侧着脑袋向内张望，以尽可能减小被里面的人看到的可能。过了一会儿，他撤了回来，靠近蔡斯。

"有更多骑手吗？"

"不。"杰克摇头，"囚犯。几十个囚犯，挤满每个角落。无论夜游侠经营的是怎样的血汗工厂，这里都一定是工棚。"

"我怀疑他们在做山寨运动鞋。"

"眼见为实。"杰克说。他示意蔡斯跟上他。两人小心翼翼悄然前行。

绕过另一间营房拐角时，蔡斯发现一处侧边敞开的飞机库，上面是宽阔的锡皮屋顶。飞机库内，两辆难以描述的卡车分别停在一辆覆满尘土的灰狗巴士两侧。"车辆调配场？"他问。

杰克点头指了指。一群骑手正站不远处，其中两个蹲在一辆被拆掉油箱的摩托车导流罩旁。在宽大的车架周围，零部件摆放在一张油腻的白床单上，铺了一圈。每个夜游侠都在对如何维护这辆车提出彼此矛盾的建议，剑拔弩张的对话随时可能化为需要暴力来解决的问题。

他们退了回去；从营房这边无法在不被发现的情况下通过。他们必须找到另一条路。

"我们该怎样弄到巴士？"蔡斯趁他俩在两间营房中的灌木丛中停顿的间隙低声问道。

"一次一个目标。"杰克回答。他指向练兵场的远端，那里曾是停放坦克和装甲车的地堡式车库。早先蔡斯看到的那些源源不断往外冒的烟就是从贯穿混凝土屋顶的烟囱里排出的。他觉得自己隐隐闻到了氨气的味道，可空气太潮，他难以确定。"我们要去那里。"杰克说，"瞧。"

一座地堡的门是开着的。蔡斯仔细观察，看到一群衣衫褴褛的人，有男有女，个个面色苍白，浑身邋遢。他们歪歪扭扭地排成一列出来，朝营房走去。三名骑手与他们同行，手里要么拿着枪，要么拿着电动驱牛棒，仿佛冷漠残暴的监狱看守驱赶囚犯一般催促他们加快脚步，任何动作迟缓的人都会遭到呵斥。

每个工人似乎都已适应了这种境遇。蔡斯不由得疑惑他们来这里究竟有多久了。一名老者脚下发颤、步履蹒跚，骑手便用枪托狠狠朝他砸去。蔡斯感到身旁的杰克为之一怔。

"他们在换班。"杰克说，"我们的机会来了。"

"我们没法很快解决三个人。"蔡斯提醒道。

"我们不用那样做。我们耍点小聪明。这些蠢货不够专心。我们就利用这一点。"这时守卫们已经来到门边，杰克从空棚屋侧面绕回。

蔡斯一边后撤，一边扭头看了一眼。骑手将工人们赶入一间营房，然后去另一间吆喝下一拨"轮班"的人。他们凶神恶煞般地用驱牛棒重重地砸墙。他注意到没人敢抱怨，这很耐人寻味。这些人似乎已经崩溃，不再对生活抱有希望，已经向命运屈服。

蔡斯躲在营房侧面不会被发现的地方，看着新的一拨工人从棚屋里涌出，在暴力威胁下瑟瑟发抖。这时，杰克拍了拍他的肩膀。他转过身。杰克将什么东西塞进他手中。是一张重重的布满泥点的军用毯，他从一面玻璃破了的窗框上扯下来的。杰克自己肩上也披着一张类似的斗篷，像件临时雨披。

"又要卧底了。"蔡斯小声说，"因为上次卧底任务很圆满。"

"行动。"杰克打断他，"混到队伍最后。他们不查人头。"

蔡斯点点头，努力地不去理会毯子散发的隐臭，将它裹在身上。毯子够大,足以藏下他的防弹背心和冲锋枪,尽管如此,他仍然始终尽量弓着背,把枪端在胸前。他埋下头,眼睛盯着地面,跟着囚犯队伍慢慢前进。

杰克跟他并排走着,把一只手贴在脸上,像在处理一道伤口:"准备好。如果他们逼我们,就得临时发挥了。"

"一如既往。"

* * *

提高的嗓门终于渐渐降低,被一种令人伤感的喃喃声替代。由于还有湍急的河流在旁伴奏,季敏诺娃只能勉强听到那种呜咽。她靠在一棵树上休息,等待询问环节结束,嘴里还叼着一支有毒物质含量颇高的波兰香烟。这是她唯一的坏习惯。

必须得承认,巴赞是即兴审讯的老手。他们押着黑客马特罗登上直升机后,她的长官命令飞行员朝南飞了几英里,来到密林边缘一条奔腾的河流边。他们的飞机降落在一片空地上。在埃克尔的帮助下,巴赞拖着受伤的美国人来到河边,开始让他体验濒临溺死的极限。借着旁边埃克尔的电筒光,他一次又一次将黑客沉入冰冷清澈的河水中。

季敏诺娃没有去围观,但免不了能听见。起初是马特罗的挣扎声和愤怒的反驳声。接着,他的恼怒开始被真正的恐惧迅速侵蚀。再后来,寒气侵入骨骼,令他体温过低,整个人便垮了。

最后,她听到一阵狂乱的泼溅声,随即只剩下河水冲击岩石的声响。她转过身,迎向从草地上走过来的巴赞。他正在弄干他那双拳击手的大手。埃克尔替他送来外套,知趣地拖后一两步。

季敏诺娃无需去问马特罗有没有开口。他当然开口了。这一点从来都毋庸置疑。

巴赞抬起头,她也随着他的目光望去。开始下雨了,一阵细雨正从云层密集的天空落下。

"我们了解到了些什么?"季敏诺娃问。

"非常有用。"他一边回答,一边朝奥古斯塔上的飞行员望去。巴赞用指头做了个旋转的手势。季敏诺娃看到那人点了点头,开始在驾驶舱内拨动按钮,直升机的螺旋桨开始绕着中轴线缓慢转动。"鲍尔打算借助铁路回他在洛杉矶的家。"

"火车。他可真够欧式风格的。"

"正如我们先前怀疑的一样,鲍尔跟一个叫威廉姆斯的人在一起。我说服马特罗将他知道的一切统统告诉了我们。他提供了鲍尔将要上车和下车的位置。"

"我会联络尤尔金和梅格,让他们的小组改变方向。"

巴赞长叹一口气,在空中形成团团白雾。"这可能是我们截住这个人的最后机会。我们的行动必须迅速,但同时得倍加小心。现在如果跟丢了鲍尔……"他没有说完,重又调整了自己的注意力,"刚才我干活的时候,是否跟总统那边有了更进一步的联系?"

"没收到萨瓦洛夫或他的人传来的讯息。"她回答,"他的专机几小时内就会抵达莫斯科。"

"或许到那时,我手头就能有些可向他汇报的东西了。"巴赞说。

她略微夸张地朝长官身后望了一眼:"那个马特罗……你把他扔在河里了吗?"

巴赞肯定地点点头:"溺水是个悲惨的结局,他表现得一点都不勇敢。"直升飞机发动机的轰鸣声越来越强烈,巴赞开始向那边走去,季敏诺娃快步跟上,将手里的香烟扔入急流。

* * *

通往旧军事基地的车库大铁门足有一英寸厚,一扇扇挂在锈迹斑斑的滚轮上,门被关上时,在一班工人的身后抱怨般地发出嘎吱嘎吱声。那个手持散弹枪,不断用辱骂和暴力威胁工人的骑手用拇指朝身后地上摆放的一张张工作台指了指。"开始工作,混蛋们。"他咆哮着,"我已经厌恶死了看管你们。"

"该死。"蔡斯终于看清夜游侠的经营范围,小声骂道。

杰克默默无语,但他跟蔡斯的感受一样。军队撤离时,原先的坦克车库内部的设施被搬走,只剩下建筑本身,空间宽敞,低矮的天花板和坚固的围墙足以抵御炮弹的袭击。摩托俱乐部弄来移动发电机,点亮一盏盏建筑灯泡,开动一台台工业设备,改变了这些车库的用途。金属工作台整齐排列,人们正围绕旁边艰苦劳作,每个人都戴着外科手术面罩或厚胶过滤防尘口罩,因此无法看清他们的面容。杰克看到许多贴着菱形警示标签的红色金属桶,还有一袋袋粉末、大型液罐、跟小型轿车大小相当的塑料管。这里很热,浓烈的化学排放物的气味充斥在空气里,立刻刺激得他喉咙难受。氨水、氢气、丙酮混杂在一起,形成一种难闻的物质,令他想立马逃出去呼吸新鲜空气。

令工人们面容孱弱的原因已昭然若揭;这个地方就是个充满毒物的噩梦之地,十余种致命的化合物一样不少。最终的结果——"工作"创造出来的产品——全部陈放在屋内一堵墙边的干燥器上。金属托盘上是一堆堆看上去像冰糖的东西。这些晶体呈现出不均匀的乳白色,大小接近一角硬币。在一名肩扛棒球棒的摩托骑手的严密监视下,一些工人正将其切碎、称重、分装到小袋子里。

甲基苯丙胺。夜游侠从事街头贩卖此类强力兴奋剂的非法勾当并不奇怪——凡是不法摩托骑手帮派的生意都会涉及到的一种商品——但他们竟然自己生产毒品,且规模如此之大……这就不寻常了。

"这里不是毒品实验室。"蔡斯低声说,"这里是个毒品工厂。"

仅仅货架上堆放着的那点刚生产出来的冰毒就至少价值数千美元。跟某些拖车公园里小规模的吸贩毒窝点不同的是,摩托俱乐部在布雷克堡的废墟上开起了毒品商店。整个事件开始说得通了。夜游侠并非随机选中了死限镇这座小镇作为据点,而是出于对他们非法产业的考虑。脱衣俱乐部里的逼良为娼和残酷无情的人口贩卖，仅仅是附带的生意。毒品才是一切罪恶之源。

"嘿！"一名守卫见他们拖拖拉拉，用力推了杰克一把，"你们他妈的在看什么，蠢货？快点干活——"

杰克身上的临时斗篷随即滑落，他没来得及拉住。那名骑手顿时僵在那里。看到破破烂烂的毯子下藏着的MP5/10冲锋枪枪柄，他步伐凌乱地赶紧后退，同时伸手去拔腰带上的左轮手枪。

杰克和蔡斯迅速作出反应，抖落身上的伪装，端起冲锋枪，拉开保险栓。工人们顿时惊恐万分，尖叫起来。两人本能地摆出战斗姿态。蔡斯背转身瞄向车库后方，杰克朝前瞄向门口。不过他仍有些迟疑，没有开枪。

"敢碰扳机，你就死定了！"杰克冲着带枪的摩托骑手吼道，其他骑手亦纷纷拔枪，"稍一走火，这里就会成为地狱！你们想试试看吗？"

没人敢动。杰克的警告不是玩笑，周围的人心里同样清楚。制造冰毒的过程中，有一种绰号"红白蓝"的方法，由于要使用许多挥发性的化学药品，因此极度危险。磷、盐酸、甲胺都是其中之一。在不恰当的环境中，如果毒品实验室控制不严，就可能产生有毒或爆炸性的气体，如磷化氢和氢气。更糟糕的是一种被称作"白磷"的东西，当它与空气接触时，会发生自燃，剧烈燃烧并释放出大量热量。

"决定权在你。"杰克对他说。

骑手脸上渐渐浮起一种凶悍的笑容。他松开左轮枪的撞针。他的朋友们也照做，松开各自的枪支。"我不知道你们以为自己是谁，也不清楚你们究竟是从哪里冒出来的……"那人一边说，一边用另一只手抽出一把爪子刀，在指间转动着，刀刃寒光闪闪，像恶毒的鹰爪，"我猜等我将你们开膛破肚后，就会弄明白。"

杰克让挂在弹性挂扣上的MP5/10垂于体侧。"那就让我见识见识吧。"他说。

* * *

"你越界了。"克尔纳听到飞行员在说,"长官,我清楚你下达的命令的意思,但我不能在那里降落。"

"该死的,你就照我告诉你的去做!"哈德利呵斥道,"你已经拿到了位置坐标,赶紧把这该死的东西降下去,快!"

马金森和戴尔有些不安地对视了一眼,但克尔纳可不想再等着听什么解释。他起身穿过机舱,走动过程中紧紧抓着座椅靠背。飞机重新起飞一小时后,他们便遇上了糟糕的天气。尽管飞行员不断请求返航,从西边另寻路线,但每次都被哈德利拒绝。现在,他们之间的矛盾似乎即将演化出某些更糟糕的结果。

"出什么事了?"克尔纳来到驾驶舱门口问。

"这轮不到你来关心。"哈德利瞪了他一眼,恶狠狠地说,"快回去给我坐下。"

"他想让我们降落。"飞行员举起一张地图。

"这有什么问题吗?"

"因为那里根本就没有跑道!"飞行员气鼓鼓地说。哈德利一把抢过地图,用指头戳了戳一处显而易见的狭长高速公路。"这是公路,不是跑道!"他摇着头,"哈德利特工,我不清楚你的信息是从哪里得来的,但我们不能在那里降落。就这样。"

"你受过训练,懂得如何在那种区域进行紧急迫降。"哈德利反驳道,"这架飞机完全有这个能力。"

克尔纳简直无法相信自己听到的话:"哈德利,等等。你不会是真的——"

"我跟你说了,滚回去!"哈德利咆哮起来。他转向飞行员,指着他的脸:"你听我的。让飞机在我告诉你的位置降落。否则,我保证你们俩都会损失惨重,你们的退休金,你们的整个职业生涯!杰克·鲍尔是美国最危险的通缉犯,现在他就在下面!要是我们把他弄丢,我饶不了你们。走着瞧。"他声如洪钟。那一刻,飞机上的人毫不怀疑,哈德利肯定会说到做到。这位特工的手已伸向手枪皮套,克尔纳脸都白了。

但随后,飞行员愠怒地点了点头:"好吧。回机舱里去,系好安全带。我是迫不得已这样做的。我向你保证,等这一切结束后,我会向各个部门投诉到底。"

"只要让我们降落就行。"哈德利厉声说完,从克尔纳身边挤过去,回到他的座位。

"一定会降落的。"飞行员悻悻地说,"无论如何都会。"

克尔纳在座位上一屁股坐下,拉紧安全带。飞机忽然下沉。"我知道你想抓住鲍尔。"他说,"但你这是在拿我们的生命冒险!"

哈德利的怒火来得快,去得也快。"为了找到他,我已经冒上了所有风险。"他回答道。说完,他转脸望向窗外疾速扑来的地面。

【第十七章】

摩托骑手瞪大眼睛,手持爪子刀哈哈大笑着扑向杰克。借着身后用于工业生产的泛光灯的强烈光线,杰克可以看出,这位夜游侠一直在滥用他在毒品工厂实验室中工作的便利,服用初级毒品,他乌黑的瞳孔已经放大。

面对一个已被化学药品改变精神状态的攻击者,往往意味着另一个层次的风险。如果有人服用了甲安非他命,他可能会变得冲动而危险,表现方式毫无规律,让杰克防不胜防。对于普通的对手,经验丰富的斗士可以判断出他可能的反应并做出相应的反击,但面对这个家伙却可能无计可施。他扑过来,手中的刀子在空中划过,一心只想尽可能快狠准地刺死杰克·鲍尔。

如果只有他们两人,杰克会拉开距离,削弱摩托骑手的冲力,等候适当时机出手。不过,那个做法在这里并不可取。周围摆放着工作台和化工用桶,空间狭小;旁边的工人太多,会碍手碍脚,也有可能间接受到伤害。他必须一击得手。摩托骑手还有三个朋友支援他,杰克却不能指望蔡斯独自解决那三个麻烦的家伙。

爪子刀呼的一声在空中水平划出一道弧线,直逼杰克的咽喉。他的上身向后仰去,但动作不够迅速,没有完全避开弯刀。锋利的刀尖贴着他的左脸颊划过,带来一阵凉意,但片刻之后,被割伤的地方便火烧火燎起来。瞬间的疼痛令杰克缩了下身体,但没有减缓他的动作。他看到摩托骑手又从反方向凶猛地挥刀扑向自己,试图将刀子插入他的胸膛。

杰克用双手扭住摩托骑手的两臂,像闭合大剪刀一般咔嚓一声将它们交叉拉到一起。

摩托骑手痛得大喊出声,剧烈的痛楚令他松开了紧握刀子的手,甚至他不久之前吸食的甲安非他命也没能令他感觉完全麻木。他向后退去。

但他退得不够快。杰克未等刀子落地,一把将它接住,并紧紧攥在手中,同时跃开。他本能地模仿袭击者的攻击，将爪子刀挥向它的主人。

干掉一个。

摩托骑手倒在地上。然而，就在他刚倒下来的一瞬间，又一个人口中发出一声怒吼，朝杰克冲了过来。这个人是在毒品工厂内四处巡逻的保安之一，他的块头远远超过先前那个骑手。要不是他垂在肩上的粗马尾辫，还真像杰克在曲轴箱俱乐部酒吧后边遭遇过的那个山一样魁梧的哥儿们。杰克还没来得及闪向一边，他已经冲过来抓住杰克。两个人如同两列货运火车撞到一起。杰克感觉到那把挎在肩上的 MP5/10 冲锋枪戳在了某个东西上，随即不见了。杰克还没回过神来，夜游侠厚实多肉的硕大手掌已经抓住了他防弹衣前面的带子。铁塔般的暴徒将杰克拉离地面，飞速地甩转起来。杰克只觉得天旋地转，头晕眼花。

* * *

当那名瘦得像竹竿的骑手在蔡斯面前挥舞着噼啪作响的驱牛棒时，蔡斯一个蹲身，左右闪避，像是用上了古老的拳击动作。驱牛棒放电时明亮的闪光在蔡斯的视网膜上留下了暗紫色的余象，他因此猛烈地眨动着眼睛，心中清楚地明白：只要碰上那个武器，就会被立刻击倒。很久之前参与反恐特警组紧急反应小组训练时，他曾经被泰瑟枪击中过一次。高强度的电流迅速传遍全身，教会了他和他的警察同事们如何应对这种情况。他绝不会莽撞行事，重复相同的错误。

蔡斯瞥到又有一个身影出现在对方旁边。现在，在模糊的视线中，他看到他们两人在噼噼啪啪的电火花中扑向自己。一个直击他的上盘，另一个袭向他的下盘，呈夹击之势，迫使他只能处于防守状态。他极力保持在他们的触及范围之外，但心中清楚他们意欲将自己朝毒品工厂深处逼，以限制他的攻击力。蔡斯运用起了训练中学到的各种动作，躲闪腾挪，变成一个不断变换位置的目标。摩托骑手们仿佛在捕捉烟雾，但他们清楚只需要消耗蔡斯的体力。他迟早会出错，然后他们就能打倒他了。

蔡斯自然不会让这种情况发生。他的眼角余光在一片如消防车一样明亮的红色中发现了一个鼓形塑料圆桶。桶侧的黑色钢印字母和危险物品的标识表明，无论其中容纳的是什么，都属于挥发性物质。不过，蔡斯没有时间去证实。他纵身跃向圆桶，听到惊恐的叫声，看到一些被抓来的工人在他前面迅速散开。

蔡斯整个人扑在桶顶上，借助身体的重量在圆桶所处的木制集装架上摇动着它。桶是半满的，浓稠的液体冲击着桶壁。然后，他对准晃动的桶底一脚踢去。这一脚的力量足以使它从货架上倒下去。重力发挥了作用。塑料容器倒向一侧，安全盖因此爆开，里面的液体泼溅在水泥地板上。一股有毒的高浓度碘酒溶液溅到摩托骑手们的靴子上，同时也引发了工人们的恐慌，他们逃向各个门口。充满回声的混凝土室内顿时乱作一团。

* * *

杰克被从空中甩飞过去，感觉一阵晕眩，接着撞到一个装水的容器上反弹回来。容器发出空洞的哐当声。他吃力地站起来，但大块头已经来到他面前，抓住他防弹背心上的带子将他再次提起。杰克手脚并用，又踢又打，但拳脚好像落在海绵上，毫无反应。大块头将他左右前后一阵乱甩，一次又一次地令他撞击到干燥架上。冰毒碎片如雨点般在他周围爆撒开来，一盘盘刚刚制成的结晶体纷纷翻倒，在试图撞死他的大块头靴子下被碾为粉末。

也许杰克用刀子杀死的那个家伙是这个铁塔般骑手的结拜兄弟，也许他只是内心极度愤怒，想通过杀戮来发泄。无论何种原因，大块头对于他正在造成的财产损失以及破坏掉的产品似乎毫不在意，一心只想置杰克于死地。

杰克又一次撞到架子上，口中尝到一股血腥味，同时感到衬衣下重新包扎过的枪伤再次裂开。他的头晕得厉害，再这样下去，很快就会导致脑震荡，让他无法控制这场打斗的局面。他突然感到浑身疲惫，这是离开纽约市以来他一直竭力避免的情况。如果他现在失去了掌控，那就意味着这场战斗的结束。

不行。杰克弓起背，举起双手，抢在大块头做出反应之前，双手下切，对着大块头粗短的脖子用力砍去。这样的双重打击足以打乱摩托骑手的进攻节奏。杰克趁势再次猛力前冲，低下额头，用尽力气撞向他的鼻梁。骑手咆哮着伸手抓向杰克的面部，杰克也因此忽然脱离了摩托骑手强劲的控制，跌向地面。他狼狈地摔倒在地，咒骂着以最快的速度爬起来，完全不顾浑身上下席卷而来的痛楚。

血从长发骑手身上流下来。他低吼一声，紧握双拳，再次挥到杰克的面前。杰克随手抓起距离最近的东西——一个化学药品玻璃瓶——作为武器掷向对方。玻璃瓶击中骑手的胸部，瓶身碎裂，一股辛辣却又甜得令人作呕的气味立刻钻入杰克的鼻孔里。瓶中的液体溅到摩托骑手的衬衣、夹克以及裸露的皮肤上，令那些部位全都被腐蚀，变得苍白。大块头恐惧地睁大了眼睛，完全忘记了一边的杰克，狂乱地抓向发出"嗞嗞"声响，酸化面积不断扩大的地方。浓盐酸正在腐蚀他的身体。他尖叫着，跌跌撞撞地向后退去。杰克还没搞清楚状况，那个家伙已经狂乱地挥舞着双臂，自己撞上另一张工作台。台上一盏没有防护罩的煤气灯正燃烧着黄色的火焰。火焰碰到了骑手扎成马尾的长发，立刻将它变成一把火炬。骑手将灯打翻。杰克看到火焰蔓延过工作台，贪婪地吞噬着触及到的一切东西。

空气中涌起一股闷燃引起的热浪。杰克在那个晚上再一次因为背后袭来的可怕热浪而转身离开。

* * *

席卷毒品工厂的火焰如此明亮、如此突然，蔡斯不由得犹豫了一下，给了攻击他的人一直在寻找的可乘之机。距离最近的那个人扑向他，率先戳出驱牛棒。蔡斯本能地伸手，试图挡开这一击，但为时已晚，没有成功。相反，驱牛棒的金属尖端从他手腕上方的皮肤上擦过，刺入他前臂上的肌肉中。

驱牛棒的接触令蔡斯感觉如同遭到猛烈锤击，他的眼前顿时烟花四射，身上的每一块肌肉似乎同时绷紧，全身开始战栗。然而，蔡斯凭借坚强的意志力硬生生忍下了痛苦。这种尖锐快速的强烈疼痛对他来说并不陌生，他受伤的肉体不止一次经历过同样残忍的灼烧。因此他没有倒下，就像当年训练中泰瑟枪的射击也没有击倒他一样。也许是因为那些伤从未真正痊愈，也许他对那种痛苦已经不会再有感觉。总之，这些都不重要。

蔡斯抬起另一只好手，在第一个攻击他的人还没来得及退开时抓住对方手中的驱牛棒，将它闪着电火花的尖端从自己上腹部挡开，径直戳向对方胸前。与此同时，蔡斯猛力挥出那只没有知觉的坏手，击中驱牛棒的底端，开关按钮就在那里。摩托骑手来不及切断电源。驱牛棒的电流击中他自己的身体。夜游侠的衬衣在低沉的噼啪声中被割破，他的身体开始颤抖，双腿发软，他同时痛苦地大喊起来，摔倒在光滑的地面上。

蔡斯立刻解除了他身上的武装，旋即转身应对来自另一个摩托骑手的攻击。他之前已经察觉到对方的举动。他用夺来的驱牛棒挡开第二个袭击者的驱牛棒，然后朝他的面部戳去。导电的尖端没有接触到对方的皮肉，但在如此近的距离内，驱牛棒释放出来的灼热电火花足以让对方致盲。摩托骑手慌乱地伸手抓向自己眼睛。蔡斯趁机上前击向他头部，将这第三个家伙也放倒了。

就在他气喘吁吁颤抖着转过身时，子弹被塞进散弹枪枪管尾部的咔嗒声传进他的耳朵。

* * *

毒品工厂里已是火光一片，最后一名夜游侠守卫不再顾忌杰克关于车库地堡内如果发生枪战，局面将不受控制的警告。他用一把温切斯特 M12 散弹枪开火了，发射出大口径的铅弹，在水箱上打出参差不齐的孔。工作台间碎片横飞。

当一个盛满化学药品的大玻璃瓶在杰克身后爆裂，更多的有毒液体洒溅在光滑的水泥地面上时，他立刻扑到一旁寻求掩护。一簇簇橘黄色的火焰蔓延至附近的墙壁，燃烧到了屋顶。密闭空间内产生了刺激性强烈的有毒气体，令他的喉咙非常疼痛。所有工人都扔下手头的一切仓皇逃走，任由那些东西沸腾溢出、燃烧或者转化成致命物质。

杰克猫腰移动着，躲闪密集射向他这一侧工作台的子弹。这名持枪的骑手在高声喊着什么，但杰克没去听。这个蠢货正站在他与出口之间。

杰克从上衣口袋里拔出那把 M1911 手枪，然后猛地从掩体后窜出，动作一气呵成地举枪瞄准。散弹枪手也已在向杰克这边瞄准。稍一迟疑，就意味着游戏结束。

杰克射出一发四十五毫米直径的子弹，正好击中骑手胸骨下正中部位，骑手应声倒地。

杰克抬脚从这个垂死的人手中踢开散弹枪，打量了一下四周。此刻，呼吸已更加困难，整个室内毒雾弥漫，刺得他眼睛发痛。杰克发现了动静，一个人影从烟雾中向他蹒跚而来。

"蔡斯……"

对方点了点头，将他之前在打斗中掉落的 MP5/10 冲锋枪递给他："我觉得你会希望拿回它。"

杰克点点头，将手枪插入皮套后，一边检查冲锋枪以做好发射准备，一边迈步小跑起来："我们走吧！"

"我就在你身后……"

酸溜溜的刺鼻气体从打开的仓库门中翻腾而出。杰克和蔡斯跌跌撞撞地摸索着走出门——迎接他们的却是密集的枪火。

不出所料，聚集在外面的夜游侠们亲眼看到大量工人突然涌出陈旧的坦克车库，当然会做出反应。他们手持武器，对着抓来的工人开火，大声吼叫要求他们回去。工人被堵在地狱般的毒品厂和枪林弹雨之间，已经四散开来。在摩托骑手们疯狂的报复行动中，许多人或者被击倒，或者受重伤。

杰克将自己的黑科勒科赫冲锋枪切换到点射模式，对夜游侠进行反击。对方大吃一惊，绝对没有想到他们以为没有武器的目标会用十毫米直径子弹对他们进行摧枯拉朽似的攻击。蔡斯和杰克一样，对着露天广场进行了三轮扫射。措手不及的枪手们纷纷被击中，重重地倒了下去，但仅过了几秒钟后，其余人便确定了火力发射的位置。

杰克借助一堆叠放着的叉车木制托盘作为临时掩体，胡乱打光了剩下的子弹，并重新装填完毕。身后地堡敞开的门就像炼狱之口，热辣辣的火浪喷出一条条有毒的舌头。他瞥了蔡斯一眼，看到他干掉了几个目标。"大巴车。"杰克说着将头倾向那辆破破烂烂的灰狗巴士，"你会开吗？"

"当然，如果我和它之间没有那十个家伙就可以。"子弹纷纷击中木托盘，溅得碎片横飞。蔡斯往后缩了缩。

"让那些俘虏们上车，把他们带出这里。无论如何，都不要停车。"

蔡斯认真地看了他一眼："你到底打算怎么办？"

"我会把他们引开。"蔡斯听完，张嘴想要说些什么，也许是想告诉对方那样的做法是个愚蠢到家的主意，他可能会因此丧命。但杰克没等他开口，已经开始行动了。

他大喊一声，从掩体后面冲出，在空地上沿着对角线拼命奔跑，同时用 MP5/10 冲锋枪向身后咔哒咔哒地连续射击。

夜游侠的枪火在他周围划破长空，大口径子弹射中他双脚附近的地面。他疾跑着冲向一片摇摇欲坠的建筑，那里曾经是浴室。他听到身后响起了摩托车发动机的闷吼声。摩托车前灯白色的强光像探照灯一样在他身旁扫过。一颗子弹嗡的一声紧贴他耳边飞过，距离太近，令他不由得缩了一下，差点被碉堡周围塌落的碎砖石绊倒。他猫腰在房子一侧迅速移动，枪声轰轰地响着，子弹不断撵着他的脚跟紧逼而来。

"抓住那个笨蛋！"杰克听到有人咬牙切齿地大吼道，"骑上摩托车，把他撞倒！"

伴随着第一声发动起启动的轰响，越来越多摩托车发动机在咆哮中起动。他知道追捕开始了，脸上浮出笑意。很好。追捕他的人越多，蔡斯就越有机会实现他们来这里的目标。

他大步穿越练兵场时曾经短时间勾勒出他的轮廓的那束白光此刻正从碉堡的侧面扫过。杰克清楚领头的骑手很快就会追上自己。他将 MP5/10 冲锋枪斜挎到肩上，然后从已经倒塌了一半的浴室废墟中里抓起一截生锈的钢筋，接着整个人紧贴在墙壁上。

一辆色泽暗淡的黑色哈雷-戴维森硬汉 883 摩托轰鸣着转过碉堡的拐角，它的发动机发出沉闷的咆哮声，如同狮吼。在杰克挥出铁棍之前，骑手——一名来自达科塔分部的夜游侠——仅有不到一秒的时间来察觉这一迅猛的攻击。整条钢筋击中他的胸部，立刻将他撞离车座，甩过后轮。

没有了骑手的摩托车摇摇摆摆地继续向前冲了一会儿后，蓦然停下，倒在地上，溅起一堆砂石。杰克快步跑过去，低吼一声，费劲地将哈雷摩托扶起，轻松地跨坐到车上，踩下油门，掉头驶向它来时的方向。杰克手握 MP5/10，沿着淋浴区之间狭窄的小巷加速返回，在其余的夜游侠前方开枪射击，一串串子弹朝他们飞去。接着，他一转车头，驶离坦克车库和调配车库。

愈发震耳欲聋的发动机轰鸣的响声打破了静谧的夜。骑手们将追击变成了猎捕，呼啸着驾车紧追杰克。杰克骑在劫来的摩托车上，穿插于遗弃的车辆之间，在这座老军事基地宽敞但却崎岖不平的道路上迂回前进。噪音在布雷克堡荒废的建筑之间回响。杰克再次扣动冲锋枪的扳机时，冒险回头看了一眼。弹夹里的最后一发子弹已经用完，枪管后膛随机咔嗒一声弹开，好在之前的那一轮射击已经产生了效果。紧跟在他身后的一辆摩托车突然滑向一侧，冲进一条已经被泥土堵塞的排水沟。杰克任由弹药耗尽的冲锋枪再次垂至腰旁，然后躬身俯在油箱上，以减小迎面来风对上衣造成的空气阻力。

前方出现了一个丁字路口。这个军事基地废墟只有三四个街区大小，分布在一个宽大的网格中。杰克略作犹豫，考虑是否离开路口，直接在高高的草丛中闯出一条路，但这辆笨重的哈雷并非越野摩托车，如果他掉进那里隐藏着的下水道，一切就完了。

在需要做出决定的最后一刻到来时，他向左拐入一条弯度极大的跑道，开足马力冲了出去，后轮在碾平的沥青上摩擦，留下黑色的印迹。他身后枪声大作。有些骑手试图碰运气，希望一枪将他从车上打落。杰克转动车把，驾着摩托车左右摇摆，令骑手们的企图难以得逞。

"杰克！杰克！"他愣了片刻，才意识到自己听到的这个微弱的声音是从仍然夹在皮带上的对讲机中传来的。"我们出发了。"他听到蔡斯说，"马上离开。听到了吗？杰克，听到我说的话了吗？"

杰克不敢冒险松开手去取下对讲机应答，他只希望蔡斯能够在摩托骑手们意识到中了调虎离山之计前，驾着大巴车带领那些被迫来此的工人们逃离军事基地。

* * *

"见鬼！"犬牙大声吼道。那架小型商用飞机在他头顶上方啸叫着来了个漂亮的转弯，然后准备降落到公路中间。他眨了眨眼睛，意识到接下来将要发生的事情，不由得咧嘴笑了："哈哈，瞧瞧，事情越来越有趣了。"

飞机向路中央的白线落下来，机翼和起落架上的航行灯亮得刺眼。犬牙听到轮胎划过沥青路面时发出的尖锐摩擦声，以及倒退时发动机的轰鸣声。当飞机急剧减速，轮闸发出尖锐的声响时，机身因为飞机降落在一个光滑程度远未达到要求的表面上而剧烈抖动着。

犬牙坐在摩托车上，脑子里根本没有闪过躲开的念头，但和他一同走出小镇，来到这里的其他夜游侠们都已后退。飞机头部与他的摩托车把手之间的距离越来越小，但他仍然面向飞机含笑等候着。毕竟，犬牙曾经降服过一头棕熊,并且活了下来与他人大侃此事。那就是他获得这个绰号的原因。在他眼中,飞机没有什么不同之处。

当飞机最终停止滑行时,机头与犬牙处于怠速状态的摩托车之间相距仅仅二十英尺,他能够清楚地看到主驾和副驾的面孔。他洋洋得意地向他们行礼致敬,但对方没有回礼。他自己咯咯笑了几声,然后下车,慢悠悠地走到飞机侧面。这时,舱门打开了。

一个穿着制服、满脸怒气的人出现在机舱门口:"你不是莱德尔。"

"对。"犬牙承认了,"我是欢迎委员会的。你一定是哈德利特工吧?"他冲着飞机点了点头,"只要降落后人还能活着走下来,就算是不错的着落,对吧?"他轻轻吹了声口哨。

"他在哪里?"

犬牙抬手指了指后方的小镇:"他在为你们准备东西。"

哈德利身后又出现了一个人,面容年轻,表情严肃:"我们这是在哪里?"

犬牙摊开双手:"欢迎来到死限镇!"他指向一辆汽车——一辆满身灰尘的福特轮廓轿车,是摩托俱乐部存放在附近以备需要车子时使用的——然后将钥匙扔给哈德利。"这是为你们参观期间准备的车子。你们可以把你们的鸟儿留在这里,跟我们走。"他漫不经心地回到摩托车旁,启动发动机,调头沿着公路返回。雨滴开始从空中飘落。

他听到另一个联邦特工在提问:"你都干了些什么,哈德利?这是怎么回事?"

"我正在利用现成的资源。"他厉声说,"把其他人都叫过来。马上出发。"

【第十八章】

杰克驾着抢来的哈雷-戴维森摩托驶离布满裂纹的车道，开到一条更加狭窄的小巷中，两边全是低矮但却宽阔的飞机库。夜游侠骑手们仍然紧追不舍。两侧的纯金属片围墙将摩托车的咆哮声来回激荡。他能从一侧看到正在燃烧的毒品工厂升起的烟柱越来越高，就以它为路标确定方向。除了他正骑着的哈雷摩托前灯射出的光亮之外，这里几乎没有任何其他光源，也没有什么标识可以提醒他前方有污水坑或沥青路上有断裂处，只有到了跟前才能发现。追赶他的一辆摩托车已经陷入了这样的坑中。杰克可不想和他一样。

他看到右侧一扇修理库的门半开着，留出的缝隙足够容下两人并排站立。在最后一刻，杰克猛然扭动车把，偏离小道，开进这个空旷的修理库内。他好像听到一颗子弹从门上弹开，发出当的一声，但他没有减速，轰着油门驾车穿过空旷的仓库。

他希望另一侧也有一扇开启的门，但立刻就发现自己错了。顺着车前灯照亮的方向望去，所见之处全是墙壁。杰克明白，自己必须马上行动。判断失误可能令他受困于此，被那些摩托骑手抓到。

哈雷摩托振颤着从什么东西上碾过。杰克警了一眼，是一些废弃的链子，上面已经生锈，弯弯曲曲地横在水泥地上。他踩住刹车降低速度，然后微微侧身，偏离车座，顺手捡起一条粗钢链，拉到胸前。当他再次加速离开时，链子咔哒作响。他熄灭摩托车大灯，前方立刻陷入黑暗中。

其他摩托车已经跟着他冲进修理库，一盏盏车灯将修理库照亮。杰克驾着偷来的哈雷，像导弹一般对准追赶他的人冲过去，随着他的拖拽，链子在地面上发出阵阵哗啦声。

骑手们看到他向自己冲过来，纷纷想改变方向闪避，但为时已晚。杰克高举手臂，一边在头顶甩动如套索般的生锈钢链，竭力投向追赶他的这些人，一边飞驶而过，直奔开着的库门，耳畔响起高速移动的金属与水泥地摩擦发出的剧烈爆裂声，那是骑手和他们的坐骑在他身后倒成一片。

* * *

大巴车轰鸣着在路上行驶，遇到崎岖不平的沥青路段就会颠簸，柴油发动机吃力地发出沉闷的嗡嗡声，然而却被乘客们充满恐惧的喊叫声或喃喃低语声湮没。蔡斯将这一切全部抛到脑后，集中精神让车始终沿着路中央的分道线行驶，希望不会遇上迎面而来的其他东西。

驾驶有些困难，因为要操控巨大的方向盘让车转弯，他感到双肩疼痛。他的那只坏手还不时打滑，他一边咒骂，一边努力握紧方向盘，以免车子失控。

巨大的挡风玻璃上有残留的蜘蛛网，大门口的摩托骑手们试图在那里拦住大巴，但没有成功。蔡斯丝毫没有减速，直接从用作路障的摩托车之间冲了过去。一名射手——动作太慢没能躲开巴士——消失在破旧的灰狗大巴前轮下。蔡斯听到一阵难听的嘎吱声。借着破裂的挡风玻璃的反光，蔡斯能看到身后拥挤在车厢内的人们，数量远远超过了额定的承载人数。超载的大巴车在重压之下轰隆隆地摇晃着前行，似乎随时可能罢工。

接着，他看到前方已经废弃的巨型建筑投下的阴影。就快到了。如果能够成功到达那里，他们就能想出对策，找到办法帮助所有人脱离暴徒摩托骑手的压迫与掠夺。

"大家站稳！"他大吼一声踩下刹车。大巴车摇晃着驶离道路，在一个杂草丛生的停车场骤然停下。蔡斯站起身，抬起双手。几十张面孔同时转向他，各种问题和要求扑面而来。"我们已经离开了军事基地。"他对他们说，"明白了吗？你们自由了。"

回应他的是迷惑与恐惧。先前让这些人上车已经够困难，如今他们虽然在听他说话，但并没有真正相信他。鉴于这些人都是被骗到死限镇的，蔡斯觉得不能过多责怪他们。

"听着,"他打开车门,再次开口说道,"大楼里还有一辆车,我可以再找一个司机……我们可以一起离开——"

蔡斯还没从巴士门边的台阶下到路面,漆黑的雨中突然冒出一个人影,一手抓住他的夹克,将他向前拽下了车。他还没有反应过来,腹部就被踢了一脚,痛得他弯下腰去,说不出话来。

他听到此起彼伏的喊声和尖叫声。周围忽然出现许多雪亮的灯。蔡斯用力地眨了眨眼睛,连忙用手遮住光线。

一个人从一排停着的摩托车后走了出来,正是不久前蔡斯离开废弃的军事基地时看到过的那个人,好像是这群摩托骑手的老大。摩托车的前灯全都发出耀眼的白色光芒。他背着光,走到佝偻着的蔡斯身旁,将手下推到一边,想把蔡斯看清楚一些。"你是其中的哪一个?"他嘴上这样问,却没在意是否得到回答,"啊,这个问题不重要。你不是芝加哥那边的。你想破坏我的计划,那是不可能的。"

"你……一定是莱德尔。"蔡斯费力地说。

蔡斯的话令对方脸上浮出一丝冷笑。"这里是我的地盘,朋友。他们都是我的兵,我的臣民,你弄明白了吗?你别掺和进来捣乱。"他环顾四周,"你真以为自己能把那些贱货从曲轴箱俱乐部带走吗?还有这些白痴?"他指向挤在车上满脸恐惧的人们,"蠢货。你会为此付出代价的。"

莱德尔对手下点点头,他们全都围上来,准备朝蔡斯开枪。

* * *

当杰克看到滚滚浓烟翻腾着从燃烧的坦克车库中冒出时,意识到自己已经绕着布雷克堡跑了整整一圈。他在驾车狂奔的时候,还大着胆子回头用手枪射击。尽管如此,仍有骑手紧跟在他身后。他不知道自己是否能够摆脱他们。

但很快他便不再关心这个问题。他刚要驶过燃烧夜的游侠非法工厂废墟时,大火中突然传来爆炸声,如同引爆炸弹般强烈。他没办法弄清楚是怎么回事——也许是一些化学药品桶温度过热,超过了临界点——但这种剧烈的爆炸足以炸烂那些金属门和仓库四面的通风口,而且令厚厚的混凝土房顶塌陷。

一股气浪将杰克从摩托车上掀翻,令他和车子朝不同方向旋转着飞出。他嘭地跌回地面,滚出几步,最后狠狠撞到一块突出的沙丘上,差点背过气去。

燃烧的碎片雨滴般在他周围纷纷落下。刚才被抛在空中时,杰克发现大团火球直扑那些追逐他的摩托骑手,一辆摩托车和车上的骑手随即被火焰吞没。如果其余车手也被致命的热度笼罩,也会遭遇相同的命运。

他摇摇晃晃地重新站起来,太阳穴突突直跳。他发现自己那辆摩托车倒在几英尺外的地方,车轮还在转动,但车架已经弯曲,整流设备的一部分已被扯掉,不过这辆哈雷摩托非常结实,还能上路。

灼热得足以致命的热浪扑面而来。杰克强忍着被炙烤的痛楚推着摩托车向前跑,直到发动机点燃,他才跨上车座。周围的场景如同拍摄于某个硝烟弥漫的战场的照片。他转过身,骑车离去,任由大火吞噬一切。

* * *

克尔纳驾驶着那辆破旧不堪的福特车。在哈德利的坚持下,他跟在摩托骑手们的后面,沿着笔直的公路驶往镇上。

戴尔留守飞机临时着落的地方,不过马金森也和他们一起来了,现在她就坐在后排检查她的武器,同时非常警惕地盯着在前方带路的暴徒。"这些家伙能带我们找到鲍尔和埃德蒙斯?"她对此显然心存疑虑,她从一名摩托骑手的夹克背后看到了摩托俱乐部的名字,"夜游侠摩托俱乐部……?他们到底是谁?"

"这只是我们达到目标的一种手段罢了。"哈德利说,"我会来处理这件事。"

克尔纳想说,不,看样子你根本处理不了。此时此刻,他更加担心哈德利特工已经对这项任务失去了一切判断力。然而，他只是缄默不言。坦白地说，克尔纳并不确定自己如果进一步对此人进行挑战，对方会做出何种反应。

他期望能够直接被带入小镇的中心，但在他们还没有到达死限镇的外围之前，摩托骑手们就转弯驶向一片乌黑的建筑群。直到离得很近时，克尔纳看清是在一片被遗弃的仓库，还有更多的夜游侠聚集在外面。

"那是……一辆大巴车？"马金森透过车窗眯着眼看了看，"那里有一辆灰狗巴士。这是怎么回事？"

她没有看错。公路一侧远处停着一辆客车，几名摩托骑手站在旁边看守着。克尔纳将脸贴到车窗上。不过，他们的车子这时刚好停下，那名刺着纹身迎接他们的骑手正在车外看着他们。

"别下车。"哈德利说完下了车。

克尔纳飞快地瞥了马金森一眼："你别动。"

"他说的是我们两个。"她答道。

"我知道他的意思。让我们坐在车里，万一情况不对，就准备撤离这里。"克尔纳走下车，跟在哈德利后面往前走去，同时把一只手放在装在皮套内的手枪枪把上。

哈德利生气地瞪着他。"我说了让你们等着。"他身后，一名凶神恶煞的骑手正在走近，"这是命令！"

"我也是按照局里的规定，做你的后援。"

哈德利本想说点别的，但此时恰好从西边传来低沉的爆炸声。所有人立刻紧张起来。克尔纳转身看到几英里外有橘红色的火团在空中翻滚。

"究竟怎么回事啊？"哈德利身后的骑手恶狠狠地说："他妈的……"他的声音慢慢小了下去。然后，他咬紧牙关吸了口气，指着领头的特工："你看到了吧，联邦调查局先生？那是我的钱在那里燃烧！这都是因为在我身边的都是一群白痴！"他愤怒的目光在手下的身上扫过，有些人不由后退几步。

"你是本杰明·莱德尔吧?"哈德利语气平静。

"你选择的时间不是太差,就是太好,哈德利特工先生。"莱德尔吐了口痰,"我现在警告你,如果那是你干的……"他伸出一根指头,指了指远处的火柱,"法官就得为我对你和你的人所犯下的罪行想些新词。"

哈德利交叉双臂,抱于胸前,对他的警告无动于衷:"我来告诉你这是怎么回事吧,莱德尔。是杰克·鲍尔。他是个到处惹事的家伙。我猜你在这个镇上的那些见不得人的小企业无论做的是什么生意,都碍了他的事。"

莱德尔哼了一下,然后发出刺耳的大笑声:"这算是威胁吗?"

"不。这是事实。正如我在电话中告诉你的那样,他是一个非常危险的人物。难道你到现在才明白我说的意思吗?"

不法摩托骑手脸上恶毒的假笑慢慢消失:"你提到过交易。"

"对。"

"我想过了。"莱德尔冲着他们前方那座被烧黑的建筑——一座被废弃的大型超市的外壳——点点头,"过来看看吧。"他迈步上前,他手下的人尾随在他身后。

哈德利刚要跟上去,却被克尔纳拉住了胳膊。"等等。"他压低声音,以免被其他人听到,"什么交易?你没有被授权答应什么交易!你答应了那个混蛋什么?"

"提供信息,有关圣路易斯对夜游侠摩托俱乐部那停滞不前但仍在继续的调查、哪些电话正在被监听、线人的姓名等等。反正足以令莱德尔在他的整个毒品链条被铲除之前逃之夭夭。"

克尔纳简直不敢相信自己的耳朵:"这一切有什么回报?鲍尔的性命吗?你疯了吗?"

"记住两点。"哈德利倾身靠近他,"一,我告诉莱德尔我会给他的东西,不会是他真能得到的。"哈德利吼道,"二,如果你阻挡在我和我的目标之间,我就开枪打死你。"

* * *

蔡斯眨了眨眼睛，颤抖着坐在地上。摩托骑手们已将他拉进内部已被清空的巨型商场，然后将他扔在从脱衣俱乐部偷来的厢式货车旁。他只能无能为力地看着那名叫斯迪克斯的摩托骑手带来罗瑞尔、翠西以及其余的姑娘们，并命令她们站成一排。

他看到罗瑞尔朝自己这边看来，她脸色苍白，眼里充满恐惧。"对不起。"除了道歉，他找不到其他话语。

"不是你的错。"她对他说，"我早该料到我们永远无法活着从这里逃走。"

"还有机会。"蔡斯坚持说。

"闭嘴。"斯迪克斯吼道，"你们两个！废物，你们必须为自己对塞米所做的一切负责！"

莱德尔走进破烂的门洞，走在他身边的是两位刚刚到来的人，当然不属于那群摩托骑手。蔡斯一看到这两个联邦特工，就从他们衣服的剪裁和行为举止上猜出了他们的身份。然而，他们此刻出现在这里，只能让他更加担心。

"这么说，"莱德尔说，"这不是你们的鲍尔？"

两名特工中较高的那个摇了摇头。他脸色阴沉，一双眼睛看人时神色冷漠。"蔡斯·埃德蒙斯。"他淡淡地说出这个名字，仿佛不是要跟蔡斯说话，"你不应该又活回来的。"

"他身上有这个，老板。"斯迪克斯交给莱德尔一样东西。蔡斯这时才意识到那是他的对讲机，是摩托骑手们将他打倒时，连同防弹背心和枪械一起夺走的。

"这下好了。"莱德尔漫不经心地摆弄着对讲机，"我们就来场追捕。"他高兴地为自己说的玩笑话咧了咧嘴，然后走向那排女人，一手抓住罗瑞尔的手腕,将她拉到一边。他将对讲机放到她手中:"说吧,可爱的婊子,和鲍尔先生通话,问问他在哪里。把对讲机举高,好让我们都能听到。"

罗瑞尔看着蔡斯,并朝着他的方向挪动一步,然后犹豫起来:"我……我不知道……"

莱德尔走到蔡斯旁边蹲下来。他从外套下掏出一把沙漠之鹰手枪,朝着罗瑞尔的方向挥了挥:"你应该鼓励鼓励她,伙计。因为我经历的这一天已经够漫长,如果她浪费我的时间,我可能会打爆她漂亮的脑袋。"

"她跟这一切无关。"蔡斯说。

"噢,当然有关。"莱德尔坚持说,"你和她,还有你的同伴,看看你们今天晚上给我带来的这些麻烦。"他冲两名特工点点头,"现在又扯进联邦特工?你们杀了我的弟兄,烧毁我的货物,还不够吗?"

另一名特工年纪较轻,听到这里向前冲去,但年长的特工挡住他,对他说了些什么,蔡斯没有听到。

"我会先杀了她。"莱德尔说。

蔡斯怒视着那个深色皮肤的特工:"你准备看着他这样做?"

"如果我是你……"这名特工没有采取任何干涉的举动,"我会按照他要求的去做。"

蔡斯挪开目光,发现罗瑞尔正看着自己。他不情愿地点了点头。

罗瑞尔忍住哽咽,将对讲机举到嘴巴的旁边,按下了"通话"键:"杰克?你……你能听到我说话吗?"

* * *

杰克在路旁一片平缓的高地背后停下摩托车,取回之前藏在那里的装备包。他正在给 M1911 手枪装子弹时,在微微的雨声中听到对讲机打开的频道中传来一个女声。

"罗瑞尔?"他飞快地环顾四周,在草地中搜索任何可见的威胁,不过什么也没看见,"你在哪里?"

"和蔡斯在一起……我……"她惊慌失措,"他们在这里,杰克!他们发现我们了!"

他再次大声喊叫她的名字,但接下来听到的声音却不熟悉:"杰克·鲍尔,是你吗?"

"你是谁?"

"你不是一直在找我吗,杰克?你不知道从哪儿冒出来的,却跑到我的镇上,还搅乱了我的生意,你以为自己能够就这样溜之大吉吗?"

"莱德尔。"杰克皱起眉头。夜游侠一直都比他预料的更狡猾。"我有一些坏消息告诉你。"他转头朝破旧的军事基地看了一眼,"你的生意现在不过是地面上一个冒烟的洞。你的大部分人或者跑散了,或者已经死了。"

一阵短暂的沉默。"让我来问你件事。我哪里得罪你了吗?我干过你的妹妹,还是偷过你的钱?帮我想想,杰克。告诉我,你为什么这么恨我,四处找我的麻烦?"

杰克飞快地瞥了一眼自己的手表:"那是我的事情。"货运列车不出一小时就会到达死限镇。他没有时间处理任何复杂的情况。"你如果够聪明,现在马上离开这里。等到天亮的时候,大批联邦特工就会挤满这个地方。到那时,你就无路可逃了。"

莱德尔冷笑一声:"联邦特工,哈哈?的确令人担忧。不过,我告诉你,我有更好的计划,是这样的。我打算毙了你,然后拍拍灰尘,继续做我的事,就像你从来没来过这里。"

"那就来抓我吧。"

"不。"莱德尔故意漫不经心地说,"我想,我会先把一颗子弹射入这里一位金发小美人的身体,除非你来阻止我。"

杰克听到罗瑞尔在大叫,心头一紧:"你要杀一个手无寸铁的女人?你难道是个不折不扣的胆小鬼?"

*　*　*

莱德尔夸张地耸了耸肩，然后向废弃的建筑内部张望了一番。"杰克，兄弟……"他提高嗓门，好让自己的声音通过对讲机让对方听到。不过，他实际上是在他的观众们面前演戏。"你真的认为我还有一点点在乎我们从贫民窟里挖出来的这些贱货吗？你认为我还会有一点点在乎任何人，甚至我的兄弟们吗？"他呵呵地笑了起来，"我猜，你觉得我是一个言不由衷的人。那就让我来纠正你对我的看法吧。"他转身举起沙漠之鹰手枪，用大拇指拉回撞针。

罗瑞尔瑟缩着朝后退，同时举起双手，仿佛这样就能阻挡即将结束她生命的那颗子弹。

蔡斯拼尽身上残存的所有力气，突然从尘土中起身冲向前去。他抓住莱德尔，两人扭打在一起，来回翻滚着。

蔡斯用那只没受过伤的手紧紧攥住摩托骑手的胳膊，用力将它拉开。沉重的手枪开火时发出单调短促的响声。枪口被迫转向，子弹射中上方一个金属架。他与莱德尔展开了面对面的搏斗，拳击脚踢，各种招式都用上了。

斯迪克斯和其余十多名夜游侠迅速持枪在手，但没有人愿意冒险射击。蔡斯和莱德尔扭打在一起，彼此间的距离不到一拳之隔。事实上，在目前的情形下，如果任何一个手下剥夺了莱德尔亲手杀死蔡斯的机会，他都很可能会大发雷霆。

蔡斯和莱德尔纠缠在一起，摇摇晃晃地转了一圈又一圈，如同一对动作笨拙、行为野蛮的芭蕾舞者。

那把巨大的沙漠之鹰手枪夹在两人中间，由于他俩都试图将它指向对方，楔形枪口来回晃动着。莱德尔大喊着再次扣动扳机，结果随着一声巨大的枪响，屋顶被射出一个洞。蔡斯距离太近，被抛壳口飞出的黄铜弹壳和从面前掠过的呛鼻气味惊得一缩。但他旋即抓着枪筒，紧握着因射击而发热的金属枪管，手掌感到阵阵灼痛。

渐渐地，凶悍的莱德尔开始占上风。他一点一点地将沙漠之鹰的枪口推向蔡斯的胸膛。

"去……死吧……"莱德尔咬牙切齿地挤出这三个字。

蔡斯挥出被枪管烫过的那只手，从莱德尔背后打出一记勾拳，打得那家伙的耳朵嗡嗡作响。他抓住这瞬间的机会，反射性地攥住枪，拼力想从对方手中将其夺出。

但他没有成功。他受伤的那只胳膊上仿佛亮起一串火星，直逼他的神经末梢。他的手指感觉迟钝，只是抖了抖。他无法紧紧抓住整个手枪枪柄和扳机，无法抓住这件武器。那只因受伤而半死的手已经令他的生活备受折磨，此刻，当蔡斯·埃德蒙斯最需要它的时候，它再次辜负了他。

莱德尔的神色变了，好像从蔡斯身上发现了什么，如同位于食物链首端的食肉动物感觉到死亡的阴影降落在被掠夺者身上一样。摩托骑手用胳膊紧紧缠住蔡斯的胳膊，前者的胳膊上布满污点和图案复杂的黑色纹身，后者的胳膊上纵横交织着早已愈合的疤痕。

当蔡斯意识到自己绝对不可能再阻止对方时，心头涌起一阵冷森森的惧意。不应该是这样的！这样不对！他一直在为夺回生活试图抢走的每一场胜利而拼搏，在所有的回击和失败中幸存下来。突然，他脑中出现了金姆微笑的面庞和明亮的眼睛。他还想到了安吉拉，想到了自己多么爱她，却一直为没有成为她所需要的那种父亲而感到的愧疚。

慢慢地，沙漠之鹰粗笨但却幽深的枪口一点点向后调转，径直抵在蔡斯的胸膛上。

"砰。"莱德尔说着扣动了扳机。

* * *

"该死的！"杰克听到了空洞的枪响，冲着对讲机怒吼道，"你这个混蛋！"

杰克忽然感到一阵阵冰冷的寒意在皮肤上游走，呼吸也变得有些困难。

他抓住对讲机,沉默无言,开放频道里传来细碎的噼啪声响。

"你的……朋友……"是罗瑞尔的声音,她在抽泣,"天呐,蔡斯……"

"怎么了?"她的话如同拳头砸在他的心头。

对讲机里传来咔哒咔哒的扭打声,有人从罗瑞尔手中抢去了对讲机。接着,他听到莱德尔沉重的喘息声:"杰克……计划变了。这个姑娘仍有呼吸。不过,你的朋友好像不行了。"

然后,莱德尔似乎担心刚才那段话还不足以让杰克心生恐惧,又让杰克听到了一种困难的呼吸声。杰克脚下一软,双腿失去力气。他跌坐在路边,听着蔡斯·埃德蒙斯最后的呼吸。

"对不起……"对讲机里传来的声音如此微弱,他不敢确定自己是否真的听到了。接下来便是一片死寂。

在那一刻,杰克·鲍尔的心中充满恨意。情感似乎已经在他的体内枯竭。心中的怒火被熄灭,他感到整个人如同被抽空。

又一个。他低头看着自己被烟熏黑的双手,思索它们沾染过的血。又一个朋友死了。那些看不见的伤疤埋藏在他的灵魂深处,每一个伤疤都代表着过去这些年来失去的生命。

杰克战栗着吸了口气,即便内心已经磨炼得非常强大,他仍能感觉到悔恨与悲伤蜂拥而入,身旁无数灵魂威胁着要将他拖进悲痛的漩涡中。

"不。"他猛地站起身,内心的空虚如同来时那般迅速消散。空虚过后出现的是其他东西,杰克对此再熟悉不过。

愤怒。像钻石般锋利到可以伤人的愤怒再次溢满他的心。

莱德尔的声音正从对讲机中传出。"我知道你还在听!这个蠢货的事到此为止。老兄,你的账还没有算清。十分钟之内,你如果不投降,我就开枪打死两个女人。再过十分钟,就再打死三个。"他对着对讲机怒吼,"你听到了吗?你的好兄弟只是第一个!我会将这些垃圾一个一个杀掉,直到你过来投降!"

杰克丢下对讲机,沉默不语地走回被扔在一旁的哈雷摩托。

【第十九章】

"你知道究竟发生什么事了吗？"马歇尔双手叉腰，怒气冲天地看着犬牙。

"报应。"对方回答。他们俩站在破旧的灰狗巴士门前，一边听着从废弃的大超市内传来的喧嚣声，一边注视着车上惊恐万分的乘客。犬牙顿了顿。有那么一会儿，他觉得自己听到风中夹杂着摩托车发动的声音。

"听声音像是莱德尔在里面发火。"马歇尔还在说，他摩挲着自己的下巴，"伙计，如果这件事情就这么完了，或许是时候考虑退路……"

"你什么意思？"犬牙扫了他一眼，目光如刀，但接着就转移了视线。停在路对面的灰扑扑的福特轿车吸引了他的目光。他注视着坐在司机座位上的那个女人。她毫不胆怯地回看着他，好像在挑衅他。

"我是说，那个在外面四处搜罗这些白痴，并恐吓他们来制造毒品的家伙是谁呀？"马歇尔冲着大巴车扬了扬下巴，"是我。他们都认识我。我的脸已经被人记住了，犬牙。如果整个骗局出了问题，我就会遭殃！"

另一个骑手伸出粗壮的手指戳向他的胸口："你忘了自己是谁了，马什？你在外面走动的时间太长，肩上没有受过伤，现在思维开始有些像普通老百姓了。兄弟，摩托俱乐部就是家，别忘了这一点。"

马歇尔用力吁了口气："是的。是的，这我知道。不过，妈的，先是曲轴箱俱乐部被烧，现在又轮到了工厂。我的意思是，难道我们吵醒了带来霉运的恶魔吗？"

"差不多吧。"一个声音说。

一个人从停靠的大巴车前端绕过来。他留着短发，脸上坑坑洼洼的。犬牙在脱衣舞夜总会看到过这张脸，正是斯迪克斯说的那个杀掉可怜的塞米后放火的人。

马歇尔转过身，但他在车座上时的反应很迟钝，还没等他看清对方的动作，那个人已经向他扑了过来。那人将手中握着的枪当作棍棒敲向马歇尔的太阳穴。马歇尔的身体飞了起来，最后四仰八叉地摔进草丛中。

犬牙的动作较快，右手伸向身体左侧，拔出一支枪管极短的柯尔特点三八口径左轮手枪。但武器刚从皮带圈里抽出，他就发现眼前出现了一把M1911半自动手枪，枪口已对准他的鼻尖。

* * *

"放下枪。"杰克说。犬牙不情愿地照做，把枪丢在脚边的地上。这名骑手注意到，在他上方，大巴车里有些被抓来的工人正在透过车窗观望这场尚未展开的打斗。

但马歇尔还没有失去意识，他从杰克的击打中缓过劲来后，不顾头上正在流血的伤口，摇晃着站了起来，伸出爪子一样的双手，木然地扑向杰克，发动进攻。

尽管犬牙这时已经俯身抓向刚刚被扔掉的手枪，但杰克用眼角的余光瞥到了马歇尔的动作，只得转身迎向他笨拙的进攻。杰克纯粹凭着不是你死，就是我亡的直觉，挡住了马歇尔还没有完全施展开的攻势，将对方的胳膊扭到身后，并利用马歇尔的体重，死死扣住他的咽喉用力扭动，只听咔嚓一声，骑手的脖子被扭断了。

马歇尔再次倒下，这也是最后一次。杰克转过身时，挎在肩上的沉重运动包耷拉到他背后。他看到犬牙的手指就要扣住点三八口径手枪的扳机，再度下意识地做出了反应，拼死一跃，在犬牙还没来得及起身前，扑到了对方身上制伏了他。让犬牙死比让马歇尔死更费时间，但结果相同。杰克几乎无声无息地杀掉了这两个人。也就是说，莱德尔和他其余的手下还不知道刚刚发生的事情。

杰克两三步登上大巴车，发现车上的乘客全都惊诧地盯着他，没有人说话。在他们眼中，他就像一个皮肤发黑、嗜杀成性的魔鬼。他走向他们，他们却向后退去。"其余的人在哪里？"他追问他们。

"在——在里面！"一个红皮肤的男人说，"求求你，不要伤害我们！"

"藏起来，别被发现。"杰克发出命令，然后转身离开，跳回地面。

"鲍尔。"一个身着黑色职业套装的女人正等着他，手中那把枪的撞针已经扳起，枪口对准他的头部。她满脸倦容，但表情严厉，眼中投射出职业特工才具备的冰冷目光："举起手来。"

杰克没有照做，只是注视着她。"我认识你。"他开口说，"我在纽约见过你，还有哈德利。"杰克咧咧嘴，脸上浮现出一丝假笑，"我之前还在想你们什么时候出现。"

"我是联邦调查局特工马金森。"她表明自己身份的同时，掏出了手铐，"你被捕了。"

杰克朝大型商场的方向看了一眼。"我没时间和你浪费。"他的目光停留在附近停着的福特车上，"我需要那辆车。"

"你不能离开，鲍尔！"她厉声道。

"如果你给我戴上手铐，你觉得在莱德尔打爆我的脑袋之前我能坚持十几秒钟吗？"他向她走近一步，"你也听到了那些枪声。他刚刚冷酷无情地杀死了我的朋友！哈德利尝试过阻止他吗？"

马金森的枪管轻轻垂下，脸上僵硬的表情也随之缓和："我有令在身。"

"你接到的命令跟这一车被奴役在这里的毒品工厂干活的无辜人们有关吗？"杰克朝身后的大巴车指了指，"你想做好事吗？那就帮帮他们，帮这些人从这里逃走。因为我可以确定哈德利特工根本不在乎他们，也不在乎你，只有看到我死了，他才会动容。"

杰克从她的表情看到了她态度的转变。她在慢慢接受他的观点。"哈德利已经偏离了正轨。"马金森放下武器，承认道，"走吧。"

"不要犯同样的错误。"杰克对她说了这句话之后，便迈步走向汽车，同时取下肩上的装备包。

* * *

莱德尔瞥了斯迪克斯一眼:"多长时间了?"

"两分多钟,他应该马上就到了。"斯迪克斯说。

莱德尔点了点头,"情况看起来对你不妙啊,罗瑞尔?"他色眯眯地看着她,然后把视线转移到她旁边年纪略大的女人身上:"对你也是一样,切瑞。最好向你的老板妥协吧。钟在滴答滴答地走。"

他与同哈德利一起来的那个年纪较轻的联邦调查局特工的目光相交。莱德尔了解他在对方脸上看到的表情,他太了解了。厌恶与憎恨。在那些自认为比他高一等的人脸上,他无数次看到过同样的表情。他摊开双手,挑衅地看着那名特工,看他会作何反应。

对方的确有所反应。"这个畜生当着我们的面杀了埃德蒙斯!"那名特工对哈德利说,"难道我们就这样袖手旁观吗?"

"埃德蒙斯曾是杀人嫌疑犯,潜逃在外,克尔纳。"哈德利将头转向一边,"而且我觉得莱德尔的行为看起来像是在自卫。"

"那这两个无辜的女人呢?"克尔纳将手伸向自己的手枪,"那又算什么?"

"别,别那样。"莱德尔作了一个手势,其余十多名站在周围的夜游侠突然全部懒洋洋地将枪瞄向克尔纳特工。他顿时僵住了。"你不会愿意蹚这塘浑水的,孩子。"莱德尔接着说,"看到了吧,死限镇就是这样,和过去不太平的日子里的情况差不多,对不对?这也是一种公平。如果你们的朋友鲍尔不露面,这些女士们丢了小命,可都是他的错。他所要做的就是投降。"

"他会来的。"哈德利说。

"还剩六十秒……"斯迪克斯刚开口,声音又随即变小,因为此时楼外响起了发动机的轰鸣声,以及轮胎在布满裂缝的水泥地上划出的尖锐刺耳的嘎吱声,"那辆车……莱德尔,车子在动……"

摩托俱乐部提供给哈德利一行的福特轮廓轿车已经发动,毫无预警地突然掉头，面向那些被打开的通往这座废弃建筑内部的破门。汽车突然加足马力向前冲来，直奔入口，车子的远光灯射出刺眼的光芒。

"那个女人究竟在干什么？"斯迪克斯大声说。

"那是鲍尔，你这个蠢货！"莱德尔吼道，"打死那个狗娘养的！"福特车在杂草丛生的停车场上飞驰，每一秒钟都在逼近。夜游侠们瞄准车子开始射击。莱德尔伸出一根手指指向哈德利和克尔纳："如果不想死，就别碍事！"说罢，他很快占据了一个能够在汽车靠近时对它进行射击的位置。联邦调查局特工和货车上下来的女人四处寻找躲避子弹的地方。

莱德尔的重型手枪在散热器的格栅和挡风玻璃上爆出拳头大小的洞，但他仍旧看不清飞奔过来的轿车内的情况。一缕缕白色浓烟从福特车打开的窗户翻滚而出，好像车内已经着火——但里面没有火焰……

子弹击中汽车的引擎盖，火花四射，一颗子弹幸运地打中了右前方的轮胎，但没能阻止汽车的前进。车子从打开的门冲进时，刮到了墙壁，车轮在潮湿的水泥地面上打滑，门框也被撕裂了一部分。莱德尔连忙扑向一边。

仍然在冒烟的福特车撞到一根支撑屋顶的铁柱上后，才完全停住。撞击的力道如此强大，用预制板建成的整个大楼似乎都在晃动。令人窒息的白烟从车子破碎的窗户滚滚而出。莱德尔这才明白，杰克·鲍尔绝对没有在车里。他肯定是将车子发动后，朝后座投进了一打烟雾弹，并设法令车子冲向他们。

也就是说……

莱德尔迅速向后转身，面向撞坏的门洞。这时，许多细长的黑色圆筒沿着地面滚进来。他连忙抬起双臂抱住头部滚开，来不及警告其他人。爆炸声立刻响个不停，周围所有人瞬间临时失明失聪。

* * *

进入这座废弃建筑轻而易举。毕竟，这些人都是普通的罪犯，不像这位雇佣杀手习惯面对的那些训练有素的危险人物。

秘密潜入死限镇，并发现这个地方一片混乱，真是不错的运气，执行任务也因此更加容易。这些骑着摩托的暴徒的注意力全都集中在他们肮脏的小王国上，因为此刻它正在遭受严重的破坏。趁此机会，雇佣杀手已经突破他们的阵线。两名摩托车骑手在此过程中已被打死，都是被装了消音器的瓦尔特 P99 半自动手枪近距离击中。他们的尸体躺在大型商场外几百米远处的下水道里，估计等到开始腐烂的时候才有可能被发现。

在不被人发现的情况下爬到房顶则是一项极具挑战性的任务。起初，货车旁只有逃难的女人们，但不久之后，一群摩托车手和他们的首领来了，事情开始变得棘手起来。然而，如果不擅长调整策略，雇佣杀手就不足为道。至于找到合适的射击隐匿点之后，从背包里取出复仇者狙击枪的部件进行组装，那就是小菜一碟了。

这种武器拥有一个体积庞大的热光瞄准器，可以穿透烟雾弹制造的烟霾，将下面的每个人以白影的形式呈现。较亮的闪光点指明了枪炮正在开火的位置，狂乱的连续射击致使枪口不停地闪现火光。

雇佣杀手通过瞄准器前后移动视线，立刻发现一个人影从撞坏的门洞进入。那是一个男人，猫着腰，带着一把冲锋枪。

* * *

杰克悄悄溜进废弃的购物广场，MP5/10 冲锋枪仍然稳稳地挎在肩上。他接着开始挑选目标，结果发现六名夜游侠摩托骑手仍然被分散注意力的烟雾弹搞得晕头转向，不是盲目射击，就是跌跌撞撞地寻找掩体。因此，他认为对付他们不需要采取特别策略。

短暂的思考之后，他打算利用冲锋枪进行三轮扫射，击中目标的头部，趁着他们还没镇定下来并进行有力防卫之前将他们打倒。杰克任由自己的思绪暂时陷入猎人般的狂野状态，眼前只有目标，只有等待自己淡然射杀的敌人。在这一刻，他再次成为士兵，投入他熟悉的战争。

一名端着重型 SPAS-12 散弹枪的骑手躲过杰克的强攻，企图瞄准他进行射击。但他仍在杰克的射程内。因此，当他从一处布满灰尘的展架后起身时，立刻被杰克击中。杰克藏身在一根粗大的水泥支柱后，以此为掩体，将目光掠过四周，又发现了几个目标，并在他们联合进攻之前将他们干掉。

杰克的视线从停放着的厢式货车上扫过时，与罗瑞尔的目光相遇。这个年轻女人正伏在车轮旁，看到他后先是大吃一惊，接着便冷静下来。不过，杰克能够看出，她心中明白危险远远没有结束。罗瑞尔随即将目光移开，脸上闪过一丝愧疚。杰克随着她的目光看去。

蔡斯四肢摊开仰面躺在那里。看到曾经的搭档倒在那里，杰克再也无法保持镇定。曾经赋予杰克力量，帮助他通过诸多阻碍的愤怒再次涌现，原始的复仇欲望如同辛烷燃料一般燃遍他的全身。

"莱德尔！"他大声吼叫，"我找你算账来啦！"

* * *

听到鲍尔大声喊自己的名字，莱德尔冷笑起来。如果杰克大声叫他出来决斗，就像某种古老的西部仪式一样，那莱德尔会非常乐于成人之美。他没想到他的手下正在他身边倒下，也没想到杰克·鲍尔或许是他过去从未遇到过的敌手。这一切对他而言都不重要。斯迪克斯被近距离击中，倒了下去，即将流尽最后一滴血，莱德尔却根本没去考虑这件事，也绝没想过有多少个夜游侠已经在刚才的混战之中丧命。他才是最重要的，他代表着整个俱乐部，因为他是俱乐部的创建者中仅存的一个人，也是整个俱乐部的灵魂人物。

在那一刻，莱德尔并不在意周围的一切是否已经坍塌，不在意摩托俱乐部赚到的每一枚肮脏的硬币和每一张血染的纸币是否已经化为灰烬。他一心只想要鲍尔的命，就在这里，立刻，马上。

莱德尔高声怒吼着，高举沙漠之鹰走了出去，开始射击。大口径子弹一颗接一颗地射向鲍尔藏身的柱子。大块的砖石被炸成碎片，灰尘弥漫在空中。大口径手枪雷鸣般的隆隆声在废弃的建筑内久久回荡。

突然，鲍尔疾驰起来，一边全速奔向一堆废弃的冰柜，一边转身朝后方开枪。一颗子弹擦着莱德尔的大腿飞过，划开一道血淋淋的长沟。莱德尔能够感觉到子弹散发出的熊熊怒火，但他仍然不停地射击，终于有一发子弹找到了目标。

一枚点五零直径的子弹正好击中鲍尔的胸膛。强大的冲击力将他震飞。莱德尔看到他摔进一堆乱七八糟的东西中间。

但是没有死。暂时没有。莱德尔拖着伤腿，一瘸一拐地向前走去。他要结束这一切。

* * *

从奔跑到仰面躺在地上，这个变化似乎瞬间发生。杰克的躯体感觉如同被一头公牛踢中。当他试图爬起来时，疼痛却如一把火蔓延整个胸膛。他挣扎着呼吸，肺部仿佛在被无数把刀子切割，嘴里感到一丝苦涩。那把MP5/10手枪不见了。

他紧紧蜷缩起身体，积蓄力量侧过身去。他闻到穿在外套下的防弹背心散发着塑料烧焦的气味。正是这件防弹衣挡住了那颗大子弹，它的动能转化成了热量。

莱德尔正大步向他走来。摩托骑手们要么已死，要么将亡。现在还有战斗力的只剩他们两个。

"你不该多管闲事的，笨蛋！"莱德尔举起沙漠之鹰，大声喊道。

剧烈的疼痛令杰克无法做出回答。于是他用手指慢慢抓住别在皮带上的半自动手枪，让枪代替自己说话。莱德尔还没来得及做出反应，杰克已经半卧着从低处开火。有两枪打中了莱德尔。

莱德尔痛苦地惨叫一声，双腿一软，硬生生地摔向水泥地面。他迅速将沙漠之鹰戳向地面，以支撑全身的重量，阻止自己完全跌倒下去。

如果换做其他人，可能会放弃，任由自己倒下，但即使在别无选择的情况下，这名摩托骑手的词典里也没有"放弃"这两个字。莱德尔恶狠狠地朝着杰克的方向啐了一口唾沫,趔趄地后退几步,猛地抬臂,准备将弹仓里的最后一发子弹射出。

但在莱德尔的手指扣紧扳机之前,杰克再次开火。一颗子弹从摩托骑手的下颌骨正中穿过,暗褐色的液体随即飞溅到布满道道血迹的地面上。莱德尔身体一软,向前扑倒。

* * *

杰克用了很长时间才站起来,每一个动作都牵扯得全身发痛。他抬起手,拉开裹在胸口的厚重防弹衣上的带子,正在收缩的防弹衣从肩膀上掉落。他感到自己终于可以再次呼吸,不过吸气时仍然疼得发颤。他抬起头,他的目光从头上深色的屋顶掠过,然后挪开。

"杰克……"一个声音在喊他的名字。他没有理睬。

他将手枪插入枪套,一瘸一拐地走向货车。快要达到时,他停下脚步,在蔡斯的尸体旁蹲了下去。他伸手触摸尸体时,一股难以言表的复杂情感在他内心翻滚。他小心翼翼地将手指轻拂过朋友的脸庞,替他合上双眼。

"对不起。"杰克低声哽咽着说,心中十分难过。我从没想过他会这样。我需要他的时候,他从不提出质疑。

瞧瞧他付出了怎样的代价。尼娜的灵魂再次出现。杰克知道,如果自己闭上眼睛,就会看到她正站在那里,无声地谴责他。更多的人死去,更多的仇要报……无休无止,什么时候才到头?

当你失去了所有人后,你该怎么办,杰克?

"杰克,小心!"他意识到罗瑞尔在大声呼唤着自己的名字时,已经晚了。

"鲍尔!"一个黑影罩住了他。他抬眼看去,正好跟哈德利四目相对。这位联邦调查局特工已经拔出武器,瞄准了他的头。

* * *

混战已经结束,混乱的枪战已经不再是问题,雇佣杀手可以凝神对付残局。有一刻,摩托骑手莱德尔似乎要将这场战斗继续下去,但鲍尔迅速干掉了这名罪犯。鲍尔虽然已经受伤,但他仍然是一个危险的对手,绝不可以掉以轻心。经验已经不止一次证明了这一点。

狙击镜后的那张脸上突然浮现出一丝笑意。为了能够悄无声息地移动,确保不引起下面人的注意,雇佣杀手慢慢地松开枪把,打开枪上已经用油润滑过的枪栓,露出一个空弹仓。戴着手套的手指摸索着从防弹背心的一个口袋里抽出一枚子弹,是用于单手装填的点三八零温切斯特弹筒。同雇佣杀手射出的每发子弹一样,这个也是分开准备的——弹头、火药、弹壳以及底火,全都是按照职业杀手的标准准备的。

弹筒落入弹仓,枪栓被锁上。食指伸到枪下,轻轻放到滚花扳机上。吸进一口气,呼出一半,屏住气。

* * *

杰克慢慢站直身体,双手伸向两侧。"你得到想要的东西了吗?"他问。

"你怎么还活着?"哈德利眯着眼睛问,"你有什么权力活下来,鲍尔?你身边的好人全都死了,可你却还好好地活着。"

杰克低下头:"我没有一天不问自己这个问题。"

"是你杀了杰森·皮勒吗?"特工咬牙切齿地说,"是你造成的吗?"他没有等待杰克的回答。杰克也明白,无论他说什么,都是错的。"我知道你的事情,知道你对查尔斯·洛根做了些什么!我十分清楚你的身份,鲍尔!由于你的所作所为,整个国家即将面临战争!你这样的人不适合同普通人一起走在街上。你就是一种武器,一种威胁。"他摇了摇头,"恐怖主义分子,底层犯罪分子……"哈德利指着那些摩托骑手的尸体,"对这个国家来说,你比他们中的任何一个人都更危险!"

"他救了我们的命……"翠西鼓起勇气说。但她跟罗瑞尔和其他人都不敢走上前来。"他回来是为了救我们。"

"离开这儿。"哈德利警告她们。"走!"他的吼声吓得她们跑向门口,但罗瑞尔站在原地一动不动,无法移开目光。

杰克并拢双手,举了起来:"你要逮捕我吗,哈德利特工?这就是你来这儿的目的,对吗?"

哈德利愤怒地哼了一声,将枪口对准杰克的额头:"你这样做已经太晚了,必须有人来结束你的生命。"

"哈德利,住手!"在他后面,克尔纳举起了自己的枪,"我不能任由你这样做。退到一边去,马上!"

"他不会听你的。"杰克对另一个特工说,"他不杀掉我是不会回去的。我死了,他想怎么说就怎么说。难道不是这样吗?"他垂下双手。"那就开枪打死我吧。"杰克用手指对着自己的脑袋做开枪状,"那样,你就不用再因为我而感到痛苦了。"

* * *

随后发生的事情进展太快。克尔纳在接下来的日子里回顾当时的情况时,发现很难将它分割成不同的部分。

鲍尔转过身,向前走了一步,似乎要为他的朋友埃德蒙斯收尸。

哈德利高声要求他转过身来。这位高级特工最后的耐心已经耗尽。

克尔纳冲上前去,一把抓住哈德利的手臂,将他拉到一边,试图阻止他跨越一道有去无回的界限。

接着,他们全都听到了一声枪响,从摇摇欲坠的建筑顶部传来。他们看到鲍尔剧烈地扭动着身体,然后靠着货车一侧倒下。那个名叫罗瑞尔的女人尖叫起来。

克尔纳目瞪口呆,僵立在那里,看着鲍尔倒在地上,他眼里的光渐渐淡去。"有射手!"他大喊着举枪瞄向阴暗的屋顶。是他们没有发现的一名夜游侠在伺机向所有人开火吗?

然而,第一声枪响之后,并没有出现第二次射击,只有一根黑色的缆绳从他们上方垂下来,发出轻微的响声。罗瑞尔跑向杰克倒在地上的尸体,一旁的克尔纳看到一个全身战术装备的身影轻松自如地顺着缆绳滑下来,背上背着一把细长的狙击枪。

在射手的兜帽还没向后拉下之前,他已知道对方是个女人,因为这人身体柔软,平衡性极好,男性一般不会如此。克尔纳看到她有一张棱角分明的苍白面孔,一头黑色的短发。她一只手握着一把消音 P99 手枪,另一只手从背上抽出狙击枪向侧面瞄准。

"走开。"她命令罗瑞尔。从口音判断,她是美国人,但克尔纳无法确定这是天生的,还是后天的。总之,语调不够抑扬顿挫。"你们不在我的名单上,但如果你们妨碍我,情况就不同了。任何人只要动一下,就得死。"哈德利动了动,她的枪立刻指向他:"我没有说清楚吗?"

"你是谁?"哈德利愤愤地说,"你打死了他……"

"叫我曼蒂吧。这好歹是个名字。对,我的确杀死了杰克·鲍尔。"她走向已经死去的杰克,粗略地看了看,"难道这不是你们想要的吗?"

克尔纳知道这个女人的枪正对准自己,迟疑地问:"你不是莱德尔的人……"

她淡然一笑:"不是。我的要价比他们的要求高一点。"她望向罗瑞尔:"你,把他的尸体搬到货车后面去。"

罗瑞尔按照她的命令小心地拉起鲍尔。眼泪从她脸颊上滴落下来:"你这个贱人。"

"我以前听说过这个化名。"哈德利不动声色地说,"海勒绑架事件。帕尔默刺杀事件。这两起罪行都在通缉你。你是一名雇佣杀手。"

"你还在说那些事啊?"曼蒂噘起嘴巴,"这只是生意,明白吗?不要横加干涉,这样你就不会受到伤害。"

克尔纳突然回过神来:"在驻外办事处……听到过来自特情局的一些传言,说俄国人对杰克不满……是他们派你来的?"

"这个重要吗?"曼蒂走到货车前,将手枪扔了进去,"你们希望鲍尔消失……他现在消失了。"她打开驾驶侧的车门，"不过，我的雇主们需要证据。别做傻事来跟踪我。"货车的发动机突突地发动起来，车子调头之后，冲出已经破损的门，消失在茫茫雨夜中。

哈德利追着它小跑了几步，渐渐被落下。这时，克尔纳走到他身旁。马金森朝他们跑过来。"结束了吗？"她问，"我看到鲍尔……"

"现在结束了。"克尔纳咬紧牙关，将枪插入枪套后又取出手铐。哈德利还没有反应过来，一只手腕已经被克尔纳抓住，接着被套上手铐。"托马斯·哈德利，"他语气坚定地说，"我要解除你对这次行动任务的指挥权。你已被捕，等待对你今晚行为的全面调查。"

"你不能……"哈德利辩驳的声音似乎有些微弱，他的所有力量仿佛在一瞬间枯竭。他输了，克尔纳心想，而且他心里明白。

"你完了。"克尔纳说，"马金森，取下他的徽章和佩枪。"

马金森点点头，缴了哈德利的枪："该死的，真是一团糟。"

克尔纳回头看见罗瑞尔和其余的女人们围在大巴车门旁。她们的表情里夹杂着悲伤与喜悦，但也浮现出从未有过的希望。

"的确如此。"他赞同地说。

【第二十章】

在死限镇的外边，铁路线绕了一个又长又大的弯，然后与直道相连。那段直道如同一支箭向外延伸，穿过田野，消失在西面的地平线，只留下低矮的云层和倾盆而下的大雨。

铁路线将一座小山丘从中切断，穿行而过。铁路上方有一架仅能布下一串电缆的跨线铁桥，显得格外纤细，在货车头灯的照射下，泛出湿漉漉的光泽。

曼蒂在一条与铁轨平行的狭窄土路上踩下刹车。车子滑了不远后慢慢停稳。她转过头，鲍尔躺在货车后厢，脸色苍白，毫无生气，身上的衬衣已经被血浸透，皱成一团。

有多少人希望这个人死？这个问题一直在她心头盘旋。有人说过，可以通过一个人敌人的数量来判断这个人的能力。如果真是那样，杰克·鲍尔的价值必定很高。塞尔维亚人、俄国人、南美的政治联盟，谁知道在西方和中东，究竟有多少不同的种族主义极端组织……他们全都希望杰克死掉，希望能够报复他。现在，她可以将他们迫切想得到的东西交给他们了。

曼蒂掀开手套的腕部，低头看看手表，表上的绿色数字亮晶晶的。火车的汽笛声从几英里外传来，越来越近。她下了货车，取回之前偷偷藏在电缆桥主支柱底部的一个防水大装备包。她之前到达这里时所骑的那辆小摩托车仍旧停在原处，被一些松散的枝条遮挡着。

曼蒂携带装备包返回到货车旁，拉开货舱门，将包抛在地板上。然后，她从包里的工具中摸出一部特星卫星智能手机，开始对着鲍尔的尸体拍照。她拍了几张他的脸部特写，还有他的胸部。手机摄像头的白色闪光灯照亮了夜色。

她选出效果最好的照片之后，在手机上输进一个号码，按下"发送"键。手机发出一声美妙的和弦，照片发送成功。曼蒂再次看看自己的手表。大

223

概十分钟之后,她的报酬就会打入她在开曼群岛的信托账户。

她从装备包里取出一个黑色的塑料小盒子,拧开盒盖。干冰的蒸汽不断翻腾而出。盒内,一支预先注满的注射器放在一个冷凝架上。她拿起它,即使隔着皮手套,仍能够感觉到上面冰冷的寒意。曼蒂在手中掂量着这支注射器,考虑它的重要性。

等着他死会非常容易。时间几乎就要耗尽。她可以只是站在这里,什么都不做。

曼蒂射进鲍尔胸部的子弹速度已经被减低,没有进入胸腔,也没有对器官造成任何严重的危害。子弹头部注入了微量的合成河豚毒素,仅能令人出现死亡的表象。这种毒素是利用河豚的毒液制成的,与神经毒素功能相似,只要达到足够的剂量,就可以在瞬间置人于死地……但即便剂量很小,如果不加以控制,同样能够致命。注射器中的化合物可以中和这种毒素。至少她希望如此。

在这个晚上,曼蒂第二次掌控了鲍尔的生命。她喜欢这种感觉。

不过,她随即笑了笑,然后将注射器插进鲍尔的颈动脉。

好几秒过去了,鲍尔没有动。曼蒂怀疑自己是否错过了时机。但正在此时,他突然扭动了一下,同时咳嗽起来,胳膊和腿因为全身的剧痛弯向内侧。他翻过身,吐出如水般稀薄的胆汁,然后大口地喘气。

"欢迎回来,杰克。"曼蒂将注射器放回盒内,然后动手收拾工具。

"这里是……"他有气无力地问。

"已经离开死限镇了。"她解释说,"这里正是你希望到的地方。"

"很好。"他的脸上开始恢复血色。曼蒂看着他将自己的身体全面地检查了一遍。他发现那颗被削弱的子弹在胸部射出的浅浅伤口后,立即瞪了她一眼。

曼蒂递给他一个小急救箱:"你说过你们有两个人。另一个人出什么事了?"

杰克移开目光,咬着牙清洁和包扎新伤口:"那是蔡斯……他没有挺过来。"

她拿起手枪,将它绑到装备包的一侧:"但费用还是一样。"

"你会拿到钱的。"他有些气恼。

"我知道会拿到。"曼蒂笑了,"因为你是一个说话算数的人,杰克,所以我才会出现在这里。"她挎上装备包,朝旁边走去,"不过,我还是得说……我从没想到你会来雇我做事。"

鲍尔疲惫地点了点头。"我现在没什么朋友了。你是最好的选择。"他拔出枪进行检查,"不过,不要以为这样我们就会结盟。你是一名刺客,唯利是图。依我的脾气,会让你坐牢,为你的罪行付出代价。"

她转过头来。"要不是我,你根本抓不到哈比·马旺。你不会忘了那个吧,杰克?我帮助反恐局阻止了遍布全国的十几场核灾难。"曼蒂得意地笑了,"总统赦免了我。但我认为,想让你也原谅我,恐怕不太容易。"

"如果我们没有抓到你,只要对你有利,你就会放任马旺去实施他的计划。别假装你是出于良知放弃了他。"杰克摇摇摆摆地起身下了货车。

"的确如此。"她耸了耸肩,"虽然叙旧挺有意思,不过生意归生意。"曼蒂将智能手机递给他,"我做了你要求的事情,当着一群目击证人的面杀了你,那些人中甚至还有联邦调查局的特工。按照事先约定的那样,你又一次变成了死人,杰克。现在付钱吧。"

他没有动:"俄罗斯人也雇了你做同样的事,对吗?海外情报局什么时候跟你联系的?在我吃饭的过程中给你打电话之前还是之后?"

她脸上再次露出笑容。"你和以前一样洞察力敏锐呀!"曼蒂点了点头,"你说得没错。他们知道我在东海岸。他们知道你我之间打过交道。我接受了那个任务。他们支付的报酬和你给我的一样多……"她见他目光中仍有怀疑的神色,"不过,我猜想,无论你用的是什么秘密资金,都不会像莫斯科的现金库那么多。毕竟,你是单枪匹马。"

225

"那就是你的把戏吗？"他手中仍握着手枪，"我付钱让你把我捞出来，你却假装杀了我，然后同时从俄国人那里得到酬金。"

当曼蒂转过身时，已经拔出了她的沃尔特手枪。"杰克，"她叫出他的名字时，语气中透出责怪的意思，"我已经要求他们支付给我杀死你的费用。"她举起手机，给他看那张他的'尸体'的照片，"我们还是专业一些吧。我今晚已经杀了你一次。你想让我再干一次？"

杰克的枪纹丝不动："你为什么在东海岸？"

这个问题令她放松了警惕："什么？"

他拉动手枪撞针："你还在纽约逗留过？"

她明白了他的推理方向，摇了摇头。"如果你想问的是我和针对奥马尔·哈山的暗杀计划是否有关，那么答案是没有。"她摇了摇头，"我拒绝了那份工作。变数太多了。"

火车汽笛再次响起，现在近得多了。

杰克终于放下了手枪："我们要在这儿上车。"

"我们？"她疑惑地问。

他点了点头，走向靠在电缆桥侧面的梯子："你不是想要你的钱吗？等我上了那列火车，你就能拿到了。在此之前，不可能。"

* * *

这列从芝加哥开往洛杉矶港的联合太平洋公司"蓝箭号"高速货车已经晚点一小会儿。在进入一个如同铁弓一样将这个县的地图分割开来的大弯时，它被迫减速到正常运行速度之下。这列火车由棚车、平板车以及双层的轿车载板车组成，依靠前部的一台双发动机车头和尾部的一对电力推进单元机组完成牵引，整列车全长近半英里。

当"蓝箭号"的机车终于驶出弯道尽头，进入它前方绵长的直道部分后，自动检测系统会给火车更多动力，火车将逐渐开始提到最高速度，以弥补晚点的时间。从这里开始，火车将一路与日出赛跑，奔向西海岸。

电缆桥是驶离死限镇地界的标志。当机车从电缆桥下方轰隆隆地驶过时，驾驶室的工作人员的注意力正集中在由电脑控制的仪表板上，没有看到猫在金属弓形框架中间的两个人。

装满货物的庞大棚车呼啸着从桥下穿过。紧跟在后面的是平板车，上面牢牢地绑着巨大的鼓形铁制电力发动机。它们后面是集装箱车厢，也就是更多的平板车，不过这些平板车上面载满了人们熟悉的钢砖一样的长方体货物组件。这些组件顶面又长又平，是登上这列正在运行的火车的最佳地点。如果等候的时间过长，货车尾部的轿车载板车就会来到桥下。到时候再落到它们那形状不规则的托台上，就太冒险了。

* * *

杰克扭头看了最后一眼，以确定自己的下落点，然后与正在飞驰的火车同向，朝前一跃，离开电缆桥。因为体内河豚毒素的影响，他仍然有些眩晕恶心，但他没有时间等待那种感觉慢慢消失。

他感到空气从身旁快速滑过，雨滴稀稀疏疏地落在脸上，似乎永远滴不完。从电缆桥到移动的车厢顶端不足三英尺，但他感觉跨过这段距离的时间长得像是跨过了足足一英里。

然后，杰克的双脚触到了金属集装箱顶部。在疾风的冲击下，他的身体向前倾倒，双手随即伸开。他借势扑倒，分散自己的体重，以免跌倒，从一侧滚下去。万一摔下去，他会撞到狂奔向后的地面；如果情况更糟，他将被卷到车轮下碾死。

他听到身后传来两次哐当的撞击声；第一次是曼蒂将装备包扔到了他后边，接着是她自己跳下来的声响。这个唯利是图的人跳落时稳稳当当，非常轻松。

杰克爬起来，蹲在车顶上，顺着火车前进的方向张望。他可以看到远处两节车头的灯光，不过没有任何迹象表明那里有人察觉到了他们的降临。他又等了片刻，再度确定之后，才迈步向车厢后部走去。他费了点力气才适应行驶中摇晃不定的火车。他曲线前进，控制好自己的速度，让脚步适应脚下集装箱车厢的颠簸。

他走近时，曼蒂将装备包拉到身边，她的头始终低垂着。"现在怎么办？"她提高嗓门喊道，好让他在呼啸的狂风中能够听清自己的声音。

他指向前方离得最近的轿车载板车："到那边去。"

他们在运行的火车上前进，速度虽慢，但脚步平稳。最后，他们来到集装箱车厢的一头，然后两人相继跳到了平板车的地板上。在集装箱车厢背风处，细雨和风声变弱了。杰克停下脚步稍事休息。他侧头望向从他们身边飞驰而过的田野，只觉一片模糊，似乎永无尽头。他心中暗想：简直就是黑色版图。

在离得最近的轿车载板车底层停放着的，全是设施齐全的大众多用途小型货车。曼蒂轻而易举地打开了最近的那辆车的门锁，用力拉开滑动侧门，钻进车内。杰克跟着进去，然后关上车门。

"算不上私人车厢，但还是够封闭。"她嘟囔着将装备包扔在座位之间的地板上，拢了拢被风吹乱的头发。"杰克，请对我说句实话。"曼蒂说着向后靠去，"你是真的有什么行动计划，还是准备一直逃亡，直到被抓进牢里为止？"

"这不关你的事。"他没好气地回答道。

"我可不这么想。只要世界上有你这样的人在逃亡，我就想知道他们在哪里。这样，我就可以待在别的某个地方。你真的相信会有人以为你要去香港吗？"

"我给你打电话的时候，你为什么接了？"他盯着她的眼睛，"为什么当时不拒绝我？那样，你就可以轻松地拿到酬劳。"

"那是我在念旧情。我眼里不全都是钱。"她的语气有些迟疑，但脸上浮现出狡黠的微笑，"没错，这是假话。"曼蒂掏出自己的智能手机，摆弄着键盘，"说到这里……我需要密码从第三方那里将你支付的酬金余额提取出来。我们把这件事做了,好吗?"

他点了点头。"我设置了一个密码:lifesucks(生活糟透了——译者注),是一个单词。"

她将这串字母输入之后,脸上的笑容愈发灿烂了:"这才是你。"过了一会儿,电话中传来一声和弦音。曼蒂听后点了点头:"转账完成。和你做生意很开心。"

"我们的交易结束了。"杰克一边回答,一边自行从她的包里拿出一瓶水。他灌下一大口水,然后战栗着吸了口气。当他抬眼时,看到曼蒂狡猾的表情消失,取而代之的是愠怒。她戳着手机上的小键盘,眼睛眯了起来,"有什么问题吗?"

"那笔钱没在这里。"曼蒂阴沉地说。

杰克的手滑到枪上:"我给过钱了。我们的交易已经完成。"

"不是你。"她气恼地说,"是俄国人。他们取消了转到我海外账户的款项。他们出尔反尔……"

杰克发现自己很难对这个女人产生同情。毕竟,她是一个职业杀手。"我猜想,他们也不信任你——"

那台卫星电话突然响起,突兀的数字铃声令两人同时闭口。曼蒂伸手准备按下"接听"键,但杰克抓住了她的手腕。

"别担心。"她说着甩开他的手,"我会用免提的。"她按下按钮,接通电话,"阿尔卡迪,我刚才还在想你。我的报酬呢?"

* * *

迪米特里·尤尔金伸出两根指头压在电话听筒一侧,小心地对着麦克风说话:"巴赞不在。"他告诉那个女人,"他去别的地方了。由我来和你说。出问题了。"

在超级美洲豹货运直升机昏暗机舱内的另一端,尤尔金海外情报局的同事梅格正凝神盯着一台笔记本电脑的屏幕。他没有抬眼,只是点点头,指向他们下方的地面。在梅格身后，另外两名间谍正在准备他们的武器。在机舱后部的阴暗处，超级美洲豹机组成员的尸体如同成捆出售的木材一样堆在一起。当尤尔金到达飞机跑道，要求他们在这种恶劣的天气起飞时，他们拒绝了。即使尤尔金亮出了伪造的警察证件，他们也没有改变决定。最后，他只好采取了另一个权宜之计，杀死他们，让自己的一个手下驾驶飞机。

事实上，尤尔金并不完全清楚巴赞、季敏诺娃以及另一架直升机究竟要飞往哪里。那个不重要。他和他的追踪小队接到了命令，他们要做的就是执行命令。

"什么问题？"雇佣杀手追问道，"你们拿到照片了吧？你们看过了吧？交易已经结束。巴赞要我按照我认为的最佳方式进行。我已经那样做了。萨瓦洛夫已经得到了他想要的结果。"

"对。"尤尔金表示赞同，他感觉到直升机在狂风与连绵不停的雨中开始下降，"但只有照片，他不会满意的。尸体在哪里？要有实实在在的证据。"

"这可不属于交易的一部分。"她静默片刻之后才回答，这令尤尔金察觉到她在对自己撒谎，"尸体没有了，我已经烧了。"

"我不相信。"透过前方驾驶舱的玻璃，他可以看到飞机下方光秃秃的田野里有一长串闪着微光的灯。

"那就不是我的问题了。"

"那就是你的问题，你会明白的。"他挂断电话，拔出耳机插头，然后将听筒放回直升机上的机载对讲机上。

"位置已经确认。"梅格说，"她在火车上。"

"她想欺骗我们。"尤尔金告诉梅格和其他人，"找到她，杀了她。"

* * *

"该死的！"曼蒂愤怒地盯着手中没了声音的电话，"巴赞肯定……在他发送的英特尔数据中植入了密码蠕虫病毒。他们追踪到我了。"她将手机扔到地上,一脚踩了上去。

远处一道闪电照亮天空。杰克靠近小型货车的窗边。"现在这样做已经有点迟了。"他瞥了一眼上方一个闪烁的物体,意识到那是正在转动的直升机旋翼叶盘,"他们马上就要来了。"

他转过身,发现曼蒂的那把瓦尔特P99枪口正对着自己。"我早该知道我应开枪杀了你。"她厉声说。

"开枪吧。"他说,"那又能让你得到什么呢?多活三十秒钟吗?俄罗斯人无论如何都要打死你的。你应该清楚海外情报局的做派。他们不喜欢留有后患。"

直升机在火车顶部低空飞行时,杰克听到了旋翼旋转时单调的声音。这是飞行员在准备匹配速度。

曼蒂又骂了一声,然后放下枪:"听着,如果你妨碍我,我绝不会饶过你。"

"我也正准备这样说呢。"杰克从装备包的魔术贴扣带上拉下那把复仇者狙击枪,又往口袋里装了一个备用弹夹,"如果火车上的工作人员发现有情况,我们就完蛋了。我们必须马上解决这个麻烦。"他抓住小型货车的门把,猛地拉开车门,"你吸引他们的注意。"

杰克从车里跳出来,落到轿车载板车上。雨水随着疾风飞洒到他的脸上。他将细长的狙击枪靠近自己的胸部,俯身向列车的后部移动。

空中,直升机的灰色机腹出现在视线内。他看到一扇舱门向后滑开,随后一个脑袋从一侧探出看了看,又消失在机舱内。飞机在低飞,距离汽车载板车的顶部愈来愈近。杰克没有找到合适的角度,便藏在阴影中,继续调整位置。

一个人影——一个粗壮的男人,手中紧紧攥着一把短款带消音器的AKS-74U卡宾枪——出现在打开的机舱门边。他站在门槛上停顿了一会儿,寻找下落的地方。他的这一迟疑令他付出了生命的代价。

曼蒂已经卸掉了瓦尔特上的消音器。因此，当她从正下方直直地向空中开火时，杰克看到弹火闪烁，听到了咔哒咔哒的射击声。两发子弹都击中了那名俄罗斯特工。他从打开的舱门掉下来，重重地摔在货车上层甲板上的一辆城市电车顶部，从一侧掉落。茫茫夜色吞没了这具尸体，无影无踪。

数支枪从直升机的货舱内向下开火，子弹击中列车，金属片与碎玻璃渣四处飞溅。杰克连忙俯身闪避。灰色的飞机向前飘动，转弯之后显露出侧翼。飞行员驾着飞机侧飞，与火车车厢垂直。机舱内的人不停射击，猛烈的火力迫使杰克和曼蒂只能躲藏起来。

又有两个人影从打开的舱门处落下，掉到后面一节车厢顶上。他们向前走来，但仅凭远处偶尔的闪电带来的幽暗微光，除了模糊的轮廓之外，他们很难再看清什么。

庞大的超级美洲豹直升机非同一般。即使飞行员已经关掉了导航指示器，舱盖下的驾驶舱仍然如同一间温室，发出红光，微弱的光亮从依然开着的舱门中溢出。

杰克一边快速移动，一边打开狙击枪枪管两侧的双脚支架，将它架在一辆固定在轿车载板上的捷达轿车的引擎罩上。他把眼睛靠近热光瞄准器。这时，直升机开始掉头，将机头转向火车后部。他的第一枪有点偏离目标。在使用不熟悉的武器时，常会出现这样的情况。他看到子弹带着一道明亮的火光从飞机外壳上弹开，擦着机舱后部一个枪手模糊的身影飞过。

他拉动枪栓，退出弹壳，又在枪膛里装上一发子弹。这一系列动作行云流水、一气呵成。这时，直升机的头部正在朝他这边转过来，非常利于瞄准。透过驾驶舱盖，他从热成像瞄准镜中看到驾驶员上身白色的显影。瞄准器中的图像十分混乱，目标范围内的每一个像素都在变幻。杰克再次开火，对准驾驶舱射出一枚子弹，但没有击中任何重要的目标，只是让驾驶员吃惊地一抖，迟疑了一下。

这已足够。眨眼之后，杰克已再度换好子弹，毫不迟疑地将第三枪送入了驾驶员的胸膛。

* * *

驾驶员的身体向前扑去，双手落在控制台上，超级美洲豹的发动机随之加速。这架货运飞机仿佛被拽到一条无形的线上，急速飞离，划出一个圆弧，蹿上高空，又再次回落，冲进侧面距离铁路线几百码的一块已经耕种过的玉米地里。

螺旋桨劈进泥土，弯曲变形，接着啪的一声断裂。机身倾向一边，由于受到挤压同样破裂。顷刻间，受力过大的发动机舱燃起大火。

待火舌舔到燃料箱，将整个坠毁的飞机变成一把耀眼的火炬时，火车早已远离。飞机剧烈的爆炸声以及耀眼的火光与空中夹杂在暴风雨中的雷鸣融合在一起。

* * *

从直升机上跳落的人来到集装箱车厢的另一端，手持枪械，朝着小型货车连续射击。子弹穿透金属车身，逼迫曼蒂逃离自己的位置。她沿着长长的货车向后飞奔，从杰克身边挤过，然后纵身跃过两截拖车间的连接处。

杰克看到她跑开，皱了皱眉头。后退解决不了问题，即使等到他们跑到火车末端的时候，这些俄罗斯海外情报局的追踪者的弹药也一定还绰绰有余。他蹲下来，飞速转动脑子。只要俄罗斯人还活着，他们就随时可能呼叫援军。直升机坠毁后，杰克占了优势，但丰富的经验告诉他，绝不能指望所谓的几率。

* * *

那两个人从集装车厢上爬下来，开始向前移动。尤尔金轻轻拍了一下梅格的肩膀，然后指指载板的上层。梅格会意地点了点头，背起他的卡拉什尼科夫冲锋枪，伸手攀向一架金属梯。

尤尔金啪地按亮枪管下的战术电筒继续前进，光束在车厢侧面左右扫过。被链索固定住的小汽车互相拉扯时发出咔哒咔哒的响声。他的目光警到下节车厢旁闪过一个人影,脸上顿时浮出一丝笑意。这个女人——这个雇佣杀手——已经无处可去。如果不出他所料,鲍尔在她的身边,那他们两人很快都会没命。尤尔金咧着嘴笑了,心中暗自揣测,如果自己结束了这个棘手的美国人的性命,也许萨瓦洛夫总统会亲自嘉奖他。

火车在狂风暴雨中继续行进。他慢慢从一辆银色轿车旁走过,毫不理会倾泻而下的大雨。一道闪电在刹那间将周围的情况暴露无遗。那个女人紧紧贴在一辆小型面包车的轮子旁,正高高地举着枪。

尤尔金端起手中的武器,用大拇指将开火模式调整到全自动的档位。

* * *

杰克不动声色地等候着。当他看到这名俄罗斯人的身影到达预期的位置时,立刻使出全身力气,将双脚向捷达轿车乘客门的内侧踢去。因为他悄悄躺在车后座上,藏在暗处,俄罗斯枪手经过时没有发现他。此刻,俄罗斯人将为此付出代价。

车门如同一个弹球的弹板突然旋开,向俄罗斯人撞去,冲力直接将他甩到货车的底架上。杰克钻出车子,抡起狙击枪,又给了他一下子。在如此局促的空间内,狙击枪过长,无法使用,于是杰克把它当作棍棒,在枪手想挣扎着起身时,用力敲向他颅骨侧面。瘦削的俄罗斯人仍妄图摸到自己的武器,但杰克的进攻一波接着一波,迫使他无法起身。

当杰克再次击向对方时,对方用母语咒骂着,伸手抓住了枪托。尽管这名枪手又高又瘦,但还是可以与杰克相匹敌。两人动作凶狠,相互推拉,时而在货车湿溜溜的金属甲板上来回翻滚,时而又在湿滑的轿车车身间不断撞击。俄罗斯人倾尽全力将狙击枪压向杰克,试图扼死他。

杰克在轿车车身上持续滑动,并借势转身,同时猛地将俄罗斯人拉到身前,迫使他从另一个方向与自己面对。

潮湿的空气中响起枪声,俄罗斯枪手的身体随即扭动几下便倒下了。杰克瞥了一眼他背部丑陋的伤口,然后看到曼蒂从开火的地方露出一半身形。俄罗斯人倒在甲板上，不再动弹。

紧接着，曼蒂迎风高呼道："我在你上方！"

与此同时，尤尔金的武器在自动射击模式下发出的火力从汽车拖车的上层朝他飞来。杰克急忙弓身躲避，狙击枪从他手中脱落。他感觉到热辣辣的子弹擦着他的手臂飞过，差点跌倒。在一个十分危险的瞬间，他的身体已经悬到车厢外，感觉到了飞驰的火车带起的劲风。他急忙抓住一根悬垂的铁链，以免跌入无尽的黑暗之中。

他晃荡着转回身，借助链子爬到那辆已有些凹陷的大众车顶，从那里攀上上层甲板。

第二个枪手仍在车厢另一侧朝下张望。他误以为杰克从那里掉下去了。

杰克牢牢地在甲板上站稳身体，拔出他的M1911手枪，瞄准对方。"是谁派你来的？"他高声吼道。

俄罗斯人吃惊地抖了一下，然后慢慢转身面向杰克。他手中还端着枪，但枪口已经偏离。这个貌不惊人的杀手怒视着杰克，一言不发。

"萨瓦洛夫？"杰克追问道。对方愠怒地缓缓点头。

他不知道这个俄罗斯人是否能够完全明白自己的意思，但他可以看出对方眼神中蕴含的想法：不是你死，就是我亡。他们中只要有任何一方轻举妄动，就会带来死亡。

"他派了多少人？"杰克质问。

俄罗斯人笑了："干掉你是足够了。你已无路可走，鲍尔。你无处可藏，也没有救兵。到处都是我们的人。"

火车驶过一根信号杆，上面挂着一盏猩红色的灯。明亮的灯光令杰克反射性地移开了视线。就在那一刹那，枪手发现了他一直在等候的机会。他立即抬高枪口，瞄向目标。

然而，杰克的枪口始终没有偏离过目标。他迅速连开三枪，在俄罗斯人胸膛上射出一条线。对方从甲板一侧跌落下去，被黑暗吞没。

杰克察觉到身后有梯子的喀哒响声，赶紧转身。曼蒂单肩挎着装备包，出现在上层甲板，正一脸愤然地看着他。

"只要你在的地方，总有一伙敌人。"她一边在疾风中大声吼着，一边从包里拉出一卷尼龙绳，将绳的一端绑在自己腰带的扣件上，"看来情况不会改变了。我们就在这里分道扬镳吧。"

杰克看到前方有一个架设在铁路上方的模糊拱形物正在飞速接近，那也是一座电缆桥，和他们在死限镇外利用过的那座相同。曼蒂从他身边挤过去，停在车厢的一端。

"你要去哪里？"

"我就从这里下车。"她说着打开绑在尼龙绳另一端的金属抓手，"下次你还会遇上麻烦吗？帮个忙，就当把我的号码弄丢了。"

电缆桥出现在杰克的上方。他俯身躲过。曼蒂却将抓手抛上去，扣在电缆桥上。尼龙绳发出砰的绷紧声，将她拽离火车，拖向后方。货车继续轰隆隆地驶向前方，曼蒂这个职业杀手悬在钢制拱桥上，迅速缩小成模糊的影子。杰克看着她离去，转身去寻找藏身的地方。

距离洛杉矶还有几个小时的路程，他却感到浑身疼痛。他跳回底层甲板，没入阴影中，眼睛盯着前方铁路线的周边，心里想着还没走完的漫长路途。

枪手的话萦绕在他耳边。到处都是我们的人。杰克苦笑了一下。

"很快就可以看到你了，金姆。"他自顾自地说，"我保证。"

【第二十一章】

杰克醒来时，火车正在转轨，穿越终端岛和洛杉矶港的码头。尽管哗啦啦的暴雨声一直不绝于耳，睡意还是迅速地征服了他。此刻，看到从货物车厢的框架缝隙中漏入的一缕缕阳光，他感觉自己仿佛来到另一个世界。杰克顾不上周身的疼痛，立刻站直身子。片刻之后，他来到车厢门口。

杰克认真估算了列车的运行速度之后，从缓慢行驶的火车上跳了下去。他像跳伞那样蜷曲着双腿，任由自己的身体向前翻滚，越过铁轨旁的鹅卵石。接着，他直起身，迅速溜到旁边铁路线上的两列油罐车之间。庞大的联合太平洋"蓝箭号"轰隆隆地向前开去，汽车载板车在他眼前飞速掠过。港口的巡视员发现血迹和车上的弹孔时，一定会报警的。他必须在那之前离开这里。

杰克小心翼翼地借助各种掩体，避开旁人的视线，不断变换位置，最后终于看到一道生锈的金属栅栏那边的公路。他左右环顾，确定没被人发现后，便从藏身处出来，镇定地沿着栅栏向前走去。走到一个栅栏中断处后，一条便道入口赫然显现。那里没有任何安全装置，甚至连铁丝网和升降式闸门都没有，唯独安放了一个警示标志，警告人们注意行进中的火车。不过，这里也没有什么东西会引起窃贼的注意。在这条四车道的公路对面，只有数不清的废品堆积场和用于停放大卡车的大型停车场。这里根本看不到其他任何车流。

杰克拉紧上衣，迈步向东边长滩的方向走去，希望能够找到一个可以穿越公路的地方。迎接他回家的洛杉矶空气依旧干燥，灰尘与浓烟弥漫在空中。他在圣塔莫尼卡长大，对这样的环境已经十分熟悉。尽管周围充满了危险的气息，但他心里却萌生出回到熟悉城市而倍感安心的滋味。他意识到自己已经踏上了家乡的土地。杰克在这座城市的街上打杀流血，不止一次防止它陷入混乱之中。但心里有一个唠叨不休的声音一再提醒他，他必须马上再次离开它,也许永远不会回来。他突然感到一丝遗憾。

杰克暗暗对自己说:没有时间想这些了。他现在离自己的目标已经很近,一刻都不能把它弄丢。

没过多久,杰克就在东阿纳海姆街附近发现了一个修车场以及一辆老掉牙的现代雅绅特两厢车。他通过短路点火迅速发动这辆车,开着它悄悄驶上人迹稀少的公路,沿着洛杉矶河向405高速公路行进。他看了看表。他的女婿斯蒂芬是一名肿瘤学家,在西好莱坞的悉达斯西奈医疗中心工作。如果杰克想要出现在城内,溜到金姆的身边而不引起任何人注意,最好的选择就是到那里去找斯蒂芬。或许,这只是他的一厢情愿。

尽管恨不能将油门踩到底,飞越这个城市,但杰克还是希望自己可以气定神闲地驾车前进,不做出任何有可能引人注目的举动。他伸手打开仪表板上的收音机,调到一个只播放新闻的频道,里面正播放一则来自美国首都的直播报道。

艾莉森·泰勒不到一天之前的宣告令人震惊,整个国家仍处在它的影响中。在联合国与卡米斯坦伊斯兰共和国具有历史意义的和平谈判中,泰勒率先离开,仅在几个小时后就辞去了总统的职务。有关针对卡米斯坦伊斯兰共和国及其领导人奥马尔·哈山的阴谋,泰勒公开了自己掌握的具体信息。哈山在美国的国土上死于自己人策划的阴谋,此刻真正了解这一内幕的人寥寥无几,杰克·鲍尔就是其中之一。他听到记者在问一个所有人都会问的问题:现在情况究竟如何?

泰勒的坦诚,即她对杰克许下并且已经兑现的诺言,意味着她要面对针对她所提出的任何刑事指控。无论结果如何,她的政治生涯都会毁灭,她可能面临长期监禁。杰克从不认为女人值得信任,对于她做出的选择仍旧有些无法理解……但艾莉森·泰勒履行了自己的诺言。这在杰克生活的隐秘世界中是极为罕见的。

广播里的讨论仍在继续,首先粗略地提到了查尔斯·洛根。这位诡计多端的政客在经历了诸多困难之后仍旧活着。杰克听到这里，握在方向盘上的双手不由捏得更紧了。他陷入沉思：世上根本没有公平可言。由于罪行被揭露，洛根被逼到了自杀的地步，现在这一举动已慢慢真相大白，他显然是想畏罪自杀，同时他可能也是杀害他的助手杰森·皮勒的人。杰克不知道哈德利特工是否也在收听这则报道。这位年轻气盛的联邦调查局特工对此会有怎样的反应呢？

如果这是一个公平的世界，那么洛根现在已死，或者会为他犯下的罪行付出代价。然而，事实恰恰相反，华特里德陆军医学中心的医生已经宣布洛根陷入深度昏迷。即便他真能恢复意识，严重的脑损伤也很可彻底毁掉过去的他。

太便宜他了，杰克心想。对于一个应该为自己的背叛和贪婪付出一切代价的人来说，这样的惩罚过于宽大。

对于媒体此时口中的"哈山事件"带来的结果做出反应的不只是美国。杰克逃离纽约之后的数小时内，在他和蔡斯不知不觉被死限镇的状况吸引的同时，奥马尔·哈山遇刺产生的影响仍在世界各地发酵。从俄罗斯传来一些零碎的报道以及流言，说尤里·萨瓦洛夫总统在刺杀哈山的事件中起到了关键的作用，尽管他在这些含沙射影的流言出现之前匆忙返回莫斯科，却受到了冷遇。

杰克对俄罗斯的官员怀有特别的仇恨，因为正是萨瓦洛夫的个人命令，才导致蕾妮·沃克受到致命的重伤。理智上，杰克明白自己是无法接近萨瓦洛夫那样的人的，但内心却希望看到他的毁灭。如今，他怀疑俄罗斯政府里的那些部长们是否会帮他实现这个想法。据新闻报道，杜马——俄罗斯的州议会，等同于美国众议院——的一些成员正在鼓动萨瓦洛夫追随泰勒的脚步，前去投案自首。在杰克看来，萨瓦洛夫与刺杀哈山的事件必有牵连，这同他导致了蕾妮的死一样确定无疑。由于俄国人担心卡米斯坦伊斯兰共和国的反应，杰克无法实现的想法现在也许能得到实现。然而，即使尤里·萨瓦洛夫的政治生涯最后不光彩地收场，即使他余生在某个集中营里逐渐腐烂，那也不够。像洛根一样，萨瓦洛夫付出的代价与他欠下的血债相比根本不值一提。

再有就是卡米斯坦伊斯兰共和国的民众本身。他们与美国敌对已久。他们的领导人来到纽约签署和平协议，对他们而言，这意义重大。连杰克这种自认对政治毫无兴趣的人也无法否认，同卡米斯坦伊斯兰共和国讲和是正确的选择，是给动荡不安的中东带来稳定的第一步，是搭建桥梁的一种途径。但是，这些美好的意愿如今已全都落空。

奥马尔·哈山的妻子戴丽娅已经接替丈夫的职务，担任总统。如今，卡米斯坦伊斯兰共和国领导人是个寡妇，她的丈夫因为一场阴谋而丧命，而这场阴谋涉及到那些自称希望和平的国家。报道临近结束的时候，没有人对后续情况进行预测，但杰克觉得还会有类似的报道，毕竟太多的因素尚不明朗。会有很多人利用过去的事件，煽动敌对情绪……也许还会煽动战争。

他紧咬牙关。在过去，那样的事情会令杰克感到备受折磨，但此刻的他却发现，世界其他地方发生的这些震惊全球的事件很难影响到自己。他的大半生都在为这样那样的原因而斗争，他付出了极大的牺牲换取祖国的安全。他曾经信任过那些向他发布指令的男人和女人们，认为他们诚实正直。他一直坚信自己在做正确的事情，无论那条路有多么艰难。

现在不同了。他的信念已不再坚定。他们一而再、再而三地要求他做一些令他心存疑虑的事情。背叛和失败都会产生后果。现在，杰克明白他仍然是那名作战的士兵，仍然准备为他的信仰流血牺牲；不同的是，他为之奋斗的事情的性质已经发生改变，不是为了国家，也不是为了组织，不是为了身份，也不是为了荣誉，而是为了正义，为了理想，为了他深爱的人们。

有一刻，他脑中闪过蕾妮·沃克、奥德丽·瑞恩斯、妻子泰瑞以及女儿金姆、值得信任的朋友克洛伊·奥布莱恩、蔡斯·埃德蒙斯以及其余所有人的面容。他眨了眨眼睛，喉头有些哽咽。这些人都是他战斗的目的，是他肩负的责任，也是他力量的源泉。别的一切都与他无关。

* * *

杰克将车子丢弃在比弗利中心附近的一条小道上，竖起衣领，低着头走向悉达斯西奈医疗中心。这家综合医院高高地耸立在临近的建筑群中，跨越几个街区。杰克一边飞快地在脑中搜索金姆曾经告诉过他的有关她丈夫的一切信息，一边思考怎样在那里找到她丈夫。

坦白地说，杰克对斯蒂芬·韦斯利的了解并不多，但他一直凭借自己内心的直觉去估量一个人。斯蒂芬令金姆快乐，这才是最关键的。杰克只需要看到他们两个在一起，就知道他们相爱。这样的生活正是他希望女儿拥有的。金姆应该过上美好的生活，过上正常的生活。斯蒂芬可以帮助她得到它。

杰克在一个十字路口停住脚步，飞快地扫了一眼周围的街道。这位前联邦特工有这样的举动完全出于自己的第二天性。他的目光在一张张面孔上扫过，并进行判断，最终认为他们不会成为潜在的危险和可能的监视者。他的这些行为几乎是下意识的，他是在本能地搜寻自己认定的不寻常人物和状况。

他还真有所发现。

一辆浅色的雪佛兰巨无霸停在一棵被晒得褪色的棕榈树的阴影下，车头对着医院入口。这辆 SUV 的窗户贴了黑色车膜，但它底盘上的减震器将它的可疑之处毫无保留地暴露出来。这种 SUV 比普通的型号重得多，因为车上增加了防弹窗、防弹外壳以及马力更加强大的发动机。杰克对这种车辆非常了解。他曾经驾驶过同样的型号接受战术驾驶训练。

这只说明一件事情：这辆巨无霸属于反恐局洛杉矶分部。

信号灯变绿了。杰克穿过马路。这期间，他思考自己下一步的行动，同时目光一直停留在那辆 SUV 上。反恐局为什么会出现在这里？随后，他想起自己在纽约对克洛伊说的最后那些话。现在想来，那次对话已恍如隔世。

我女儿……她的家人……他们会试图利用她来抓住我。

克洛伊没有一丝犹豫。我会确保他们受到保护。我保证。

克洛伊一如既往地说到做到。即便事情将成定局，她还是利用自己在反恐局工作的最后一段时间，指派了一个小组保护杰克家人的安全。

不过，这种保护行动也带来一个问题：那辆 SUV 里的每一个人都很可能熟悉杰克·鲍尔的相貌。他们也许就是与他一起工作过或者一起受训过的特工。在他冒着极大的危险摆脱追踪者之后，他不能再去碰运气，寄希望于那当中没有人能认出他。只要有一个人汇报情况，洛杉矶就会立刻被封锁，追踪行动亦将再度展开。

信号灯又变了，杰克忽然想出了解决问题的办法。一辆返回医院的救护车在十字路口慢慢停下，发动机还在怠速转动。车上的灯和警报器都没有运行，说明无论这辆车是在处理了怎样的紧急电话求助后返回，现在它都无需争分夺秒。

杰克从救护车的侧面走过，注意到车厢内的救护人员正在闲聊午饭计划。在信号灯即将变绿的最后一刻，他来到救护车后部，伸手扭动后门的门把。门轻易地打开了，里面空空如也。信号灯变回绿色，杰克听到救护车的发动机加快了运转速度。他跨入车内，轻轻将身后的车门合上。救护车起步离开，返回派遣中心，经过停在那里的 SUV 时，杰克伏低身体，凝神从后窗向外打探。那辆反恐局的车内没有任何动静。杰克不由松了口气，暗暗对自己说：障碍清除。

杰克不敢耽误时间，立刻行动，扔掉自己的深色外套，从救护车后部的一个架子上偷了一套急救医生的荧光上衣和棒球帽。救护车刚一刹车停下，伪装就绪的他立刻悄悄从后面下了车。

杰克没有跑。脚步匆忙的人往往会引起他人的注意。相反，他跟在一群抬着担架进入医院内部的人后面,镇定自若地穿过救护车停靠地。他将帽舌压得很低,盖住鼻子。他用警觉的目光四处搜索,发现了一个可以引领他进入医院大楼更深处的肿瘤病房的标示。

他飞快地瞄了一眼手表。还有时间。

* * *

"这是医院?"巴赞四下打量着这间单人房,语气听上去表明他觉得这荒谬至极,"我去过的妓院都没有这里豪华。"他对着设施齐备的卧室撇了撇嘴。

季敏诺娃没有质疑上司做出的评价。她走到窗边,低头望向下面的街道。即便背对着巴赞,她还是忍住了一个哈欠,眨眨眼,想消除那一刻疲惫的感觉。在飞往洛杉矶的途中,她没有睡觉,现在她开始体会到了缺乏睡眠带来的影响。"这是一场赌博。"她说,"我们并不确定鲍尔是否会来这里。"

巴赞哼了一声,对那个在飞机跑道上迎接他们的金发男子点了点头。"继续监视。"对方点点头,走出房间,到走廊上去了。

他的名字叫列科夫。季敏诺娃只知道他是俄罗斯海外情报局在美国西海岸当地的一名间谍,他的职责就是帮助巴赞、埃克尔和她自己找到并干掉他们的目标。

"鲍尔的女儿正往这边来。"巴赞解释道,"她的丈夫负责治疗癌症病人……一个令人尊敬的职业,对吧?"巴赞的语气中满是嘲讽。说着,他掏出打火机,将一根香烟送到嘴边。

季敏诺娃快速向他走近两步,从他手里夺走香烟。她没有理睬上司的怒视,而是朝着空床旁边一个浅绿色的圆筒扬了扬下巴。"氧气。"她对他说。

巴赞皱着眉头,将打火机装回衣袋:"他会来的。如果他不来呢?那我们就利用他的家人把他引出来。"

"那个快要死的胆小鬼说的话,你未免太信以为真了。"季敏诺娃看了看四周。他们找这个房间作为行动基地非常不理想,但此刻他们的越权行动进行得非常顺利。巴赞和纽约的领事馆已经好几个小时没有联系了,她开始对尤尔金和梅格的事情产生疑问,他们两个没有任何音讯。

"当然。"他答道,"正是因为马特罗死到临头,正是因为他是个胆小鬼。在这样的时候,那种人已经丧失了撒谎的能力。"

她把双臂抱在胸前:"你的雇佣杀手发给我们的照片怎么样?"

巴赞板起粗犷的脸。"我猜那是假的。"他怒气冲冲地说,"我对她非常失望。我想,迪米特里应该已经向她明确表示了我对那些谎言的不满。"

"你觉得会是那样吗?"

他狐疑地看着她。"不。"巴赞终于开口说,"尤尔金如果干掉了鲍尔,或者结果了刺客,就会毫不犹豫地打破协定,立刻与我联系。他肯定很想炫耀。"

"可事实上他还没有——"她张嘴说。

"事实上他还没有和我联系说明鲍尔已经把他干掉了。"巴赞气愤地大声说道,"我估计,梅格和其余的人应该也是同样下场。这些理由更说明我们会在这里得手。"

季敏诺娃没有应声,因为她无法控制自己的想法,难以确保再说出来的话会不会惹怒上司。

不过,他从她的眼神里读懂了她的想法:"嘉琳娜,你的沉默令我很不高兴。"

她叹了口气:"我们没有从纽约大使馆和莫斯科总部得到任何信息,难道你不担心吗?萨瓦洛夫总统几个小时之前就在谢诺梅杰沃机场下了飞机。如果抓捕鲍尔对他来说那么重要,为什么他到现在都还没有任何动静?"

巴赞将目光挪开:"除了应对这个问题,萨瓦洛夫还有更多的事情要处理。"

"我真正的意思是,"季敏诺娃说,"他甚至都有可能不在任了。这样的话，我们接到的命令就值得怀疑。"

他盯着她："你觉得我越权了吗？鲍尔杀死过俄罗斯公民。仅这一条就足够了。"

"我们的行动现在已经超出了最开始接到的指令范围，长官。"

"我对你有更高的期望。"巴赞哼了一声，"我将你征召到我这里来，不是因为你会质疑命令，而是因为你会服从命令。"

停顿片刻之后，她答道："我为祖国服务。而不是为某个好斗的个体的需要服务。"

巴赞吸了口气，正准备对她大发雷霆，衣袋里传来手机铃声。他从外套口袋里掏出电话，对着听筒说："说吧。"

季敏诺娃听到电话另一端传来埃克尔细微的声音："我发现看守了。"

* * *

"干掉他们。"巴赞说完就挂断了电话。

埃克尔点了点头，仿佛上司就在他面前一样。接着，他继续沿着树荫下的人行道走向那辆停着的SUV。尽管他在医院的正门口已经看了它好几分钟，他还是特意地认真观察那辆车。美国的国保人员为自己选择了一个很好的监视点，但却令自己彻底暴露。任何了解最基本监视技巧的人都会轻易发现他们。或许，他们接受任务时得到的指令就要求他们务必确保自己突出醒目，以便打消任何人想来找他们保护目标麻烦的念头。如果真是这样，美国人对他们将要面临的对手显然存在严重的误解。

不过话又说回来，埃克尔心想，他们经常这样。他猜想这些人在一条属于他们自己城市的街道上一定觉得非常安全，仿佛一切尽在掌控中。这种过度的自信恰巧对俄罗斯人有利。

他走向客座那侧的门。靠近之后，他伸手在不透明的黑色窗玻璃上敲了敲。过了片刻，车窗开了几英寸，露出一张戴墨镜的拉丁美洲人面孔。"什么事？"对方问。

埃克尔掏出一枚金色警徽，握在手中。之前离开机场跑道前往这里时，他已经将一枚伪造的纽约市警察局证章换成了一枚伪造的洛杉矶警察局证章。"你们的车不能停在这里。"他向着旁边一根灯柱上的告示牌扬了扬下巴。牌子上的内容跟他说的一样,也是警告司机不要堵住急救车常用的道路。

"不会有问题的。"

"什么?"埃克尔对着车窗做了个手势,示意那个人再打开一点,"你必须把车开走。"他模仿着影视中的美国警察的口音。

车窗又打开了一点,露出对方脖子上悬挂的一枚警徽,但设计不同。"联邦特工。"他解释道,"那个规定对我们无效。"

埃克尔注意到驾驶座上有一个人,他后面还有一个人。俄罗斯人将空着的那只手垂到对方的视线之外,悄悄伸进外套内。

"把你的警徽再给我看看。"那个拉丁美洲人说话时语气平淡,却一点也不客气。

"当然可以。"埃克尔点了点头,握着徽章让对方仔细察看。当这名特工向前俯身想仔细察看时,埃克尔的另一只手重新出现,但手中多了一把马卡洛夫P6手枪。这把改进过的手枪安装了消音器,能够大幅度地削弱枪声,射击时听起来有点像人大声咳嗽。埃克尔近距离地对着这名特工的脸部开了枪。然后,他瞄准司机和另一名反恐局特工连续射击,直到弹夹被打空。在不到三秒的时间内,他就用完了所有子弹。他不担心这种穿透力极强的子弹会射穿SUV的车身或窗户,因为这辆车的防弹外壳是能双向防弹的。

一切结束之后,埃克尔收起他的P6手枪,然后探身到SUV内按了一下自动升窗按钮,然后迅速缩回身子。玻璃慢慢升起,掩盖了刚才的一场杀戮。

他漫不经心地转身走向医院。穿过马路时,他看到一辆灯光闪烁、警报声大作的救护车疾驰而过。"任务完成。"他对着手机说,"接下来怎么办?"

"他的女儿已经到了。"巴赞答道,"务必保证包裹就位。"

埃克尔点了点头,向地下停车场走去:"明白。主要目标那边的情况如何?"

他从巴赞的声音中听出笑意:"别急。"

【第二十二章】

电梯门轻轻滑开,金姆看到的第一张面孔是丈夫的。他的模样跟她第一次见他时相比,并没有什么变化。他们是在医院里偶然遇上的,当时她正准备去和朋友休吃午饭。在之后的几个月中,金姆逐渐了解到,原来休——她的大学室友,悉达斯西奈医疗中心的高级护士——原本就打算将他们两个撮合成一对。

这些往事仿佛发生在另一段生活中,仿佛属于另一个金姆。她和蔡斯·埃德蒙斯在争吵后分手,虽然后来她也有过一些恋情,但一直单身,从未找到真正可以交心的人。休后来说,遇到斯蒂芬·韦斯利医生的时候,她立刻认定他就是金姆·鲍尔生活中需要的那个人。她想的没错。

斯蒂芬心地善良,充满耐心。最重要的是,他始终在金姆身边支持她。现在的金姆比以往更需要他的支持。

"嘿,小南瓜。"她一边叫着,一边将趴在自己肩膀上的女儿移了移,"你爸爸来了……"

"嗯。"泰瑞眨了眨眼睛,打了一个哈欠。

金姆走近时,斯蒂芬脸上浮起怜惜的笑容:"她还在睡觉?"

金姆点点头:"我想,从纽约飞回来,把她累坏了。"

"我知道那种感觉。"她丈夫说着压下了想打哈欠的感觉。

回家的路上并不顺利。肯尼迪国际机场毫无解释、突然采取的额外安全措施将所有的事情都耽搁了,仅此一件事,便已给金姆带来很大的压力,加上她还被迫在没有父亲的陪同下飞回家,因此她既愤怒又担忧。一天前,她和父亲拥抱时,他曾答应和他们一起回加利福尼亚,还坚定地说会辞掉政府的公职,找一份低调的私人保安工作。然而,他却没有做到。杰克·鲍尔遇到过许多麻烦事,这仿佛是他们命中注定的。现在金姆又遇到了过去那些年反复出现过的情况。她无法确定父亲是死是活,这种让她讨厌的内心空荡荡的感觉是如此熟悉。

斯蒂芬靠近她,然后无言地将她和女儿拉入怀中。金姆在他眼中看到了理解的神色。她眨眨眼睛,忍住了落泪的冲动。

"谢谢你来看我。"他说,"你还好吗?"

"我不知道。"

她放下泰瑞。小女孩突然之间来了精神,沿着走廊冲向斯蒂芬的办公室。其他护士和工作人员微笑着对孩子挥手。她丈夫的同事们都非常喜欢泰瑞,而且她也是这里的常客。金姆一直努力让一家三口每周至少一次聚在一起吃午饭。

等到听不到泰瑞的动静后,金姆轻轻贴近丈夫。"没人说什么。从纽约传来的所有消息都让人害怕,刺杀事件、总统辞职……没人知道我爸爸在哪里。"

他皱起眉头:"你曾经和这些人一起工作过,对吧?反恐局?难道那里没有你可以联系的人吗?"

她摇摇头。"我已经试过了,但克洛伊没有接电话,我原来有反恐局洛杉矶分部的号码,但已经成了空号。" 她艰难地忍住了呜咽声,"噢,天呐,斯蒂芬,这次和上次一模一样。我觉得……我觉得会失去他。"她别开视线,"我再也受不了了。"

斯蒂芬用力握住她的手:"你无法确定他是否陷入到那些麻烦中了。"

"我确定!"她猛然顿住。尽管泰瑞此刻正认真地和休说着什么,她仍然转过身去,以免让女儿看到自己妈妈满脸痛苦的表情。"我了解我爸爸。"她接着说,"我知道他绝对不会袖手旁观,任由伤天害理的坏事情发生在好人身上,他就是这样的人!"她抹了一下眼睛,"还有……我对他说过没关系。我告诉他他可以留在反恐局,晚些再和我们团聚……"接下来的话令她自己的血液开始变冷。"如果他因为留在纽约而遭遇不测,怎么办?"

他再次将她拉进自己的怀里:"金姆,不会的。那不是你的责任。不要责怪自己。"

"我告诉过他,要小心。"她小声说。

斯蒂芬点了点头:"别难过,亲爱的。去我办公室吧。看看我们能不能找到知情的人。"

金姆点点头,和他一同走向办公室门口。泰瑞率先冲到门口,径直跑进去,穿过办公室外面的候诊室,身后拖着她的那个毛绒玩具熊。

斯蒂芬在她身后关上房门时,听到女儿惊喜地喊了一声。

"杰克!"泰瑞尖声喊道,"噢,不对,外公!"

金姆推开丈夫,冲进里间。蹲在那里和孙女视线相对的人,正是她的父亲。他脸上闪过一丝笑容,笑容中夹杂着喜悦、疲惫、释然和担忧:"嗨,宝贝。熊熊怎么样了?"

泰瑞抱起玩具熊:"他很好。你没有和我们一起来,他很难过。不过,现在他高兴了。"

"我也是。"他站起身,"嗨,金姆、斯蒂芬。抱歉让你们这么意外。"

"爸爸。"金姆走到父亲身边,搂住他。她感觉到他的身体僵了一下,立刻明白他受伤了。他身上散发出汗味、火药味和烟味,仿佛刚从战场上回来。"你来了。"

"嗯。"

斯蒂芬走上前,老练地看了岳父一眼。"杰克……看样子你可能需要帮助。"他对着房间那边的检查室一扬下巴,"需要什么,自己拿吧。"

两个男人心领神会,金姆的父亲点了点头。"谢谢。"他低头对泰瑞笑了笑,"小宝贝,外公和妈妈有话要说。你和爸爸一起跟熊熊玩,好不好?"

"好……"泰瑞的语气中有点不快,但小女孩没有向他提出疑问。金姆注意到杰克对她就是有一套。她就是相信杰克。

斯蒂芬看了金姆一眼,眼神中带着疑问。她向他点了点头。"我们到外面去。"他说着,牵起女儿的手,带她到走廊上去了。

房门刚刚合上,金姆的父亲就坐到检查床上:"嗨,我知道你要我来这里时没想到我会这样来。"

"你有麻烦了。"金姆不是在询问。

杰克脸上掠过一丝苦笑。"一言难尽。"他耸耸肩,将上衣从肩上抖落,"帮我脱下这件衬衣,好吗?"

金姆点点头。看到衬衣下露出的伤口时,她不由得缩了缩,用手掩住嘴巴:"爸爸……天呐,出什么事了?"

"情况没那么严重。"

"你这个谎一点都不真实。"金姆压下心中的担忧,开始帮着他用干净的纱布重新包扎伤口,然后从斯蒂芬的衣柜里找出干净的衣服。

当杰克与她终于目光相交时,他无法再掩饰眼中的浓烈悲伤。金姆的呼吸哽住了。她上一次在父亲眼中看到这样的神色时,是他来告诉她妈妈去世的那一天。这次,他们又从你身边夺走了什么?

"对不起。"他对她说。

"为了什么?"

"我没法兑现曾经许下的诺言。"

* * *

"外公会留在我们身边吗?"

斯蒂芬带着女儿走向医生办公室外的候诊区时,不由皱起了眉头:"我不知道,小南瓜。要看他自己。他有非常重要的工作要做。"

泰瑞点点头,脸上露出只有她那个年龄的孩子才有的严肃表情:"我记得。你说过,他有工作要做。"她盯着玩具熊的脸,仿佛上面也有某种信息。

"对。"他向上瞥了一眼,视线落在墙壁上挂着的电视屏幕上。源自CNB 的电视信号已被静音处理,但自昨天开始,电视就在反复播放救护车在纽约街头疾驰的画面,其间有一些镜头是神情严肃的新闻主播,或者警方直升机在摩天大厦之间盘旋。

斯蒂芬叹了口气。金姆从来没有具体谈过她父亲的工作,但根据已知道的那些事情,他可以大概猜出来。他知道杰克·鲍尔曾是一名高级联邦特工,也是反恐局的一员。从妻子对有些事情的沉默寡言,他可以确定她的父亲几年来一直在从事与应对那些想消灭美国的各种威胁相关的工作。金姆因为母亲的去世悲痛万分,而她妈妈的去世就是因为她父亲的工作。后来他们以她母亲的名字给女儿取名,不过斯蒂芬从来没有追问过金姆,从没要她说过她不愿意说的事情。他非常爱她,但他清楚鲍尔家里以前发生的一些事情,他们不愿再提……那样很好。等到有一天金姆想告诉他的时候,他仍愿意倾听,但那些事情不会改变他对家人的感情。

"是韦斯利医生吗?"他转身看到一个不认识的护士向他走来,她的一头金发在脑后一丝不苟地盘成一个圆髻,突出了那张漂亮但却过于严厉的脸庞,"请原谅。我知道您在休息……"

"有什么事吗?"他注意到她没有佩戴身份标签。

这名护士举起一张医疗表格:"伦德医生有一个问题需要再次征集大家的意见……只需要一小会儿。"

他接过表格扫了一眼。"好……"斯蒂芬向一边的休挥了挥手,"嗨,帮我照顾一会儿泰瑞,好吗?我有些事情要处理。"他弯腰在女儿的额头上亲了亲,"马上就回来。"

"好的。"泰瑞没有抬头,仍旧目不转睛地盯着手中的玩偶。

休笑了笑。"当然可以,医生。"当她的视线转到旁边那位护士的身上时,脸上的笑容逐渐消失,"不好意思,请问你是……"

"我是新来的。"对方回答道,"很高兴认识你。"

护士继续朝电梯走去,斯蒂芬跟在她身后,眼睛仍然盯在表格上。这个病人是伦德手头颇为麻烦的病例之一,但斯蒂芬确定自己曾经听到另外一个医生说过,这个病人的病情已经有所起色。读来读去,他没有发现任何需要征求其他肿瘤医生意见的问题。

电梯门合上的时候,他抬起头:"你确定是这张表格吗?"

护士没有理他,只是用力按下一个按钮。电梯没有向下降到伦德巡房的那一层,而是升向更高的楼层。

"嗨。"他说着伸手去拍她的肩膀。

她的动作如同一条发起攻击的眼镜蛇。她原地迅速转身,一把抓住他伸出来的胳膊,用力扭转,迫使他俯向电梯厢的地板。她的另一只手从藏在衣领下的系带上拉出一把带锯齿的短刀,将刀尖抵到他的喉咙处。"不要出声求救。不要说话。"护士的语调忽然变成了中欧口音,他听不出来具体是什么地方,"不要想逃跑。听明白了,就点点头。"

他点头的时候,缓慢而小心地避开了抵在喉咙上的刀尖。

电梯停了,门打开之后,出现了两个穿便衣的男人。其中一个身材魁梧,肤色黝黑,他向斯蒂芬打了一个手势,示意他站直身。护士——虽然他现在已经高度怀疑那不是她的真实身份——向后退开,看着他直起身,然后将他推进走廊。

悉达斯西奈医疗中心的这一层此刻空荡荡的,因为再过一两天要重新粉刷。斯蒂芬四下看了看,意识到自己孤身一人,完全没有帮手:"你想要什么?"

大块头男人笑了,但眼中却没有一丝暖意:"你是个聪明人,韦斯利医生。不如来猜猜看?"

* * *

金姆用力眨眼,逼退泪水,但她的视线却没有从杰克身上移开。"爸爸。求求你,别再这样做了。"她摇着头说。

她说出的每一个字都令杰克感觉心如刀割。"我来这里是因为我必须见你,金姆。这是我欠你的。不能到我死了,还让你心存疑问,不知道……"他想起几年前阻止核反应堆熔炉攻击事件造成的影响,以及当时迫使他假装死亡的种种情形。那次的行为依旧萦绕在他的心头,因为它给女儿带来了极大的伤害。"我恨自己以前就曾那样做过一次。我绝不想让你再次经历那样的事情。"

"可是你已经做了,以后还会!"当他向她伸出手时,她像受到惊吓一般退到一边,眼中写满了怒意,"我失去了妈妈。我失去了蔡斯。我失去了你,不过你又回来了……"

杰克皱起眉头。他想告诉金姆有关蔡斯·埃德蒙斯的真相,告诉她蔡斯并没有死于瓦伦西亚的大爆炸,而是一直英勇而忠诚地战斗到最后……然而,不久前,他才刚刚死去。杰克不愿意让女儿再痛苦焦虑。

最后,他决定告诉她自己确定的一个真相:"你妈妈是爱你的。蔡斯也关心你。我会永远爱你,金姆,所以我必须来这里见你。"

金姆静静地坐着,专注地听着他简单扼要地讲述发生在纽约的事情。当杰克告诉她蕾妮·沃克死亡的情形时,她压低声音,哽咽地哭了。她能够想象蕾妮对父亲有多么重要,知道父亲向她讲述时一定心如刀割。他提到了那些追踪他的男男女女,讲述了他在全国的潜逃。既然他已经见到了她,逃匿也即将结束。他不知道该如何表达自己的感受。他说的一切只是一个浅淡的影子,反映出他的真实感受。

他吸了口气:"只要我在这里,你就得生活在枪口下。不只是你,斯蒂芬和泰瑞也会如此。外面有人想利用你抓到我,他们全都是残酷无情的人。你曾经也是反恐局的一员,知道那是什么样的地方。太黑暗了,我不希望它再触及你的生活。"他靠近她,握住她的手。这次,金姆没有再避开。杰克脸上浮现出一丝虚弱的笑意:"你妈妈看到你现在的样子,会为你骄傲的。有一件事情,我非常肯定,金姆。你是我取得过的最好的成就。你是我生活中心的一盏明灯,尽管我去过那么多荒凉的地方,经历过那么多事情……你让那一切都变得有意义了。"

她没有说话,只是抱住他,他感觉到女儿温热的眼泪滴落在自己的胸膛上。

"我只有你了。"他声音哽咽,"我不能让你再受到伤害,即使这意味着我必须离开你。我不容许任何人来伤害我的家人。你应该过上幸福的生活,我希望你幸福。"

"那样不公平!"金姆脱口而出,"不公平,爸爸……你没有必要继续一个人。你没有必要独自一人扛起这个任务。我们可以找到办法……我们也许……"她的声音慢慢变弱,因为她最终也只能承认爸爸说得对,"这不公平。"她重复道。

"我们只能这样做。"杰克对她说,"只有这条路才行得通。"

好一会儿,他们只是默默地抱在一起。最后,金姆终于打破沉默:"你打算去哪里?"

"他们找不到的地方。"他说,"我会藏起来,我会悄悄离开……这样,你就安全了。"

* * *

列科夫将年轻的美国医生推到一张空椅子上,然后在他跟前站定,高高地逼视着他,显然是想在气势上压倒他。巴赞懒散地斜靠在医生对面的墙壁上,对着季敏诺娃眨了眨眼睛。他不需要开口命令她去放哨。她点点头,候在门口,盯着走廊。

巴赞打量着坐在椅子上的这个人,认为费不了多长时间就可以搞定他。"嗯……"他率先开口说,"告诉我,我为什么在这里,韦斯利医生。"

"你怎么知道我是谁?"

"我们有你的档案。"巴赞说着在空中比画了一下,"在这个国家,信息很容易搞到手,说实话……"他咯咯笑了起来,"真是没面子,找到你的资料一点都不难。"他讲述了他们是如何获得了斯蒂芬的资料的。他利用网络搜索引擎,不但搜寻到了这名医生在医院的位置,而且很快找到了一些社区交流网站。在那些网站上载有一些慈善棒球比赛和野餐的照片,韦斯利的妻子和女儿也被镜头捕捉到了。"真是一个可爱的孩子。"他最后说,

"我自己有两个孩子。"

医生舔了舔嘴唇："你们是为了金姆的父亲。"

"他在哪里？"医生没有吭声，但巴赞在他眼睛中看到了答案。他暗自点头："几个小时之前，我三番五次地把一个人差点淹死在河水里。反反复复，直到他对我说出实话。我这样做，是为了找到杰克·鲍尔。我还能干出比这更过分的事情。"

年轻的医生抬眼瞥了列科夫一下，后者一脸冷漠："我……我帮不了你。"

巴赞仿佛没听到他的话一样，接着讲下去："背叛别人不是一件容易的事情，因为这样做会违背你的意愿。你是一个好人，韦斯利医生。你不知道以后自己该怎么生活下去吧？我可以告诉你：它比你想的要简单。"

"鲍尔就在这里。"列科夫第一次开口说话。

医生措不及防地怔了一下。于是巴赞知道列科夫的猜测是正确的。埃克尔已经在医院里展开全面搜索，看看鲍尔是否已经溜进医院大楼。不过，这是第一次得到证实。

"我来帮你开口，医生。"巴赞用手一撑墙壁，离开墙边，走近一些。韦斯利竭力忍住内心的恐惧。处在他这样的情况还能坚持抵抗，着实令人敬佩。巴赞把脑袋侧向一边："你在工作中曾多次作过生死抉择，对吧？这次也没有什么不同。你没有必要自责。这不是你的错，朋友。我不会让你选择的。"

"我……我不——"

巴赞看了他一眼，他没有再说下去。"你真的想去考虑如果你拒绝，会有什么后果吗？"他不假思索地说出了这些话，这显然是精心准备过的，"如果你不按照我说的做，或者你想违背我的话，我会杀死你的妻子和女儿。"

医生的脸上顿时没了血色。"求求你。"他艰难地说，"不要这样做。"

"只要我一句话。"巴赞说，"我可以向你保证，场面会相当恐怖。"

这样的挑衅终于激起了对方喷薄而出的愤怒:"你这个混蛋!"

"噢,没错。"他点头,像接受礼物一样接受了对方的辱骂,"你家人的性命在我眼里一钱不值,但杰克·鲍尔的命可就值钱了。所以,韦斯利医生,这就是我们要做的交易。你放弃你的岳父,你、金姆还有可爱的泰瑞就可以继续生活下去。"

"你会把我们全都杀了的!"他突然说,"我知道会怎么样……我已经看清了你们的嘴脸……"

列科夫用嘶哑的嗓音干笑了一声:"你电影看得太多了。"

"我来给你解释。"巴赞接着说:"我对你、你的女人和孩子没有兴趣。我只关心此刻的你,因为你和杰克·鲍尔有关系,我们才有了这个安排。如果没有这一层关系,我根本就不会注意你。"他提到这个令人憎恨的交易时,仿佛已经得到韦斯利的同意似的,因为在某种程度上他已经同意了,"你绝不会向任何人提起这次对话,或者你遇到了什么人,因为如果你那样做,你的妻子就会知道你的所作所为。你不希望那样。你只希望鲍尔离开,你的美满生活一如既往。"

当医生垂下头的时候,巴赞知道自己已经说服了他。"我需要做什么?"他低声说。最终,他还是被自己的处境击败了。

巴赞暗自点了点头。他并不同情这个男人,也没有为自己刚才的行为感到内疚。这只是交易,没有别的。"很简单。我希望你帮助他。"他解释道。

* * *

杰克跟在金姆的身后进入走廊,看着她蹲下来抱起女儿。她感激地对一位护士微笑着点了点头,然后转身面向他。

"嗨,外公,"女孩儿说,"你现在得去工作了吗?"

"对。"他说着在脸上挤出一丝笑容,握住她怀中的毛绒玩具的爪子,"听着,宝贝,我不在的时候,你的朋友熊熊会照顾你,好吗?你和他亲密相处,一定要听爸爸妈妈的话。"

"好的。"泰瑞答道,"注意安全。爸爸早上去上班的时候,妈妈就总是这样对爸爸说。"

"我会的。"杰克转身看到金姆的丈夫从电梯那边匆匆向他走过来。他脸色苍白,脸上蒙着一层汗珠。杰克本能地觉得出事了。

该走了,杰克,他内心深处一个轻柔的声音说。

金姆也看到了:"斯蒂芬,怎么了?"

他吸了口气,迎上妻子的目光,然后强迫自己望向杰克:"有人,呃,来了。我只是和一个保安说了几句话。他们告诉我,他们解决了一个带有俄罗斯口音的男人,他一直在接待处晃悠。他们还说,他好像是军人。"

"海外情报局。"杰克的血液仿佛冻结了,"如果出现了一个,必然还有更多。他们来这儿是为了我。"他转身面向金姆,紧紧地握了她的手一下:"就这样吧。我必须走了。"

她点了点头,眼中闪烁着泪光,眼睁睁看着他离去。杰克沿着走廊奔向一架可以运行的电梯,斯蒂芬追上他:"杰克……听我说,我不能假装不知道你的情况,可是我必……必须保护我的家人。"

"我明白。"他点点头,"那也是我希望你做到的。"

斯蒂芬叹了口气。"好。"他艰难地吞了口唾沫,然后将一串钥匙塞进杰克手中,"开我的车走吧。在工作人员停车场,黑色的奥迪 R8。乘电梯到地下室,穿过右边的第一个储藏室,从那里可以到达停车场。"

"谢谢。"

斯蒂芬避开他的目光。电梯门合上的时候,他说道:"祝你好运。"

杰克没有停留,直奔地下室,同时利用这段时间检查了自己的手枪。只剩下一弹夹的子弹了。他皱起眉头。和他们硬碰硬不是最佳选择。我必须把他们引开……

地下室中的走廊空无一人。杰克跨出电梯就奔跑起来。他一面跑,一面权衡脑中闪现的几个计划。

然而,直到进入储藏室,杰克才想到他可能被出卖了。

就在他要冲过门口时,他们朝他扑了过来。

【第二十三章】

"爸爸,怎么了?" 金姆从女儿提问的语调中察觉出了她的恐惧。泰瑞是个十分善解人意的孩子,总是能体会到周围人的情绪。现在,她感受到了害怕。

"没事。"斯蒂芬仍然说,"什么事都没有,小南瓜。"他将泰瑞抱起来,靠在胸前,两手严严实实地搂着她,仿佛这是他最珍贵的财产。

的确如此,金姆对自己说。她跟着丈夫走出电梯,快步朝她停放在公共停车场的家用轿车走去。"斯蒂芬,"她追问道,"他对你说了什么吗?"他没有回答。金姆一把拉住他的胳膊:"斯蒂芬!告诉我!"

他转过身来。金姆从他脸上看到一种自己从未见过的表情。害怕,没错,就是害怕。但还有别的什么。苦恼、内疚。金姆心里一紧,忽然感到一阵莫名的恐惧。

"你必须离开这里。"他对她说,"带着泰瑞走。去帕萨迪纳我妈妈家,待在那里,直到我联系你,不要给其他任何人开门……"

金姆摇着头:"除非你告诉我,他对你说了什么!"

"该死的,金姆!这次你就不能按照我说的去做吗?"斯蒂芬冲着她吼了起来。丈夫这毫无征兆的反应令金姆大吃一惊,直向后躲。斯蒂芬怀抱中的泰瑞立刻哭了起来。他的怒气来得突然,消得也快。"对不起。真的对不起。"他对她俩说,"求你了。就算是为我这样做吧。别问为什么。"

他们来到了车旁。金姆接过女儿,将她在儿童座椅上安顿好。她把泰瑞的玩具熊递给她,转身与斯蒂芬理论:"你知道我是不会那样做的。我不是那样的人,我父亲不是那样把我带大的。"

"噢,上帝,你父亲……"斯蒂芬避开她的目光,"金姆,我们都很危险。"

"他说了些什么?"她仍在问。

斯蒂芬摇着头。"我别无选择。"他打了个寒战,深吸一口气,"他什么都没说。是因为杰克所做的事情,是那些想抓他的人……"

金姆感到背心发凉:"出什么事了?"

他扭头朝医院张望:"我会搞定的。但你必须离开这里,明白了吗?那些追逐他的人,已经到这里来了!他们知道我们是谁,他们知道我在哪里工作……他们可能正在监视着我们的房子,或者正在找我们。我不能让他们伤害我们。我不能失去你们俩。"

"难道……"她几乎问不出口,"难道你出卖他了?"

"他们威胁要杀了你。还有泰瑞。"他语速很快地说了出来,"我别无选择!我必须拖延他们……"

金姆直朝后退:"不……"

"我会搞定的!"他说,"但你们必须走。求你了。"

在那一瞬间,金姆只想从斯蒂芬面前冲过去,径直跑回医院,寻找她的父亲,可紧接着她看到了正坐在汽车后排,用一双疑惑的眼睛注视着他们的泰瑞。

"妈妈?"小女孩说,"我们要走吗?"

她看上去是那么幼小,那么脆弱,金姆的内心忽然涌上一种保护孩子的强烈冲动,这使她开始理解丈夫之前为何会做出那种危害父亲的选择。"要走。"金姆的话有气无力,气息缥渺,"我们这就走。"

在他们周围,有数以百计的窗户能俯瞰街道,其中任意一扇的后面都可能藏着某个持有武器,准备伤害他们的人。斯蒂芬抬头张望,显然也有同样的担忧。他把金姆推向驾驶座。"我不会让任何事情危害到我们的家。"他向她保证。

"我相信你。"金姆认真地说。

两分钟后,她们开上了高速公路,向东飞驰。泪水夺眶而出,模糊了金姆的双眼,她发觉很难将注意力集中在前方的道路上。

* * *

季敏诺娃停下来检查了一下她的马卡洛夫手枪的保险栓，然后把枪插回后腰部的枪套里。这件武器对她身上那套用于伪装的护士服而言，显得十分碍事，不过现在他们已经下到医疗中心的低楼层，不大可能遇到会将俄罗斯海外情报局的这些猎手视作闯入者的人。埃克尔正在地下室等着他们，脸上挂着他惯有的那种自大的笑容。他若无其事地谈到了死在街上那辆车里的美国侦探，顺便提及他做过的一些"其他准备"。巴赞对此的反应只是不屑地点了点头，并没有做更多解释。季敏诺娃不明白埃克尔指的是什么，但她没有开口问。

他们找到了那间储藏室，并在那里等候。储藏室里有一排排的医疗用品货架、旧的压缩空气罐和堆叠在一起的椅子。列科夫像一名等待比赛开始的拳击手那样来回弹跳着，一只手中摆弄着一根粗短结实的木棒。

"你应该找人看着那个医生。"埃克尔说，"他可能会被吓跑。"

"不。"巴赞摇头，"他不会跑。作为一名充满父爱的年轻父亲，在面对威胁到妻子和孩子生命的事情时，他几乎没有什么理智可言。这点我很清楚。我曾经就是那样的人。"他掏出自己的马卡洛夫手枪，在枪口末端拧上一根长长的消音器。

埃克尔眉毛一挑："真的吗？真难想象你还会受到任何事情的干扰，长官。"

"有些父母能做出伟大的牺牲。"他回答，"有些父母却没有意识到，对子孙后代的爱正是他们无法克服的弱点。"

"要是你判断错误……"列科夫想说。

就在这时，所有人都听到外面的走廊里传来员工电梯到达发出的叮当声。

巴赞笑了。"我没错。"他冲着两名男子点点头，同时压低嗓门，"记住。我要抓活的。"

季敏诺娃躲进天花板上的灯泡在四周投射下的阴影里，埃克尔和列科夫则一左一右藏在门的两边。

很快门便打开了，杰克·鲍尔闪入室内。季敏诺娃认出了那张脸。在她在领事馆阅读的文件资料中，这张脸总是向上盯着她。现在，这张脸上充满一锤定音的表情。

她站定不动，看着列科夫和埃克尔向杰克发起突袭。金色头发的海外情报局特工率先出击，解除了美国人的武装，埃克尔也瞅准机会扑了过去。鲍尔的武器掉在混凝土地面上，滑向一边。

他们的目标几乎立刻摆脱了突如其来的袭击给他造成的片刻慌乱，迅速扭转局面，这令季敏诺娃对他刮目相看。转眼间，埃克尔便因骨折而连连后退，鲍尔则在跟列科夫展开近身肉搏。

无论怎样想象，这个场面都不优雅。列科夫已被击中，口中咳出鲜血。鲍尔的格斗方式充满暴力与速度，他可以用最短的时间对他的袭击者们造成最大的伤害。

季敏诺娃已经对这个人有了判断，思考着要是自己也牵扯进这场打斗中，该如何应对这个男人。

但很快，这个问题变得不再有意义。苗头刚一出现，她便看清楚了，因为格斗的局面忽然变得对鲍尔不利起来。没错，他累了。连续不断的逃亡，持续穿越这个国家，每一步都充满挑战……这一切带来的压力终究会让他付出代价。美国人露了个破绽，虽然只是稍稍迟疑，但已足够让自己被打倒。埃克尔一脚踢中鲍尔的膝弯，他扑通一声跪在地上。

"快点结束。"巴赞用力比画着呵斥道，"快！"

黑头发的男人疲惫地点点头，从外套口袋里掏出一把小小的电击枪攻击鲍尔，鲍尔倒下了。季敏诺娃打了个寒战。

巴赞抬腿将一把破破烂烂的办公椅推到地下室中央，苍白的灯泡正下方。"把他绑起来。"他命令道。

列科夫和埃克尔费劲地拖着不再动弹的鲍尔。他俩都已感受到这个目标的一番拳脚在他们身上产生的可怕作用。他们费了些功夫，才把他扶到椅子上。

最终，列科夫扶住鲍尔的脑袋，朝他吐了一口唾沫，然后用两根塑料扎线将他的手腕绑在椅子扶手上。

这个目标——不，现在应该叫俘虏了——朝前倾倒，警觉地眨着眼睛。季敏诺娃从口袋里掏出手机，凑到他面前。她选择了照相功能，对着鲍尔连拍两张。他似乎察觉到了她，朝那个方向望去。他的目光凶狠，充满愤怒。

巴赞绕着椅子转了一圈，直至跟鲍尔正面相对："真让我吃惊，你居然还活着。你早该死上十几次了。"

"都这样说。"鲍尔嗓音粗哑。

"以后就没人说啦。"巴赞接着说了很多话，似乎很享受这种单方面的交谈方式，像是想招惹这个美国人去……去做什么呢？季敏诺娃不清楚长官的意图。巴赞是将这视为某种游戏吗？或者他喜欢陶醉在胜利之中？

鲍尔的末日来临的那一瞬将是一个重要的时刻。这家伙是个叛徒，假如关于他的记录可信，他就是秘密行动世界里一个我行我素的人。杀死这个美国人将会是巴赞带回国的一份很好的战利品。这也是他告诉其他人不要在鲍尔进入房间的那一刻便简单地射杀他的原因所在。巴赞想亲手完成这件事。

对此，季敏诺娃十分反感。他们手头只有有关当局对这次任务的要求和命令，仅此而已。她不喜欢巴赞像做游戏那样执行任务，得分和评级全看完成情况。

"是你们自己的人想要你的命！"他说，"我算是帮他们一个忙。"

鲍尔的回答很不屑，像一种认命的咆哮："那就来呀，放马过来。"

由于喉部受伤肿胀而呼吸急促的列科夫拿起他自己的手机，按下按钮开始摄像。

巴赞举起枪，瞄准目标。"杰克·鲍尔……你的死期到了。"他扭头面向正在摄像的那部手机镜头,开始转而用俄语对这次行动进行描述和记录,"我是阿尔卡迪·巴赞少校,是绿6卫戍部队的战地指挥官。现在有三位侦探与我一起见证我们合法终结敌方一名恐怖分子的行动。他们是列科夫、埃克尔和季敏诺娃。行动由总统直接授权。"接着,他继续用英语叙述这个美国人在纽约为了寻找那些该对他爱人的死负责的人而采取的个人行动,提到了因此而遭到他杀害的人,以及导致他们穿越美国来到这间阴暗的地下室并执行这个最终动作的根源,"你谋杀了外交专员帕维尔·托卡列夫和外交部长米哈伊尔·诺瓦科维奇及其保镖,你图谋行刺尤里·萨瓦洛夫总统,还犯下了种种针对俄罗斯联邦人民及政府的罪行。你对我们祖国的安全是一种威胁。因此,你已被列为国家公敌,并被判死刑。你还有什么可说的吗?"

俘虏抬起头,挨个与这些人对视。当他看到季敏诺娃的眼睛时,她手中的电话忽然振动起来,吓了她一跳。她皱着眉低下头。屏幕上显示:呼入方:领事馆。

鲍尔用发音清晰、毫无英语口音的俄语回答:"或许你应该接电话。"

* * *

"别接。"巴赞吼道,"等这件事处理完,我们再跟他们谈。"

可那个名叫季敏诺娃的女人摇摇头,将电话举到耳边,走到房间那头,压低声音用俄语通话。鲍尔勉强听到了一点,谈话内容跟"任务"有关。他通过她的举止判断,电话那头是某个当权派。

巴赞毫无疑问是海外情报局的战地指挥官,他狠狠地瞪了一眼违背他命令的季敏诺娃。杰克估计这家伙原本已经在脑子里谋划好一段如何应对此次交锋的流利道白,可现在流畅的过程却被打断,他很不高兴。

杰克利用这点时间悄悄试了试将他绑在椅子上的那两根扎线的牢固度。扎线很紧,但他的腿没有受到约束。这意味着他还有可能在目前所受的束缚中找到突破的机会。

就在这时,他需要的能分散那些人注意力的事情竟然发生了。储藏室外面的走廊上,员工电梯门打开了。紧接着,他们都听见一个声音在呼喊。

"杰克,你在哪里?"是斯蒂芬·韦斯利在用绝望恐惧的声音叫喊。

"斯蒂芬!"杰克深吸一口气,大声回应他,"快跑!不要——"

他话音未落,先前那个准备对他行刑的家伙便狠狠地给了他一拳。杰克疼得眼冒金星,但他故意任由这一有力的冲击将自己打翻。屁股下的椅子斜了,他侧身倒在地上。

对方猛烈的击打令他脑子里一阵轰鸣,可这也使得办公椅的左侧扶手被压在杰克身下。借助身体的遮挡,他靠体重和坚硬的地面奋力拧拽用作拉锁的塑料小圈。他感到它断了,一只胳膊上的扎带已经松开,血液猛地回流到指尖,带来一阵刺痛感。

他从地上看到海外情报局的那个金发特工列科夫,也就是被他击伤喉部的那个家伙,掏出一把短管斯密斯&维森左轮手枪,朝门口走去。这时,门开了。

斯蒂芬没注意到杰克的警告,闯进了杰克刚刚落入的同样陷阱。列科夫在金姆的丈夫走进来的瞬间出其不意地抓住了他,并用空余的那只手猛击他的面部。斯蒂芬疼得大叫起来。列科夫不等医生做出反应,就一把抓住他的外套,将他朝地下室深处拖。然后,他把医生推向一边,自己退后几步,用左轮枪指着对方。

巴赞发出失望的叹息声。"韦斯利医生。你实在太蠢了。"他朝他走去,"你们美国人都是这样的吗?你们总觉得,只要你们希望,就能够成为故事里的英雄,对吗?你觉得自己能到这里来拯救他吗?"他再度指向杰克,"就凭你?"他摇着头放声大笑,"不,不。你本可以远离这丑陋的一幕,医生。可现在,你将成为其中的一部分。"

杰克从眼角的余光看到那个女人已经打完电话。她变得十分镇定,默默注视着正在眼前展开的事件。他判断她所处的地位应该算参战人员——

没有暴露出武器，离得也较远。她不会是对他的主要威胁。巴赞和列科夫手里都拿着枪，是杰克必须对付的敌人。第三个家伙埃克尔正气喘吁吁地抚摸着被打痛的地方。

杰克扭了扭手腕，做好准备。他只有一次机会。

"长官，"季敏诺娃说，"我们得到新的指令。情况有所变化。"

巴赞没有理她。"把他扶起来。"他说。列科夫趾高气昂地走过去，一只手搓着左轮枪的枪柄，嘴角露出得意的笑容。杰克给他带来了伤痛，他想给杰克一点颜色瞧瞧，觉得现在就是个机会。这很好。这会让他掉以轻心。

"长官，"季敏诺娃提高了嗓门，重复道，"莫斯科希望我们撤退。"

"等这一切结束后，我会正式指出他们缺乏意志力。"巴赞厉声说，"我们已经走得太远，现在收手已为时太晚。"

女人继续道："对鲍尔的格杀令已被杜马中止。相反，他将受到监护。等待对他的罪行进行官方审讯。"

"这里就是他的审判庭，就在这里。"列科夫说，"宣判已经通过。"他伸出一只手，用力去拉那张便宜的办公椅的扶手，想把杰克拉回到坐着的姿态。

出乎他意料的是，杰克起身的同时，双脚在地上一滑，身子腾了起来。尽管杰克的右手腕仍跟椅子绑在一起，他猛地用另一只手迅速出击，不让列科夫有后续动作的机会，便抓住了他的枪。与此同时，他伸展开右手使劲挥舞，椅子被带得抢了起来。杰克顺势将椅子砸向对手。他感到扎带在冲击力的作用下断开了。椅子四分五裂，落在地上。两人陷入你来我往狂乱的搏斗中，列科夫手里仍然拿着手枪。

"斯蒂芬，卧倒！"杰克全力对付着俄罗斯海外情报局的特工，左轮枪朝着他们头顶低矮的天花板开火了。子弹呼啸着在悬垂的管线上击出火花。列科夫十分强壮，他想扭转枪头，使它朝向杰克的脸，但却被后者扭动着挡开。就在二人陷入胶着时，杰克看到埃克尔正准备掏出他的武器。

杰克用力扭动左轮枪的枪柄，列科夫无法阻止自己的指头碰到扳机。又有子弹不断被击发，地下室狭小的混凝土空间内枪声震耳欲聋，弹头在货架间弹跳，发出耀眼的光。杰克迫使枪口对准十几个医用氧气筒的方向，一枚子弹却误中一个压缩空气罐体。

这一枪没有造成爆炸，因为爆炸还需要明火。在如此狭隘的空间内，一旦爆炸发生，所有人都会丧命。但子弹却穿透了钢制筒体，里面的气体喷射出来，一股压缩氧气将气罐变成了一枚不受控的导弹。罐子从架子上飞出，以旋转的轨迹砸向埃克尔。他蹲身避让。钢筒头部击中埃克尔的后颈，他一头倒下去，不再动弹。

在气体逸散发出的尖锐嘶鸣中，杰克大叫一声，使出全力扭转左轮枪。他恍惚看到巴赞没有去管倒在旁边地上的斯蒂芬，而是举起枪，准备射向扭打中的两个人。

杰克故意让自己失去平衡，在金发俄罗斯人的指挥官扣动扳机的一瞬间，扭着列科夫半转身。数发子弹从装了消音器的马卡洛夫手枪中飞出，射入列科夫的后背，击中他的脊柱，击穿他的肺。金发特工朝前扑倒。

列科夫紧紧抓住杰克的手一下子松了，杰克甩开他，但手中依然抓着那把枪管发烫的左轮枪枪身。他跨过尸体，调转枪口，对准巴赞的胸口。由于太想置杰克于死地，这个相貌粗犷的大块头格鲁吉亚人已经打光了自己枪里的子弹，那把马卡洛夫的枪膛已退到后边，弹夹空了。

杰克对这家伙早已深恶痛绝，他没有再说一个字，便扣动了左轮手枪的扳机。

撞针落在发射过的弹壳上，发出空洞的咔嗒声。杰克暗暗骂了一声。

巴赞一咧嘴："你没计数？"

"别动！"斯蒂芬爬向地上的什么东西，紧接着站了起来，"待在原地别动！"杰克看到他捡起了埃克尔掉落的那把枪，正在眼前来回舞动着，枪口轮番指向剩下的两名海外情报局特工。

季敏诺娃缓缓举起手来。但她的长官只是昂起头，他的嘴咧得更宽了。

"斯蒂芬，"杰克说，"把枪给我。"他伸出手。

"我就暂时不会那样做！"巴赞吼道。他把自己已经毫无用处的枪扔到一边，从口袋里掏出一个跟一包香烟差不多大小的黑色盒子。那东西的顶端伸出一根短短的柔性天线，表面有一个发亮的轻触式开关。"鲍尔知道这是什么东西，对吗？你以前见过的。"

"是的。"杰克所有的愤怒和力量都在一瞬间枯竭了，宛如流淌的水渗入干涸的大地。忽然，地下储藏室里火药味浓烈的空气仿佛令他窒息，烟尘和血腥如同堵在他的嗓子眼。

巴赞拿的是一枚窄带远程无线电控制炸药遥控器，跟俄罗斯雪域特战队进行伏击和完成秘密任务时所用的是同一类型。

"那是什么？"斯蒂芬问道。他还没有明白状况。

"我想你的岳父能看出我用这个能干出些什么来。"巴赞朝季敏诺娃看了一眼。对方一动不动，脸上的表情难以琢磨。

"少校，你必须停下来。"季敏诺娃说，"你不能继续这样。我们有我们的命令。"

"让那些优柔寡断的蠢货见鬼去吧！"巴赞咆哮着，"我做事会有始有终。这是我的应急方案。"他晃了晃手里的炸药，"我只要按下这个按钮，韦斯利医生，你名下的那辆宽敞的轿车就会在某条高速公路上变成金属碎片，血肉横飞。"

长官的话令女人感到惊骇，她反驳道："鲍尔是我们唯一的目标！我们到这里来不是杀害无辜生命的！"

杰克立刻明白巴赞并非吓唬他。一想到那恐怖的场景，他觉得自己都快变成石头了。他想起在货运列车上时，自己对杀手曼蒂说过的话。你应该清楚海外情报局的做派。他们不喜欢留有余患。

"你妻子抵达医院后,我就让埃克尔在车上安装了一枚炸弹。"巴赞补充道。

"不!"斯蒂芬嘶吼着,脸色顿时变得煞白,一只手捂着肚子,像是要呕吐,"上帝呀,你不能这么残忍……"

"我会把这个交给你。"巴赞摆了摆指间的遥控器,"真的,我会给你的。作为回报,我只要求你调转手中的枪口,对准你的岳父,并且开枪打死他。"他的语气渐渐从随意变为强硬。"这是我们之间新的协议。实际上跟旧的那个一样。用鲍尔的命换你妻子和女儿的命。"

"杰克……"斯蒂芬气若游丝,"我……我不能……"

"为什么犹豫?"巴赞怒吼着质问,"就在几分钟前,你非常爽快地同意了这笔交易。现在你又不愿意了?你这个双手总是沾满别人鲜血的家伙,现在却不想把它们弄脏了,是吗?"他朝地上吐了口唾沫,他的耐性正在失去,"可悲。"

"不。"杰克冷笑道。"你才是这个房间里可悲的人,他不是。他本可以溜之大吉,却跑下来帮我。这可不是怯懦的行为。"

"你说得对。"巴赞反唇相讥,"这是感情用事。你们这些人就是感情泛滥。"他瞪着斯蒂芬,"杀了他。我不会再多说一遍。"

杰克垂下双手,转头盯着女婿的眼睛。医生面如死灰。"没关系的。"他平静地说,"保护好金姆和泰瑞。她们比我宝贵得多。我知道你会确保她们的安全的。你现在能来这里……已足以证明。"

斯蒂芬用颤抖的手缓缓举起枪:"真的对不起。"

"我原谅你。"杰克转过身去,好让女婿扣动扳机时,不必痛苦地看到自己的脸。

很奇怪,在他看来,一切最终以这种方式结束竟然没什么不对劲。他始终在用生命为他在乎的人冒险。这不就是他一直做的那种交易吗?

还债的时候到了,杰克,尼娜的声音从远方传来。他退开一步,准备迎接即将到来的一枪。

可紧接着另一个女人的声音响起。"不。"季敏诺娃走上前来,掏出她的武器,"我们的行动不能这样继续。"她斩钉截铁地说。

巴赞怒目圆瞪,望向女特工。"别碍事!"他厉声说。

在那一刻,杰克已准备好迎接死亡。

"不!"这是斯蒂芬的呼喊声。他两次扣动扳机。杰克一颤,身体本能地缩紧,以面对预期中子弹射入时的冲击,可情况恰恰相反,子弹从他耳边呼啸而过,随即他便听到身后传来一声沉闷的叫喊。

两颗子弹都击中巴赞的胸膛。他倒在一个储物箱上,喘息着。斯蒂芬惊恐地为自己所做的一切嚎叫起来,他表情痛苦,仿佛看到毒蛇一般盯着手里的枪。

尽管巴赞即将断气,可暂时还没死。他紧捂着胸口。在他中弹后仰时,无线电炸弹遥控器掉落在地。杰克从这个已经意识到自己行将死去的人眼中看到了一抹凶光。巴赞从储物箱上滚下来,伸手去拿遥控器。

杰克朝他扑了过去,重重地压在他身上,想竭力控制住对手。巴赞拼命朝遥控器爬,一心只想对一个他憎恨的国家和一个他深恶痛绝的人发起最后一击。

两个男人面对面交锋,都在痛下杀手,都是那样决绝。

"不。"杰克一边对他说,一边无情地继续发力,"不。"终于,巴赞停止了挣扎,去了另一个世界。

杰克推开他,小心翼翼地拿起地上的遥控器,找到解除开关。触发按钮熄灭了。他颤抖着舒了口气。

当杰克抬起头来时,那个女人正盯着他。她手里拿着枪,摆出一个比较随意但预备射击的姿势,但枪口没有完全指向他。

"现在怎么办?"他问。他一时还没有力气站起来。

"那个电话,"她解释道,"是从莫斯科转来的。尤里·萨瓦洛夫被俄罗斯联邦总统办公室强制解除了职务。目前他已被逮捕,因涉嫌一起针对某个外国首脑的暗杀计划而接受调查。"她顿了顿,好让他们理解她的话,"因此,所有由萨瓦洛夫个人下达的命令都被临时中止。这次……追捕……"季敏诺娃环视房间,"本不该到这个地步。巴赞已经了解情况。可他还是继续进行。"

杰克看着她从死去的那些人身上收集起一切能证实他们身份的物品,将钱包、伪造证件塞进一个包里。斯蒂芬走上前来,扶着杰克站起来。杰克疼得忍不住瑟缩。"谢谢。"他艰难地说着伸手去接斯蒂芬拿着的那把马卡洛夫手枪。对方十分乐意地把枪递给了他。

季敏诺娃站在门口,有些踌躇。她的枪仍在手上。杰克望向她,指头搭在自己手枪的扳机上。"事情由此何去何从,取决于你。"他对她说。

她眯起眼睛。"我服从我的命令。"她说,"但请听清楚,鲍尔,这只是延期执行。缓刑罢了。你杀死了俄罗斯人,一个很重要的人物。我们的人想血债血偿。"说完,不等杰克回应,她便钻入地下室的走廊,离开了。

斯蒂芬颤抖着吸了口气,又缓缓吐出:"我想……我想这是我这辈子最糟糕的一天。"

"你会习惯的。"杰克冷峻地点了点头。

【第二十四章】

罗瑞尔抬头看到联邦调查局特工给她送来了一杯热气腾腾的咖啡。

她感激地报以微笑:"谢谢你。克尔纳特工,对吗?"

他点点头,在阿帕奇汽车旅馆低矮的混凝土墙外她的身旁坐下:"感觉怎么样?"

这个老掉牙的问题让罗瑞尔笑出了声。"我完全没有参照物可比较呀。"她说,"我以为过去很糟糕,可是……"罗瑞尔指了指他们周围的建筑,意即这个小镇。"要我说的话,这里是地狱,让人如坐针毡。"

在旧超级商场建筑的枪战发生数小时后,在克尔纳和他同伴们的呼吁下,一小群警察抵达死限镇。州警察、美国法警官员和更多身着联邦调查局显眼夹克的人来到这里,看上去他们好像准备将整个腐烂堕落的小镇拆除。

"你们安全了。"克尔纳宽慰她道,"不管夜游侠摩托俱乐部还剩下什么人,他们恐怕都已经在局面开始急转直下的时候,骑着车子向南逃窜了。他们一定清楚,他们在这里的小小帝国会被摧毁。"他朝旧军事基地的方向点点头,大火过后的废墟上仍有黑烟升腾,"说真的,就这件案子而言,多亏了鲍尔。"

罗瑞尔喝了口咖啡,回想起曾在距离自己现在坐的位置很近的地方救过自己命的那个人,他的眼神是那么执着镇定:"他对那些人渣有着强烈的不满。我了解他的感受。"

"你跟他相处了一段时间吗?"

"是的。"她点点头,"还有蔡斯。"想起那个曾替她挨子弹的更年轻的人,罗瑞尔心里一阵悲伤。她别过脸,抹了抹眼睛:"他们为什么来这里?我的意思是说,他们没必要这样做。他们完全不必插手这事。"

克尔纳摇摇头:"鲍尔……埃德蒙斯……他们俩都不是那种见死不救、

袖手旁观的人。"

"会怎样处理蔡斯……我是指他的遗体？"

"我想，会由他的家人认领吧。我们在圣迭戈的办公室已经找到了他们……他们甚至不知道他还活着。"

罗瑞尔再度点头："到时候，我希望能跟他们谈谈，把蔡斯为我做的一切都告诉他们。"

"我会看看能否帮上什么忙。"

"那杰克呢？你知道那个女人会把他带到哪里去吗？"

他摇摇头："事实上，有很多人都希望杰克死。"

"比如你的老板？"

克尔纳抿抿嘴："相信我，他会为自己犯下的错误付出代价的。我、戴尔和马金森都就哈德利的行为提交了报告。他不会再当特工了。他将面对的很有可能是长期的牢狱之灾。"克尔纳沉默了一会儿，"鲍尔本该有更好的结局。埃德蒙斯也一样。他们两人都曾为这个国家的安全，一次又一次置身于危险之中。"

"我对那些一无所知。"罗瑞尔说，"但我知道，他们为了我，还为了所有被摩托骑手骗来的其他人，也不惜置身于危险之中。"

"说到这里，"克尔纳望着她，"罗瑞尔，这里有很多人受到了惊吓，不愿跟警方交流。可这一点十分重要。我们无意中发现了以死限镇为基地的一条庞大的甲基苯丙胺供应链，同时还有诸如欺诈、绑架、人口贩卖等等其他与之相关的罪行。"

"我想，切瑞是在这里时间最长的人。"她说，"你和她谈谈吧。"

"也许我找她的时候，你可以在场。"他提出，"让她和别人明白，警察是值得信赖的。镇里的每个人都是这里发生的事情的见证者，但除非他们愿意进行笔录，否则我们将无能为力。"

罗瑞尔皱起眉头，"克尔纳特工，我无意冒犯，但我敢说，这附近没有一个人曾经受到过哪怕一次法律的庇护。过去从来没有警察过来看看。人们甚至怀疑这里是否在你们的管辖范围内。"

"那都已不重要。"他说,"重要的是,我们现在就在帮助这些人。"

罗瑞尔茫然地盯着前方,陷入一段长时间的沉默之中。白天,死限镇看上去完全就是一座破败荒芜的小镇。她意识到,这是一座滋生吸血鬼的小镇,原本早应绝迹的事物,却通过蚕食他人的性命继续生存下来。必须有人在这个吸血鬼心头钉下一根木桩才行。

那个人是我吗?她真想逃跑。对她而言,这是最容易的,也是她最熟悉的选择。面对高中那些恃强凌弱的人时,面对对她不管不顾的养父母时,面对滥施暴力的男友时,她毫无例外地选择了逃避。只是逃避。因为对抗需要勇气,但罗瑞尔从来不敢去寻找这种勇气,总是害怕到头来一无所获。

她想到杰克和蔡斯。对她来说,他们俩都是陌生人,不亏欠她什么,也不求得到回报。但他们却为了让她活下来而一拼到底,勇敢面对种种威胁,哪怕付出最高昂的代价也在所不惜。

要是我连像他们那样去尝试一下都不肯的话,我能心安理得吗?这个问题在她脑海里萦绕。

最终,罗瑞尔喝下最后一口咖啡,将杯子推到一边。"你让我第一个做笔录吧。"她对他说,"好吗?"

"好的。"他微笑着说,"谢谢你。"

罗瑞尔摇摇头:"我只是在报答他们,仅此而已。"

* * *

当原本应该将他带回分部的直升机偏离航线时,哈德利知道情况不妙,但飞行员拒绝回答他的任何问题。

此刻,哈德利身处一间二十英尺见方、四面都是水泥墙的房间里。他坐在一张金属桌前的金属椅上,前方是一扇烟灰色的单向镜窗户。他面无表情,目光空洞,眼里写满挫败感。铮亮的不锈钢手铐将他的手腕铐在一个固定于桌面上的圆环上。房间里没有钟,无法判断时光脚步的疾徐。他们拿走了他的手表、腰带、鞋带和他口袋里的所有东西。托马斯·哈德利从来不曾沦为阶下囚,他不喜欢这种感觉。

房间那边的门打开了,走进来两个人。一个是西班牙裔女人,脸上的表情难以琢磨;另一个是身材高大的男人,黄褐色头发。哈德利估计他来自中东,但没有十足的把握。两人都穿着同一种毫无特色的套装,这实际上是政府特工的制服。

他大胆地做出了猜测:"你们不是局里的。"

女人在哈德利对面的一张椅子上坐下,将一个皮文件夹放在面前。男人两手抱于胸口,站在门边。"联邦调查局特工托马斯·哈德利,"女人开口道,"离开纽约办事处后,你的举动不合规矩。特工先生,你要对此负责。"

"我想跟我的上司对话。"哈德利回答,"迈克·德怀尔。"

"不行。"那个男人说,"你得跟我们谈。"

"谈杰克·鲍尔。"女人补充道,"按照我的理解,你向自己提供了自由处理权,为了找到他不惜搅个天翻地覆。在'盗匪出没地'的武装高速追逐、动用联邦机构的飞机、干涉地区和州警方的调查、与确定为犯罪分子的人勾结,更不用提那些危及其他特工和公民安全的不计后果的行动。"

哈德利在椅子上动了动,感觉自己就要按捺不住。"你们到底是谁?中央情报局?国土安全部?国家安全局?"他摇着头,"我很主动。鲍尔是个十分危险的人,也是一个特殊的目标。如果为了抓到他,我必须超出常规的话——"

"超出常规?"女人露出讽刺的笑容,复述道,"这说法还真有意思。"

"但你却没有抓到他,对吗?"男人厉声说,"根据现场目击报告,鲍尔和他的同伙都遭到枪杀。不得不说,你的行为并不是真的想要活捉嫌犯。"

女人盯着他:"你是想为杰森·皮勒的死报仇吗?你认为鲍尔应该对那

一切负责？你就想置他于死地？"

哈德利意识到他们是想故意激怒他，于是转移了视线："鲍尔已经死了。现在说这些还有什么意义？"

"尸体在哪里？"男人问。

"我不知道。枪手带走了。就是那个刺客。"他微微抬了抬下巴，"她用的化名是'曼蒂'。"

"我们知道她。"女人看了自己的搭档一眼，"我们还知道，没有尸体，就不能确凿地证明杰克·鲍尔真的被杀死了。"

"他过去也曾死过。"男人指出，"不过好像没有一直死。"

"我清楚自己看到了什么。"

"好吧。"女人打开文件夹，露出一台平板电脑，展示出一张照片，上面是躺在太平间桌上的一具男性尸体的面部特写，"那就跟我说说这个。"

哈德利打量照片："火药灼烧，喉部射入性创口。看上去这家伙用枪抵住自己的下巴，开枪自杀了。我不认识他。"

"他是亚瑟·内梅克。太平洋移动系统股份有限公司的高级技术经理。今天天亮的时候，他打爆了自己的头，并留下一封绝命书，解释说他被迫成为俄罗斯政府特工的线人，被迫通过电话网络进行移动信号追踪。你想猜猜他们要求他寻找的是谁吗？"

哈德利抿了抿嘴唇："我已经说过，我不认识他。"

她轻轻在平板电脑的显示屏上滑动手指，显示出更多的照片。是发生在某个地下室的枪击犯罪现场照，以及另三名在相机闪光灯下拍摄出的男性死者的照片。"这些人死得迟一点。"她说，"他们于今天早些时候死在洛杉矶悉达斯西奈医疗中心的地下室内。对他们的身份初步分析结果表明，他们都是前俄罗斯特种部队成员。"

"我们还得到了未经证实的报告，反恐局的一个移动小组在同一地点遇害。"男人说，"随后不久，他们的一个拆弹小组显然又被派往某条高速公路执行任务。对此你知道些什么吗?"

"反恐局从昨天开始就已停工。"哈德利一口咬定。

"是的,他们是该停工了。"女人纠正他,"他们现在也不是很配合。"

"我跟这件事毫无关联!"哈德利说,"你们两个快告诉我你们是谁。马上告诉我!你们无权将我滞留在这里!"

女人毫不理会他愤怒的语气,又向他出示了两张照片。照片并排显示,似乎都是从安全监控镜头里抓取的模糊影像。第一张里是个哈德利从未见过的女人,她显然清楚监控镜头的位置,正竭力避开它。见他没有反应,西班牙裔女人让他注意看另一张。这张照片中是一个身着急救医生外套,竖着领子,将帽檐压到眉前的男人。哈德利不能确定,但那可能是鲍尔。

"你有什么话说吗?"男人问他。

哈德利咬紧了牙齿,愤怒地将目光越过两名审讯他的人,投向对面那扇单向镜窗户:"我什么都不会再说。如果想起诉我,就快去起诉吧,否则就让我离开这里!"

女人盯着他打量了一小会儿,忽然收起平板电脑:"这是在浪费时间。他什么都不会告诉我们的。我们这里完事啦。"

他看着他们俩离开房间,磁性门栓咔哒一声闭合,留下他独自一人。

在随之而来的寂静中,哈德利只能听到自己耳中血液的悸动,他的生命仿佛正在缓缓枯竭。

* * *

两名审讯者进入观察室。他们的上司刚才一直在通过这里的单向镜注视着一切。这时,三个全副武装的男人进入滞留间,架起哈德利离开。他被戴上一个黑色头套,不太配合地跟着走了出去。

女人转身背向着窗户。"没用。"她说。

她两鬓斑白的秃顶上司微微点了点头。"但还是值得一试。送他回局里去吧,让他们收拾残局。为了以防万一,还是要盯紧他们,看看他们在做些什么。"

"纽约那边有新消息。"另一个男人说,"今早,联邦调查局的一队人马逮捕了一名确认是杰克·鲍尔同伙的人。她名叫克洛伊·奥布莱恩,是反恐局的高级技术人员。是当着她孩子的面逮捕她的。"

"漂亮。"女人说,"我会关注对她的审讯的。"

"去吧。"上司说,"与此同时,行动也该开始了。所有一切都证明,对这个国家而言,让杰克·鲍尔不受约束,实在太危险。你们俩都看过他的材料。他已暴露给太多人。他掌握的信息要是落入外国势力手中,将产生灾难性的后果。我会申请一份多部门授权的逮捕和拘禁令,并通知我们在世界各地的每一个工作站高度注意。如果他死了,我们必须做出百分之百的确认。如果他没有死……我们就要找到并隔离他。不管他在哪里。"

"这是命令吗?"女人问。

上司点头。"来自最高层。联邦调查局显然无法处理具有鲍尔那种能力的目标……但他是我们训练出来的。是我们帮着他成为现在这样的人的。"长官迈步走开,"现在开始,他是中央情报局的问题了。"

* * *

"嘿。"船员穿过甲板,朝他走来,"你是巴雷特?"

"是的,是我,约翰·巴雷特。"他撒谎道。

"你过去在船上做工抵过船费吗?"

他点点头:"有那么几次吧。"

"很好。我们可以在这次航行中用些熟手。"船员抬头望向天空,"看上去出航会很顺利。现在我们已经万事俱备,因此如果你愿意的话,我想我可以带你看看你的住处。"

"不用了。"他说着摇了摇头,"我过一会儿就下来。"

"随你的便,伙计。"船员耸肩离去。

杰克转向船尾围栏,看着后方越来越远的洛杉矶港。太平洋平静的水面正载着"维拉克鲁斯号"驶向遥远的地平线。

"维拉克鲁斯号"是一艘悬挂荷兰国旗的集装箱货船，她还是一艘年代悠久的巴拿马型老船，全长不过九百多英尺，灰尘很厚，机油味很浓。但她同样是那种不会引人注目的船只，缓慢地往返于博塔尼港和洛杉矶港之间，月复一月、年复一年地重复勾勒着加利福尼亚到新南威尔士的那条航线。

杰克不想让轮船泛起的白色尾迹那边的景色从眼中消失，不想浪费哪怕一秒时间，希望能多看祖国一眼。因为从某种程度上说，这很有可能是他最后一次注视故土了。

从叛逆的青少年到联邦特工，再沦为国际逃犯，在杰克动荡的一生中的很多时候，生活轨迹都围绕在加利福尼亚海岸线的周围，如果真的要永别故土，采用这样一种方式似乎是残酷的，也是适宜的。

他们得花上好些天才能抵达澳大利亚。即使到了那里后，杰克也不能休息松弛下来。对他来说，悉尼只是第一个停靠港，是他低调神秘、脱离窥探的新生活的开始。他不确定接下来会去哪里，但前途充满了各种可能性。

杰克不是头一次考虑返回西非，回到他的老朋友卡尔·本顿在桑格拉建的那所学校。他很好奇未遂的军事政变发生后，那个国家这些年来的情况究竟如何。他们会到那里去找我吗？杰克皱了皱眉。他不愿去做那种尝试，也不想将危险引到那里。

相反，杰克考虑起所有那些他树敌最多的地方。南美洲，那里尽是争夺控制权的贩毒集团和军事组织。东欧，过去战争的遗留问题依然在激发矛盾。那些地方憎恨他的人有多少，欠他情的人也就有多少。任何一个心智健全的人可能都不会觉得应该去那些地方找他，因为杰克回到那里，无异于让自己落入虎穴。不过话又说回来，我这辈子从未下过毫无风险的赌注。

他可以在整个航程中仔细思考。没人看到他溜出城市，多亏斯蒂芬的帮助，他没有遇到任何麻烦便抵达了港口。

杰克看着海岸离得越来越远，心里想着金姆和她的家人。他在地下储藏室里说的话都是认真的。女婿将妻子和女儿的安宁看得比杰克的更重，他对此一点也不怨恨。事实上，斯蒂芬·韦斯利冒着生命危险想救金姆的父亲，还迫使自己向巴赞开枪，这已充分表明这位年轻医生是怎样一个人。金姆选择了一个好男人，一个拥有与杰克不同类型的力量的人。杰克不再担心女儿的安危。她和她母亲一样，很快就会恢复过来的。有斯蒂芬这样的人在她身旁，他们会好好生活下去。

炸弹威胁真实存在，但斯蒂芬迅速赶到了妻子身边，通过给反恐局拨打匿名电话，爆炸装置被成功找到并拆除。金姆和小泰瑞曾离死亡仅一步之遥，这让杰克不寒而栗。他明白，他只要回想一下这次的感受，就足以提醒自己为何必须躲得远远的，以换来他们的安全。

不过一想到可能再也无法看着外孙女成长，组建她自己的家庭，杰克仍黯然神伤。就在几乎一天前，杰克还准备张开双臂迎接退休后的平静生活，此刻那却像个幻想，如此遥不可及。

你得不到这些的，一个声音在他脑海里回响。瞧瞧你做过的一切吧，杰克。瞧瞧你手上沾满的鲜血。

杰克低头看着手掌，忽然感到一阵莫名的恐惧，仿佛他只要一转身，就会看到尼娜·迈耶斯站在他后面，嘴角挂着残酷的笑容。

他摇头打断自己的思绪，想抛开回忆这个幽灵。他知道自己只是太累，疲惫在跟他的大脑玩游戏。

他看着陆地渐渐消失在地平线那边，兀自点了点头。实际上，有许多鬼魂跟在杰克·鲍尔身后，既有朋友和爱人，也有敌人和无辜的受害者。

杰克早就对此习以为常。他明白，在某个地方，关于生命的真正死限正在一点点靠近，时钟也在倒计时，滴答滴答地走向零。他明白，总有一天，他身后的那些鬼魂会追上他。

但不是今天。